Slumdog Millionaire

贫民窟的百万富翁

Vikas Swarup

[印] 维卡斯 · 史瓦卢普——著

于海生——译

重慶出版集团 重慶出版社

“电影文学馆”总序

戴锦华

21世纪伊始，中国电影工业逆市起飞，影院再度重返当代中国人的日常生活，成了众多选择中人们间或为之的娱乐消费。

如果说，21世纪第一个十年过去之时，社会已在网络上碎裂为难于计数的趣缘社群，文化工业也闪烁在分众和“饭圈”文化旋生旋灭的涡旋之中，那么，的确丧失了其“国民剧场”特征的电影却仍充当着洞向可见的与不可见之世界的窗口。与此同时，凭借网络，凭借数码技术，电影——百年间的电影艺术又确乎显影为某种不可替代的文化——迟到地加入了21世纪中国人的生活方式。电影，似乎丧失了或逃逸于影院、银幕，成为附体于种种屏幕、闪灵于各式黑镜之上的、美丽的出窍游魂。电影萦回于或逸出了幽暗迷人的影院空间——尽管电影是、始终是并将继续是影院艺术，跻身于或脱离了放映厅、资料馆等等“洞穴”空间，弥散在社会的，亦是个人的世界之内。一如昔日，电影是某种时尚、消费、娱乐，可以是某些优雅的文化、思想和表达，也可以是一类社会的行动和介入。如果说，影院原本是20世纪个人主义者的集体空间，是“孤独的人群”得以会聚、相遇的场域，那么，经由录像带、VCD、DVD、闪存、移动硬盘到云存储，电影也被撕裂/“还原”为个人的私藏。尽管我们个人“拥有”、拥抱电影之时，也许正是电影工业的衰微之际，但我不得不说，当“电影”溢出了胶片和影院——电影的血肉之躯，也是媒介——的囚牢的同时，它也丧失了，或曰解开了它历史的特权封印。进影院，仍是“看电影”唯一正确的打开方式，但我们的确同时有多种方式触摸电影。

电影史大致与20世纪的历史相仿佛。它不仅是对炽烈而短暂的20世纪的目击和记录，而且本身便是20世纪历史的一部分，富丽，炫目，间或酷烈沉重。它原本是工业革命和技术奇迹的一个小小的发明，与生俱来地遍体钢铁、机油与铜臭的味道。曾经，它不过是现代世界“唯物主义的半神”的私生子，一个机械记录、机械复制的迷人的怪物。为电影的创造者们始料不及的是，电影不仅迅速地介入了历史，建构着历史，而且改写和填充着人类的记忆。从杂耍场的余兴节目起，电影不仅复活了可见的人类（贝拉·巴拉兹），不仅以“闪闪发光的生活之轮”拯救了物质世界（克拉考尔），不仅满足了人类古老的、尝试超越死亡和腐朽的“木乃伊情结”（安德烈·巴赞），而且以

“作者电影”开启了一个电影大师的时代，一个电影自如地处理人类全部高深玄妙谜题的时代。一如“短暂的20世纪”浓缩了人类文明史的主要场景，实践并碎裂着人类曾拥有的乌托邦梦想，留给我们沉重的债务与珍稀的遗产，电影在其短短百年之间成长为人类最迷人的艺术种类之一，拥有了自己的历史，自己的语言，自己的经典，自己的大师，自己的学科，尽管覆盖着无尽富丽的夕阳的色彩。

有趣的是，在“上帝/人/作者死亡”的断然宣告声中，电影推举出自己作者/大师的时代；在现代主义艺术撕裂了文艺复兴的空间结构之后，电影摄放机械重构了中心透视的文艺复兴空间。电影的历史，由此成为一个在20世纪不断焚毁、耗尽中的历史中的建构性力量，同时以电影理论——这一一度锋芒毕露、摧枯拉朽的年轻领域——作为其伴生的解构实践。电影，从品味/身份的反面，成了品味/身份的重要组成部分，进而成了反身拆解品味、质询身份的切入点。摄影机暗箱成了社会“意识形态腹语术”的最佳演练场和象征物，电影解读则成了意识形态的祛魅式。因此，电影不仅一如从前，是一处今日世界现实的镜城，也是我们再度叩访20世纪历史的通关密语。

在中国，电影尽管自西方舶来，其悠长历史，却不仅大致与世界电影史相始终，而且几乎正是一部帝国、殖民、抵抗、创造之历史的镜像版。今天，电影不仅是中国崛起的佐证，也是期待视野间未来文化的语料。当然，又是一则关于文化自觉的寓言：舶来的，也是本土的；凝视的，也是被看的；梦想，某种醒着的梦。我们凝视着电影，也为电影所凝视；我们深入电影世界的腹地，处处志之，不只为了捕获电影的本体，也试图经由电影捕获文化或自我的本体。

电影，是我们的过去，电影叙事成就了某种奇特的人类思维与情感的回溯结构——缝合体系；然而，电影，自诞生之日起，就是一个指向未来的地标。我们凝视电影，不仅为了拓出一个关于电影、电影艺术、电影工业、电影史、电影作者、电影理论的对话场域，更是为了获取一份自信于未来的动能。"电影文学馆"丛书以著名影片的原著小说为主体，再次回归"从小说到电影"的经典命题，再次标识文学与电影间亲缘关系与媒介区隔，犹如"交叉小径的花园"里溪水勾画出的界标。往返于文学与电影的远方和近端，是为了再度审视和思考我们的世界、时代和生命。在熙攘而变得逼仄的世界与富足而封闭的"宅"之间，在影院"洞穴"与黑镜的闪烁之间，电影与文学仍是我们望向世界的窗口，是我们破镜而出的可能。

目录

序幕

我被捕了。因为我赢了一档电视竞猜节目。

他们是昨天深夜把我逮起来的，当时万籁俱寂，连流浪狗都睡过去了。他们破门而入，给我戴上手铐，推推搡搡地把我塞进那辆红灯闪烁的吉普车。

没有抗议和呐喊。也没有哪个住户从睡梦中惊觉乍起。只有罗望子树上的老猫头鹰因我被捕发出了几声哀鸣。

被捕这种事，在达拉维[1]就和当地火车上的扒手一样司空见惯。在被警察生拉死拽地拖走时，有些人总是又踢又叫，而有些人则一声不吭，表现得颇为平静。他们似乎知道警察早晚会来，甚至颇有些期待后者早点出现。红灯闪烁的吉普车呼啸而来，对于他们不啻一种解脱。

事后想来，也许我当时应该踢打挣扎一番，再尖叫上两嗓

1　印度孟买的一个行政辖区，是一处大型贫民窟，也是世界上最大的贫民窟之一。本书脚注，如无特殊情况说明，均为译者注。

子。我应该申诉自己的清白并大闹一场，让住户们知道发生了什么事。不过话虽这么说，恐怕也没有多大作用。即便我能够惊醒一些居民，他们也不可能奋袂而出，为我作任何辩护。他们只会睁着惺忪的睡眼出来看热闹，说些诸如“又抓走一个”的陈词滥调，然后打着哈欠，很快又回去睡觉了。我离开这个亚洲最大的贫民窟，对于他们的生活毫无影响。他们早晨照样要排长队打水，照样心急火燎地去赶七点半的早班车。

他们甚至懒得去探究我被捕的原因，而且我想起来了，当那两个警员闯进我的小屋时，就连我自己都没多想这究竟是为什么。当你的整个存在都是“非法”的，当你在一处未开发的城市地带活在赤贫边缘，不得不去争夺每一寸生存空间，甚至连解手都要排队等候半天时，被捕就不可避免地具有了一种必然性。你不由自主地相信，你终有一天会看到上面写有你大名的逮捕证，早晚会有一辆红灯闪烁的吉普车来把你接走。

有人会说我是咎由自取，因为我竟然去参加那种竞猜节目。他们会不屑一顾地向我晃动食指，提醒我为何不多想想达拉维的老人们常说的话：永远不要跨过富人和穷人之间的那条分界线。说白了，你一个一文不名的餐厅服务生，干吗要去参加那种大脑测验呢？大脑这种器官，可不是随便什么人都有资格使用的。我们应该使用的是我们的手和脚。

他们要是知道我是怎样回答那些竞猜题的该有多好。倘若他们看到我当时的表现，就会对我肃然起敬。很可惜，那个节目还没有在电视上播出。但是，我赢了什么奖品这件事早已不胫而走。在一些熟人的概念里，我好像是中了彩票大奖一般。我所在餐厅的其他服务生一听到这个消息，就决定为我搞一个大型派对。我们又唱又跳，推杯换盏，一直折腾到深夜。这是我们第一次晚餐没有吃不新鲜的“拉姆齐”牌外卖食品。我们从滨海大道那家五星级酒店订了比尔亚尼鸡肉香饭和秘制香辣烤肉串。那个老迈不堪的酒保竟主动提出要把他的闺女嫁给我，就连那个老耷拉着脸的餐厅经理也破天荒地冲我微笑，还把拖欠已久的工资还给了我。那天晚上，他终于不再说我是一钱不值的混球或疯狗了。

现在，戈德伯尔还是那样骂我，甚至骂得比这还恶毒。我盘腿坐在一间10英尺乘6英尺见方的拘留室里，它有一扇锈迹斑斑的金属门，一个带格栅的四方形小窗户，一束阳光透过窗户照进这个灰蒙蒙的房间。拘留室里闷热潮湿，在石头地面上有一个被踩扁了的芒果，苍蝇在其周围嗡嗡乱飞。一只似乎面带忧郁的蟑螂缓慢地爬上我的腿。我开始感到饥饿，肚子咕咕直叫。

我已被告知，自己很快就将被带到审讯室，接受被逮捕以来的第二次审讯。在经过仿佛遥遥无期的等待之后，终于有人过来把我带走，此人便是戈德伯尔督察本人。

戈德伯尔年龄不算很大，四十五六岁的样子。他的头开始变秃，圆鼓鼓的脸上留着醒目的翘八字胡。他走起路来步履沉重，那过分突出的啤酒肚从他的卡其布裤子上面耷拉下来。“该死的苍蝇。”他咒骂着，想一巴掌拍死那只在他眼前嗡嗡盘旋的苍蝇，可惜没有打到。

戈德伯尔督察今天情绪不佳，苍蝇让他心烦，闷热的天气也让他心烦。他额头上全是汗水。他用衬衫袖子把汗水擦掉。我的名字显然尤其让他心烦。“拉姆·穆罕默德·托马斯——这是什么鬼名字，把所有宗教都掺和到一块儿了？难道你妈都搞不清你爹到底是谁吗？”他不是第一次这样说了。

我忍受着这种侮辱，对此已经习以为常了。

审讯室外面，两个警员像电线杆似的直挺挺地杵在那儿，这表明房间里有重要人物。他们之前可不是这样，而是一边嚼着槟榔，一边说着下流的笑话。

戈德伯尔实际上是将我一把推进那个房间里的。墙上有一幅挂图，那上面列出了今年印度发生的绑架案和谋杀案的数量。挂图前面站着两个男人，我认识其中一个。这个拥有女人似的长发（或者说，他就像是一个摇滚明星）的家伙，曾经在电视竞猜节目录制现场露过面——他当时透过头戴式麦克风向主持人传达着指令。我不认识另一个人，那是一个白人，头皮光溜溜的，寸草不生。他身穿淡紫色西装，系着一条亮橙色领带。在这么闷热的天气里还穿西装打领带，只有白人才会这么干，这让我想起了我昔日的雇主泰勒上校。

天花板的吊扇正在全速旋转，但这个四壁无窗的房间却让人感到窒息。热气顺着白色墙壁徐徐上升，低矮的天花板将其拦腰挡住，导致热气在这个不通风的房间里迅速蔓延。一条细长但结实的木头横梁将房间分成相等的两部分，整个房间显得空荡荡的，只有中间一张锈迹斑斑的桌子和周围三把椅子，一只从横梁垂下的金属灯罩就悬在桌子正上方。

戈德伯尔在把我介绍给那个白人时，就像是驯兽员在向观众介绍他的宠物狮子："这是拉姆·穆罕默德·托马斯，先生。"

那个白人用一块手帕擦了擦额头，瞪着眼睛直勾勾地看着我，好像我是一种新发现的猴子似的。"哦，原来这就是我们那个著名的大赢家！我必须说，他的年龄看起来比我想象的要大。"我试图分辨他的口音。他讲话带有浓重的鼻音，和我过去在阿格拉[1]接触的那些来自美国巴尔的摩、波士顿这些遥远地方的富有旅游者毫无二致。

那个美国人一屁股坐到椅子上，他有一双深蓝色的眼睛和一只粉红色的鼻子，额头上的浅绿色静脉看起来就像细小的树枝。"喂，你好。"他和我打招呼说，"我叫尼尔·约翰逊。我是代表新时代广播电视传媒公司的，就是为那个竞猜节目提供授权的公司。这位是节目制片人比利·南达。"

我沉默不语。猴子当然是不会说话的，尤其是不会用英语说话。那人于是问南达："他能听懂英语，是不是？"

---

1 位于印度北方邦北部、毗邻亚穆纳河的一座城市，曾是莫卧儿印度首都，印度著名景点泰姬陵就位于该市。

“你糊涂了吗，尼尔？”南达提醒他，“你怎么会以为他会讲英语呢？你就饶了我吧，他就是一家破餐厅的一个哑巴服务生而已！”

这时，一阵由远及近的警笛声划破了空气。一个警员快步跑进房间，对戈德伯尔低语了几句。督察立刻跑出去，随即又陪同一个矮胖的男人返回房间。那个胖家伙穿着一身高级警官的制服。戈德伯尔面带微笑地看着约翰逊，露出了一口黄牙：“约翰逊先生，局长阁下来了。”

约翰逊站起身来：“谢谢您大驾光临，局长先生。我想您已经知道，比利也在这里。”

那位被称为局长的人点点头：“我刚从内政部长那里得到消息，就第一时间赶过来了。”

“哦，是的……他可是米哈伊洛夫先生一家的老朋友了。”

“那就说说吧，我能为你们做些什么？”

“局长先生，在W3B这件事上，我需要您的帮助。”

“W3B？”

“就是《谁将赢得10个亿》的简称。”

“那是什么？”

“是我们公司最近办的一个竞猜节目，正在全世界35个国家播出，您大概见过我们在整个孟买打的铺天盖地的广告。”

“哦，我可能没太注意。那为什么是10亿呢？”

“这有什么奇怪呢？您看过《谁想成为百万富翁》吗？”

“那还用说吗！那个节目过去很火啊，在印度影响很大，是我们全家人必看的节目。”

“那你们为什么爱看呢？”

“这个嘛……因为它很有意思呗。”

“如果最高奖金是1万，而不是100万，那你们还会觉得它很有意思吗？”

“哦……我觉得不会。”

“正是这样。要知道，在这个世界上，最诱人的东西不是色情，而是金钱。而且金钱的数目越大，诱惑力就越大。”

“好吧，我明白了，那么谁是你们这个竞猜节目的主持人呢？”

“我们邀请了普利姆·库马尔来做主持。”

“普利姆·库马尔？是那个二流演员吗？可是我觉得，他的名气还不及《谁想成为百万富翁》那个主持人的一半。”

“这个没关系，他很快就要走红了。当然，我们也必须选择他，这是因为他在新时代广播电视传媒公司印度分公司有29%的股份。”

“好吧，情况我都了解了。那么这个小子——他叫什么来着？拉姆·穆罕默德·托马斯是吧？他是怎么卷进来的？”

“他是我们上周第15期节目的一个选手。”

“然后呢？”

“他答对了所有12道题目，赢了10亿卢比。”

“什么？你一定是在开玩笑吧！”

“不，这根本就不是玩笑。我们和您一样惊讶。这小子是有史以来竞猜节目最高奖的得主。这期节目目前还没在电视上播出，所以还没有多少人知道这件事。”

“好吧，既然你说他赢了10亿，那他就赢了10亿。那么，你们到底有什么解决不了的问题呢？”

约翰逊停顿了一会儿：“我和比利可以跟您单独谈谈吗？”

局长用目光示意戈德伯尔离开。那个督察狠狠瞪了我一眼，就离开了审讯室。我继续留在房间里，但没有人在意我的存在。我只是个服务生，而且这个服务生是不懂英语的。

“好了，现在告诉我吧，怎么回事？”局长说。

“您知道，局长，米哈伊洛夫先生眼下可拿不出10亿卢比。”约翰逊说。

“那他当初干吗要设这么高的奖项？”

“哦……这就是个商业噱头而已。”

“听着，我还是不太明白。就算这只是个噱头吧，那么有人得了最高奖，对你们的节目来说，不是一件好事吗？我记得当时只要有选手在《谁想成为百万富翁》当中赢到100万，收视率就会成倍增加。”

“这其实关系到时机选择，局长，对，时机选择。像W3B这样的节目可不能交给偶然，它的命运不能由掷骰子来决定，它必须遵循既定的安排。根据我们的安排，至少在8个月内，是不可以有人获奖的，我们需要利用这段时间，通过广告收入收回投资。但是现在，这个叫托马斯的家伙坏了我们的全部计划。”

局长点点头：“好了，那你要我怎么做？”

“我需要您帮助我们证明托马斯在节目中作弊。也就是说，如果这小子没有同伙，他是不可能知道全部12个问题的答案的。您也想象得出来，他从未上过学，甚至从来没读过报纸，他根本就不可能获得最高奖。”

“这个嘛……我不太确定。”局长抓挠着头皮，“有些出身贫寒的孩子后来也成了天才，这样的例子也不是没有，爱因斯坦本人不就是个高中辍学生吗？”

“您听我说，局长先生，我们现在就可以证明，这小子可不是什么爱因斯坦。”约翰逊一边说，一边向南达做了个手势。

南达走近我，用手指捋了捋他的一头秀发。他用印地语对我说：“拉姆·穆罕默德·托马斯先生，如果你确实很聪明，聪明到可以成为我们这个节目的赢家，那我们希望你能证明这一点。现在，你要接受我们的另一项测验。测验的问题很简单，差不多每一个普通智商的人都答得上来。”他让我坐到一把椅子上，接着说：“你准备好了吗？现在是第一个问题：下面哪种是法国货币？选项：A. 美元；B. 英镑；C. 欧元；D. 法郎。”

我沉默不语。突然，局长猛扑过来，张开手掌，狠狠地打了我一记耳光。“混蛋，难道你是聋子吗？赶快回答问题，不然我就打碎你的下巴。”他威胁道。

南达开始跳来跳去，就像是一个疯子——或者像摇滚明星。“拜托，我们可以文明点儿处理这个问题吗？”他提醒那个局长，然后，他看着我说：“怎么样？你的答案是什么？”

“法郎。”我绷着脸回答。

“错！正确答案是欧元。好了，第二个问题，谁是第一个踏上月球的人？他是：A. 埃德温·奥尔德林；B. 尼尔·阿姆斯特朗；C. 尤里·加加林；D. 吉米·卡特。”

“我不知道。”

“是尼尔·阿姆斯特朗。第三个问题：金字塔位于：A. 纽约；B. 罗马；C. 开罗；D. 巴黎。”

“我不知道。”

“开罗。第四个问题：现任美国总统是谁？他是：A. 比尔·克林顿；B. 科林·鲍威尔；C. 约翰·克里；D. 乔治·布什。”

“我不知道。”

“是乔治·布什。我真的很抱歉，托马斯先生，你一道题也没答对。”南达又用英语对局长说，“瞧，我告诉过你了，这家伙根本就是一个白痴。他上周就是靠作弊才答对那些题目的。”

“你们知道他是怎么作弊的吗？”局长问。

“这也是我百思不得其解的。我有两个 DVD 样片副本，我们的专家用显微镜做了检查，但是到目前为止，我们一无所获。不过没关系，我们早晚会发现这其中的猫腻的。”

我腹中的饥饿感已经上升到喉咙，我感到一阵头晕，不由得弯着身子咳嗽起来。

这时，约翰逊，那个秃顶的美国人，目光锐利地盯着我："局长先生，你还记得《谁想成为百万富翁》当中那个赢了100万英镑的陆军少校吗？这件事发生在英国，就在几年前。那家节目公司拒绝为获奖者支付奖金。警方展开调查，最终判定那个少校有罪。原来真实情况是，他让一个教授混在观众席中做内应，那个教授用咳嗽声传递正确答案，他的咳嗽就是答案的一种密码。这里肯定也存在类似情况。"

"所以，我们需要从观众当中找到那个咳嗽的人？"

"不。没有任何咳嗽的证据，他一定是用了其他什么信号。"

"有没有可能是寻呼机或者手机发出的声音呢？"

"不可能。我们非常肯定，他身上没带任何小型器械。而且在演播室里，是不允许观众使用寻呼机或者手机一类东西的。"

局长突然灵机一动："你们觉得，有没有可能是他在大脑中植入了一个记忆芯片呢？"

约翰逊叹了口气："局长先生，我想您一定是科幻电影看多了。听我说，不管那个信号是什么，您一定要帮助我们找到它。我们不知道谁是这小子的同伙，也不知道他用的是什么信号系统。不过，我百分之百地肯定这小子是个骗子。您一定得帮我们证明这一点。"

"你们有没有考虑过收买他？"局长若有所思地建议道，"我的意思是，他可能都不知道10亿后面有几个零。可以想象，你们只要给他几千卢比，他就会幸福得不得了。”

我真想一拳把那个局长的眼珠子打爆。不可否认，在参加这个竞猜节目之前，我还真不知道10亿究竟是多少。但那都是过去的事情了，现在我知道了，而且我决心拿回属于我的奖金，拿回带着所有9个零的奖金。

约翰逊的回答让我吃了一颗定心丸：“我们不能那样做。”他说，“那样的话，我们会遭到起诉的。您是知道的，他要么是一个名副其实的大赢家，要么是一个彻头彻尾的骗子。因此，同样的道理，他要么把10亿拿到手，要么就得坐牢。没有什么折中方案。您一定要帮助我们，确保让他坐牢。要是米哈伊洛夫现在必须掏出10亿来，他立马就会心梗的。”

局长直视着约翰逊的眼睛：“我明白你的意思。”他慢吞吞地说：“可我干吗要参与这种事呢？”

就像是听到了一种提示一样，约翰逊把他拉到角落处。他们压低了嗓音窃窃私语。我只捕捉到了一个数字：10%。对于听到的话，局长显然开始兴奋起来：“好，好，约翰逊先生，你就当这件事已经办妥了吧。现在，我要把戈德伯尔叫进来。”

那个督察被叫进来。“戈德伯尔，到目前为止，你从他那里得到什么信息了？”局长问。

戈德伯尔怨恨地盯着我：“什么也没得到，局长阁下。这个混蛋老在重复一句话：他就是‘知道’答案。他说他很幸运。”

“幸运，呃？”约翰逊冷笑起来。

“是的，先生。我到目前还没使用刑讯逼供呢，否则的话，他早就像一只百灵鸟那样给我唱歌了。阁下，只要您允许，我立马就能让他把所有同伙都供出来。”

局长看着约翰逊和南达，探询道：“你们觉得这样做合适吗？”

南达用力地摇头，一头长发开始飘舞起来：“不行，还是不要用酷刑。报界已经听到了他被逮捕的事，如果他们发现他受到过虐待，我们就吃不了兜着走了。就算是不用担心被那些该死的鼓吹民权的非政府组织起诉，让我头痛的事情就够多的了。”

局长拍拍他的后背：“比利，你可是越来越像美国人了。别担心，戈德伯尔在这方面绝对是行家，这小子身上是不会留下任何记号的。”

我胃里的胆汁开始像气球一样升腾，我感到恶心作呕。

局长准备离开了，临走的时候补充说：“戈德伯尔，明天早上，我就要拿到他的同伙名单和这个案子的全部细节。你可以动用一切必要手段获得信息，但是要小心行事。记住，这关系到你的升职。”

“谢谢您，阁下。谢谢您啦！”戈德伯尔挤出做作的谄媚笑容，“您放心吧，阁下。等我收拾完这小子，我甚至都能让他承认，是他杀了圣雄甘地。”

我努力回忆是谁谋杀了圣雄甘地。据说他在临死前只说了一句：“噢，神啊。”我记得这件事，是因为我当初刚听到这个故事，便惊呼起来："那是我的名字。"[1]当初，蒂莫西神父还温和地向我解释说，那是大神罗摩的名字，还说那位大神曾被放逐到森林中长达14年。

戈德伯尔送走了局长和那两个男人，喘着粗气回到审讯室，砰的一声把门关上。然后，他在我跟前扬手打了个响指。

"好了，婊子养的，把衣服扒了！"

尖锐的疼痛感，从我身体的每一个毛孔渗出。我的双手被粗绳子缚在木梁上。木梁离地面足有9英尺高，所以，我的腿完全悬吊在空中，我感觉四肢仿佛与身体脱节了一般。我浑身赤裸，胸腔肋骨就像饥饿的非洲婴儿那样向外凸出。

戈德伯尔已经折磨了我一个多小时，可他还是没有罢休。每隔半个钟头左右，他就会想到使用一个新的刑具。一开始，他把一根木棒插入我的肛门，木棒上涂着辣椒粉。我觉得仿佛有一根熔融的灼热铁钉从后面扎进去，剧痛让我窒息和作呕。然后，他又把我的脑袋长时间按在水桶里，直到我的肺脏几乎爆裂为止。我实在喘不过气来，"咕噜咕噜"地吐着水泡，险些当场溺毙。

1 甘地原话为："Hē Ram！"（英译为：Oh，Lord！）Ram是印度教主神毗湿奴化身之一，史诗《罗摩衍那》的主角。不少印度人都喜欢取名Ram。为区分普通印度人和宗教人物，神话中的Ram译为"罗摩"，普通人Ram译为"拉姆"。因此，甘地临终前念出罗摩大神的名字，本书主角拉姆以为是在叫他的名字。

现在，他的手里拿着一根通电的裸线，就像是在印度灯节上舞动着一支烟火的孩童似的。他犹如喝醉酒的拳击手一般，在我周围蹦来跳去，然后猛地向我冲过来，将那根裸线戳在我的左脚跟上。

就像踩着了火一样，电流让我的身体瞬间跃起。我剧烈地抽搐和痉挛起来。

戈德伯尔对我大喊大叫："狗娘养的，你还是不想告诉我，你当时在节目中耍了什么花样吗？是谁告诉你答案的？你只要说出来，这场小小的折磨就结束了，你就能美美地吃上一顿热饭，我还可以让你回家。"

可是现在，家这个概念很模糊，那似乎是一个非常遥远的地方，而且热饭只会让我呕吐。如果你长时间不吃东西，饥饿感就会减弱以至消失，最后剩下的只是胃部一阵阵的隐痛。

剧烈的呕吐感像潮水一样向我袭来。我感到两眼发黑，透过一层厚厚的暮霭，我眼前出现了一个个子很高、黑发扬起的女人。狂风从她身后呼啸而来，将那黑亮的头发吹拂到她的脸上，并遮住了她的容颜。她身上那件用细薄织物制成的白色莎丽，像风筝一样窸窣颤动。她向我敞开双臂，泪如泉涌："我的儿子……我的儿子……他们都对你做了什么啊？"

"妈妈！"我尖声叫喊，并试图穿过重重雾霭的阻隔冲向她，但戈德伯尔粗暴地抓住了我的脖颈。我感觉到自己似乎正在奔跑，却不能向前移动半步。他突然用力掌掴了我一下，我眼前的黑雾瞬间消失了。

戈德伯尔再次把钢笔递到我跟前。那是一支有着闪光的金色笔尖的黑色钢笔。蓝墨水在笔尖上泛出光亮。“在这张供词上签字。”他命令我。

供词内容很简单：“我，拉姆·穆罕默德·托马斯，特此声明：我在7月10日参加了竞猜节目《谁将赢得10个亿》。我承认我当时作弊了，因为我不知道任何问题的答案，我在此收回对于最高奖项或其他任何奖项的要求，并且乞求宽恕。我在做出这一供述时意识完全清醒，也没有受到任何外来压力。签字者：拉姆·穆罕默德·托马斯。”

我知道，签署这份声明只是时间问题，因为我挺不了多久了。我们过去总被人告诫千万别和警察作对，特别是像我这样处于食物链底端的流浪少年。在我们上面，是扒手之类的罪行轻微的罪犯，他们上面是勒索钱财者和放高利贷者，比他们位置更高的是黑帮头目，在黑帮头目上面是大公司、大企业。在所有人和机构之上的，当然就是警察了。他们拥有滥用权力的各种工具和手段，而且没有人可以限制他们。毕竟，谁能监督和制约警察呢？因此，我早晚会在那份供词上签字的。在被扇了10个，也许是15个以上的耳光之后，或者是在遭到5次，也许是6次以上的电击之后……突然，我听到门外一阵骚动。警员们都在喊叫，有人在大声说话。那扇门先是震颤了一下，随即就被“砰”的一声推开了。一位年轻女子闯进房间。她中等身高，身材苗条，有一口漂亮的牙齿和一双可爱的弯眉，额头中间有一颗很大的蓝色圆形吉祥痣。她身穿白色的谢尔瓦格米兹[1]，系着蓝色围巾，穿着一双皮凉鞋。她有一头长长的蓬松的黑发，一只棕色肩背包挂在左肩上，周身散发出一种十分引人注目的气质。

戈德伯尔慌乱不已，以至于被那根电线碰到了手，发出一声痛苦的哀号。他想抓住那个闯入者的衣领，突然意识到对方是一个女人。“你是谁，有这么闯进来的吗？你没看见我正忙着呢吗？”

“我叫司蜜妲·沙。”那个女子平静地对戈德伯尔说，“我是拉姆·穆罕默德·托马斯先生的律师。”然后她看着我，瞧见了我的狼狈样子，便匆忙将目光移开。

戈德伯尔惊呆了，他震惊到都没发现我也惊呆了。我之前从未见过这个女人。我连坐出租车的钱都没有，当然也没钱雇律师。

“再说一遍？”戈德伯尔气愤地提高了嗓门，“你说什么，你是他的律师？”

“是的。你对我的客户所做的事情，完全是非法的和不可接受的，我要求你立刻停止你的行为，他有权根据印度刑法第330条和第331条起诉你。我要求看到有关他被捕的文件，我没有看到任何相关备案记录。你们没有宪法第22款规定的任何逮

1　一种南亚民族服饰。

捕理由，而且，你的所作所为是在违反刑法第50条的规定。现在，除非你能向我出示他的逮捕令，否则的话，我就要把我的客户从警察局带走，并将同他私下磋商相关事宜。”

“哦……这个……我……我必须……必须和局长谈一谈，请稍候。”

戈德伯尔只能说出这些话来，他带着无奈的表情看着那个女子，一边摇摇头，一边从房间溜了出去。

我不能不感到震惊。我以前可从不知道，律师可以对警察行使这种权力，看来那个食物链必须得改改了。

我不知道戈德伯尔是什么时候回到审讯室的，也不知道他对那个律师说了什么，或者那个律师又对他说了什么，因为我已经昏了过去。这既是因为痛苦和饥饿，也是因为欣慰和幸福。

我坐在一张真皮沙发上，手里捧着一杯热气腾腾的茶。一张长方形桌子上摆满了文件，还有一个玻璃镇纸和一盏红色的台灯，房间墙壁涂着淡粉红色。书架上摆满了黑色封皮、书脊印有镀金书名的厚书籍，墙壁上挂着框起来的各种证书和文凭。在房间的一个角落处，生长着一盆枝丫斜向一侧的发财树。

司蜜妲手捧盘子和水杯走过来，我立刻闻到了食物的香味。“我知道你一定饿坏了，所以我给你带来了薄煎饼、什锦蔬菜和可乐，我的冰箱里暂时只能找到这些东西了。”

我情不自禁地抓住她的手，感觉它们温暖而湿润。“谢谢你。”我感激地说。我还是不知道她是怎么去的警察局，以及去那里救出我的原因。她的解释是，她从报纸上读到我被捕的消息，便立刻赶了过去。现在我是在她位于班德拉[1]的私人住宅。我不会开口问她是何时把我带到这里，或者为什么要带我过来。我经历的显然是奇迹，一个人是不应当怀疑奇迹的。

我开始吃东西，吞下了所有的薄煎饼，吃光了全部蔬菜，喝掉了一整杯的可乐，我吃得眼珠子都鼓凸了出来。

现在是深夜。我吃过饭后小睡了一觉。现在，司蜜妲正和我在一起，不过不是在客厅，而是在她的卧室里。我坐在一张铺着蓝色床罩的大床上。她的卧室不同于我以前的那个雇主、女影星倪丽玛·顾茉莉的卧室。这里并没有一面面大尺寸的镜子、挤满搁架的奖状和奖杯，这里有的是各种各样的书籍，还有一只有着玻璃眼珠的棕色大玩具熊。

不过，和倪丽玛一样，她的卧室里也有一台索尼电视机，还有一台DVD播放机。

我和司蜜妲坐在床沿上，她手里握着一个光盘盒。“瞧，我设法弄到了那个节目的DVD样片副本。现在，我们得把这件事好好梳理一下。我希望你能亲口向我解释，你究竟是如何答对所有那些题目的，我希望你能告诉我真相。”

1　位于印度孟买西部的一个郊区，有“女王郊区”之称，该区汇集了众多餐厅、酒吧、咖啡馆和大型商场。

“真相？”

“你放心。就算你真的作弊了，我也会保护你的。不管你对我说什么，都不会成为对你不利的法庭证据。”

我的脑海里第一次开始产生疑虑。这个陌生女子对我这样好，其中会不会有不可告人的企图呢？她会不会是受了那个秃顶约翰逊的指使，要从我这里找到能使我获罪的证据呢？我可以百分之百地相信她吗？

不管怎样，该是作决定的时候了，我掏出那枚我最信任的1卢比硬币。如果是正面，那就表示我应当和她合作，说出全部真相。如果是背面，我就和她说声拜拜，然后立刻走人。我随即抛出硬币。

结果是正面。

“你知道阿尔伯特·费尔南德斯吗？”我问她。

“不知道。他是谁？”

“他在达拉维有一家黑工厂，是制作手表的表带扣的。”

“然后呢？”

“他玩玛特卡。”

“玛特卡？”

“就是一种非法赌牌。”

“我明白了。”

“就是说，阿尔伯特·费尔南德斯这个人玩玛特卡，上周二他赚老鼻子了。”

“什么意思？”

“他连赢了15手。你能相信吗？连赢15手。他那天晚上至少捞了5万卢比。”

“然后呢？我还是看不出这中间有什么联系。”

“你难道真的看不出来吗？他是打牌运气好，而我在那个节目中也是运气好。”

“你的意思是，你只是猜对了答案，你纯粹是靠运气答对了全部12个问题，是这个意思吗？”

“不。我不是猜到答案的，我是知道答案。”

“你知道答案？”

“是的。我知道所有问题的答案。”

“既然如此，那你所谓的运气又是怎么回事呢？”

“哦，很简单，他们问到的那些问题，恰好我都知道答案，那你说，我的运气还不够好吗？”

司蜜妲脸上那种怀疑的表情说明了一切。于是我再也忍受不下去了，终于因为悲愤而爆发了：“我知道你是怎么想的。就和戈德伯尔一样，你肯定也在怀疑，我当时在那个竞猜节目中做了什么手脚。就和戈德伯尔一样，你也认为我只配在饭店里端盘子倒水。我就该像一条狗那样活着，最后像一只昆虫那样死去。我说的对不对？”

“不，拉姆。”她抓住我的手，“我从来都不会那样想。但是你必须理解，如果你需要我帮助你，你就必须说清楚，你是怎样赢得那10亿卢比的。而且我承认，我自己也觉得这件事很难理解。说实话，那些竞猜问题，我连一半都答不上来。”

“嗯，小姐，我们穷人同样也可以提出问题，并要求富人们回答。我还可以跟你打赌，如果让穷人来安排一次竞猜比赛，那么富人同样一道题也答不上来。我不知道法国货币是什么，但我可以告诉你，夏丽妮·达伊欠我们住宅区那个放债人多少钱。我是不知道第一个跑到月亮上的人是谁，但我可以告诉你，在达拉维第一个制作盗版DVD的是谁。你能回答我的这些问题吗？”

“听着，拉姆，你先别发火。我丝毫没有冒犯的意思。我真的希望能够帮到你。可是，既然你没有作弊，我就必须知道，你是怎么知道那些题目的答案的。”

“我无法解释。”

“为什么这么说？”

“你会去注意你什么时候呼吸吗？你当然不会。你只是知道你在呼吸，仅此而已。我没上过学，我也没读过书。但是，我可以告诉你，我早就知道答案。”

“也就是说，我需要首先了解你过去的生活，才能够了解那些答案的起源，是吗？”

“也许是这样吧。”

司蜜妲点点头：“我认为这才是问题的关键。说到底，对你而言，与其说这种竞猜是一种知识测验，不如说是一种记忆测验。”她调整了一下肩上的那条蓝色围巾，认真地注视着我的眼睛：“我很想听听你记忆中的那些事。你可以从头说起吗？”

“你的意思是从我出生那一年说起？从我一岁的时候开始？”

“不。从第一个问题开始说，不过在开始之前，拉姆·穆罕默德·托马斯，请你答应我，你务必要告诉我真相。”

“你的意思是像有部电影里说的那样，‘真相，全部的真相，而且只能是真相’？”

“完全正确。”

我深吸了一口气：“好吧，我答应你。可是你的宣誓经书在哪里呢？《神歌》[1]《古兰经》或者《圣经》有吗？随便哪个都行。”

“我不需要经书。我就是你的见证人，就像你也是我的见证人一样。”司蜜妲从光盘盒里取出一张闪亮的光盘，将它插进DVD播放机里。

---

1 指《薄伽梵歌》，该书是印度史诗《摩诃婆罗多》的组成部分，也是印度教最神圣的经典之一。

奖金1000

英雄之死

第三遍铃声响起来了，紫色的天鹅绒帷幕即将拉起，灯光渐次调暗。在光线昏暗的大厅里，那块显示着“出口”字样的红色标志牌，如篝火余烬一般泛着红光。卖爆米花和冷饮的小贩已经离开了，我和萨利姆在自己的座位上坐下来。

关于萨利姆，你必须知道两件事情。第一件事情是：他是我最好的朋友。第二件事情是：他对印地语电影非常痴迷，不过不是所有的印地语电影，他只痴迷阿尔曼·阿里主演的电影。

人人都说，前些年里，印度最红的明星是阿米特巴·巴强，后来是沙鲁克·汗，现在就要属阿尔曼·阿里了。终极动作片英雄，印度的希腊之神，无数人的偶像。

萨利姆热爱阿尔曼。或者更确切地说，他崇拜阿尔曼。他在分租公寓的那个小房间，俨然就是一个圣坛，里面贴满了可以展示他的英雄不同姿态的海报：穿着皮夹克的阿尔曼，骑摩托车的阿尔曼，脱掉衬衫、露出毛茸茸胸脯的阿尔曼，持枪的阿尔曼，骑马的阿尔曼，在游泳池里被一群美女簇拥的阿尔曼。

在班德拉的皇家电影院，我们占据了楼座第一排的A21号和A22号这两个座位。我们其实是不应该坐在这里的，我们衣兜里的那两张电影票，并没有印着“楼座，150卢比”，而是印着“正厅前座，25卢比”。不过引座员今天情绪不错，对我们格外开恩，让我们享受一下楼座，因为正厅根本没什么人，甚至就连楼座基本都是空的。除了坐在最后面的我和萨利姆，坐在前面的观众加起来也不过20多个人。

我和萨利姆一起看电影时，通常都会坐在正厅前座，我们会肆无忌惮地不时发出嘘声和口哨声。萨利姆认为离屏幕越近，离那些动作场面也就越近。他说只要身体向前探出一些，他几乎就能碰到阿尔曼本人。他能够数出阿尔曼的二头肌有几根血管，他可以清晰地看到阿尔曼浅褐绿色眼睛的眼白，以及阿尔曼那略带凹陷的下巴上精致可爱的胡茬，还有阿尔曼高挺的鼻梁上那颗小小的黑痣。

我却不是特别喜欢阿尔曼·阿里，我觉得他在每部片子里的表演模式都是一个套路。不过，我也喜欢坐在前排，喜欢尽可能靠近那巨大的银幕。因为这样一来，女主角们的胸部就会显得更加撩人。

幕布现在已经拉起，银幕开始闪现出画面。观众首先看到的是广告：四个是私人公司的广告，一个是政府的广告。我们被告知只要早餐吃某种品牌的玉米片，上学就能考第一名，还能成为板球冠军。只要使用古龙水（“这就是阿尔曼用的香水！”萨利姆突然大声说），我们就可以开跑车上路，并能赢得一个美女的芳心。只要使用“罗马”牌香皂，就可以拥有一套泛着光泽的白色制服，并能在公司获得晋升。只要喝“红与白”牌威士忌，我们的小日子就能过得和广告中的那个国王一样滋润。再有就是：为什么吸烟会让我们死于肺癌。

广告过后，在更换胶片卷轴时会有一个短暂的间歇期。我们便使劲咳嗽几声，清清喉咙。然后，宽银幕上照例出现了一个检查证书。它告诉我们，这部电影被评定为U/A级，有17个卷轴和4639.15米的长度。该证书的签署者是M. 凯恩夫人，她的身份是审查委员会主席。她负责签署所有的审查证书。萨利姆经常向我提起这位女士，他真的很羡慕这位夫人的工作，她比任何人都能更早地看到阿尔曼的片子。

电影开场的演职员名单开始滚动，萨利姆知道这部电影中的每一个人。他知道谁是服装师，谁是发型师，谁是化妆师；他也知道制片人、财务总监、录音师和所有助理的名字。他的英语说得不灵光，但他可以读出名字，哪怕是那些字号非常小的名字。这部片子他都不厌其烦地看过八遍了，每次都会记住一个新名字。尽管如此，你现在要是看到每次他脸上都呈现出的那种专注的表情，你都会以为他是从黄牛党手里买的黑市票，正在观看第一天的首映式呢。

不到两分钟，阿尔曼·阿里就闪亮登场了：他动作潇洒地从一架蓝白相间的直升机上跳下来。萨利姆的眼睛一下子亮起来，我看到他脸上那种天真无邪的兴奋感，这就跟他一年前初次见到阿尔曼时一模一样，他当时可是亲眼看到了演员本人。

萨利姆从门外跑进来，一头趴倒在床上。

我吓了一跳。“萨利姆！……萨利姆！”我叫起来，“你这是怎么了？你怎么这么早就回来了？”我把他的身体翻转过来。

我发现他正在笑。“今天发生了最不可思议的事儿，这是我生命中最快乐的一天。”

“怎么回事？你中彩票了？”

“不是。比中彩票还要美妙呢！我见到阿尔曼·阿里了。”

他开始气喘吁吁地一点一点讲述，整件事便浮出了水面。当萨利姆在东郊的加特考帕尔做着他的日常工作时，突然一眼瞥见了阿尔曼·阿里。那个大明星刚刚走下奔驰车，准备进入一家五星级酒店。萨利姆当时正在一辆公共汽车上，准备把最后一份午餐盒饭送交客户。就在看见阿尔曼的那一刻，他从快速行驶的车辆上飞快地跳下来，差点儿被一辆国产“马鲁蒂”汽车迎面撞倒。他快步跑向那个正在穿过酒店旋转门的演员，但很快就被入口处那个穿制服的高大魁梧的警卫拦住了。“阿尔曼！”萨利姆喊起来，不顾一切地想要吸引那个大明星的注意。阿尔曼听到喊声，就停下脚步转过身来。他的目光和萨利姆的目光相遇了。他淡淡一笑，几乎是不易察觉地微微点头示意了一下，然后就消失在大厅里面。萨利姆完全忘记了还有送午餐盒饭这回事，他当即掉头跑回家，向我通报了这个重大喜讯，这也是他的梦想终于成为现实的一天。不过那天下午，“加利”午餐快递公司的某个客户注定是要饿肚子了。

“阿尔曼和他在银幕上相比，是否有什么不一样呢？”我问。

“当然不一样，他在现实中更有魅力，看上去更魁梧也更帅气。”萨利姆说，“我这辈子最大的理想就是能握握他的手，哪怕就一次也行。我要是握了他的手，可能一个月都不会去洗手。”

我于是开始思考这样的问题：拥有一个简单而又纯粹的梦想——比如去握一个电影明星的手——究竟有多美好？

此时此刻，在银幕上，男主人公的那只手正拿着枪，对准了三个警察。阿尔曼在这部影片中饰演的是一个黑帮老大，不过是一个有良心的黑帮老大。他在劫富济贫的过程中，爱上了步莉雅·嘉波儿（一个很有前途的女演员）饰演的女主人公，还为此情绪饱满地唱了六首情歌。他还满足了他挚爱的母亲的心愿，带她到天母神庙朝圣——这些都是在幕间休息以前的情节。

步莉雅·嘉波儿刚刚出场，迎接她的就是观众席上传来的一阵喝彩声。她是一个个子很高、相貌姣好的女演员，几年前还赢得过“世界小姐”的头衔。她的形体具有一种古典美的风韵，乳房丰满，腰肢纤细。她是我目前最喜欢的女演员。她在电影里老爱噘着嘴，还挺喜欢对片中的喜剧演员说“闭嘴”。每到此时，我们都会笑起来。

“你的梦想，就是要握握阿尔曼的手。”我对萨利姆说，“那你觉得，阿尔曼在现实生活中的梦想是什么呢？他似乎一样也不缺——相貌、名声和财富。”

“你错了。”萨利姆郑重地回答说，“他缺优哩婆湿。”

有一段时间，报纸上都是阿尔曼和名模优哩婆湿分手的消息，他们的闪电式恋爱只维持了9个月。有猜测说，阿尔曼当时伤心欲绝，不吃不喝，甚至有可能会自杀，而优哩婆湿·蓝达娃又回归模特界去了。

我看见萨利姆在伤心地哭泣，他被泪水浸泡的眼睛红通通的，而且一整天都没有吃饭。那个镶嵌着阿尔曼和优哩婆湿合影的心形玻璃相框，几乎花掉了他那微薄薪水的一半，而此时那个相框正躺在地上，已被摔得粉身碎骨了。

“听我说，萨利姆，你这样可就太幼稚了，这种事你帮不上忙。”我安慰他说。

“如果我能遇见阿尔曼就好了，我想安慰他，握着他的手，让他趴在我的肩膀上哭泣。他们都说，痛痛快快地哭一场，会让一个人的心情好起来。”

“可那又有什么用呢？优哩婆湿不会再回到阿尔曼的身边了。”

萨利姆突然抬起头："你觉得我能和她说上话吗？也许我可以说服她回到阿尔曼的身边。我要告诉她，这是一个错误。我要告诉她，阿尔曼是多么伤心，多么后悔。"

我摇摇头，我可不希望萨利姆在孟买瞎折腾，傻乎乎地满大街去寻找优哩婆湿·蓝达娃。

"萨利姆，不管是去干涉别人的私生活，还是把别人的麻烦变成你自己的麻烦，都不是个好主意。阿尔曼·阿里是一个成熟的男人，他肯定知道怎么解决他的麻烦。"

"我至少可以送他一份礼物。"萨利姆说。

他买来一大瓶"菲维克"牌胶水，要把那个心形相框的碎片再次粘接起来。这用掉了他一周时间，但那颗心脏最终还是变得完整了，那纵横交错的黑色条纹网格，只会让人联想起它曾经破裂得七零八碎。

"我要把它寄给阿尔曼。"他说，"它象征着一颗破碎的心也能够再次复原。"

"用'菲维克'复原？"我问他。

"不，用爱和关心。"

萨利姆把相框用布包起来，寄往阿尔曼·阿里的家庭住址。我不知道它是安然无恙地到达了阿尔曼那里，还是被邮政部门弄碎了，是被保安人员捣毁了，还是被阿尔曼的私人助理扔进了垃圾桶。重要的是萨利姆坚持认为，那个相框肯定到达了他的英雄手中，并有助于治疗那个男人受伤的心。阿尔曼将因此而找回自我，重振雄风，拍出更多大片，就像我们眼下正在观看的这一部。这部片子我是头一次看，而萨利姆已经是第九次看了。

银幕上正在播放一首感情真挚的颂圣歌曲，在歌曲声中，阿尔曼和母亲向天母神庙跋涉。

“我听说只要你虔诚地向天母提出请求，她就会满足你的一切愿望。告诉我，要是你的话，会提出什么样的要求呢？”我问萨利姆。

“那如果是你呢？”他反问我。

“我想我会要很多钱。”我说。

“我会请求她让阿尔曼和优哩婆湿复合。”他毫不犹豫地说。

银幕上，红色粗体字显示出“幕间休息”的字样。

我和萨利姆站起来，舒展了一下四肢，从食品小贩那里买了两个湿漉漉软乎乎的糖三角。那个卖软饮料的男孩表情落寞地看着空荡荡的座位，他今天注定是赚不了几个钱了。我们决定去卫生间，那里有漂亮的白瓷砖、小便池和干净的盥洗槽。我们都有各自固定的站位。萨利姆总是选择最右边的那个，而我偏爱左侧墙壁尽头处那唯一的小便槽。我一边清空膀胱，一边读着墙上的涂鸦：来干我吧……迪努到此一尿……席娜是个婊子……我爱步莉雅卡。

步莉雅卡？我咒骂那个对最后这句题词做了改动的涂鸦者。我朝手上唾了口唾沫，试图擦掉最后一个字，但它是用永久性黑墨水写在上面的，很难抹去。最后，我索性用指甲把它从墙上抠掉，成功地恢复了这个涂鸦的原始状态，正如我四个月前刻在上面的一样：我爱步莉雅。

第二遍铃声响起，幕间休息结束了，电影即将继续放映。萨利姆已经向我通报了后面的剧情：阿尔曼和步莉雅马上就将在瑞士对唱情歌，接下来，步莉雅会被敌对帮派杀害，然后阿尔曼展开复仇行动，他将杀死数百个坏人，揭露贪赃枉法的政客和警察，最后像一个英雄那样死去。

我们回到A21号和A22号座位。大厅再次变暗。突然，一个高个子男人穿过楼座的门，坐到萨利姆旁边的座位：A20号。他有200个座位可以选择，但却偏偏选了A20。我无法看清他的脸，但还是看得出来，他是一个上了年岁、有着飘逸长须的男人，而且似乎穿着一套帕坦民族服[1]。

我对这个男人感到好奇。他为什么会在电影进行到一半才进来呢？他买的是半价票吗？不过萨利姆丝毫未受影响。他正在抻长脖子俯身向前，准备欣赏阿尔曼和步莉雅即将开始的一段激情戏。

阿尔曼已经到了瑞士，名义上是想找人，实际是要向步莉雅求爱。他张开喉咙唱起一首情歌，20个白人女舞者配合着他载歌载舞。对于一个地形多为高寒山地的国家而言，这些女孩

1 一种印度男装服饰，袖口处常用色彩亮丽的金丝刺绣作为装饰。

身穿的那些传统服饰，显得过于单薄和清凉了。终于，让人眼花缭乱的歌舞场面结束了，现在男主人公坐在酒店房间里，壁炉里燃烧着噼啪作响的火焰。

步莉雅正在洗澡，我们听到了哗哗的流水声，步莉雅嘴里哼着小调，然后，我们看见了浴缸里的她。她把香皂涂抹在两腿和后背上。接着，她抬起一条沾满泡沫的长腿，用淋浴喷头慢慢冲净。我们希望她也能冲洗一下她那丰满的胸部，让所有的泡沫消失，可结果却令我们很失望。

最终，她从浴缸里站起来，全身只裹着一条粉红色浴巾。一头黑亮的秀发散落在肩膀上，闪烁着晶莹的水光。她的长腿光洁无毛。阿尔曼一把将她揽入怀中，在她的脸上疯狂地亲吻着，嘴唇逐渐向下移动，直至到达她的脖颈的凹陷处。旋律轻柔的浪漫音乐开始响起，步莉雅主动上手，一点一点地解开阿尔曼的衬衫纽扣，阿尔曼表情慵懒而惬意地将衬衫脱掉，露出他那散发着雄性魅力的胸脯。壁炉的火焰给这对恋人的身体蒙上了一层金色的光晕，步莉雅发出一阵柔和的呻吟声。她配合地弯腰曲背，使得阿尔曼可以更方便地爱抚情人的喉咙。他的手像蛇一样在她的后背缓缓游走，并一把扯去她的浴巾。粉红色的织物随即散落开来，堆积在步莉雅的脚旁。此时此刻，观众终于可以幸运地一饱眼福：看到女主人公诱人的长腿、香肩和后背，却看不到那对乳房。萨利姆认为，检查员肯定在这个地方做了删节处理，这也是他羡慕凯恩女士的原因之一。

阿尔曼现在紧紧地抱住步莉雅。我们只能够看到她那对隆起的乳房的侧影，听到她变得沉重的喘息，看到她额上渗出的汗水。观众开始发出嘘声和口哨声。坐在萨利姆旁边的那个老人交叉着双腿，似乎显得躁动不安。接下来的情形，我并不十分确定，但我的确认为，他的手正在揉搓自己的裆部。

“你旁边那个老家伙发情了。”我小声对萨利姆说。但他顾不上我，也没有注意那个老男人，他正在目瞪口呆地看着那两具彼此缠绕的胴体伴着背景音乐同步运动。镜头掠过阿尔曼不断起伏的后背，又给了壁炉一个特写镜头。画面开始淡出，直至完全变黑。

当我走进分租公寓时，那里正燃烧着同样的炉火，但烧的不是圆木，而是纸张。

“狗娘养的！……卑鄙小人！”萨利姆一边嘟哝着咒骂，一边将一摞厚厚的亮光纸撕成碎片。

“你在干什么呢，萨利姆？”我吃惊地问。

“我在报复那些诽谤阿尔曼的混蛋。”说完，他将更多的纸张扔进了炉火中。我注意到萨利姆是在撕一本杂志。

“这是什么杂志？看起来很新啊。”

“是新出的《星光》。哼，我能弄到多少本，就要毁它多少本。我从报摊上只能买到这10本了。”

我抓起一本尚未严重损毁的杂志。封面人物是阿尔曼·阿里，还配有一个醒目的标题:《关于这个男人的赤裸真相》。

“封面这个人不是你的偶像吗？你干吗要毁掉它呢？”我惊奇地叫起来。

“因为它说了阿尔曼的坏话。”

“可是你又不认识多少字啊。”

“我能读到的那些就足够了，再说我也长耳朵呀。我偷听到巴尔维太太和谢克太太在聊天时，提到过这期杂志对阿尔曼的诬蔑，哼，根本就是无耻的诬蔑。”

“比如呢？”

“说优哩婆湿离开他，是因为阿尔曼不能满足她，说阿尔曼是个同性恋者。”

“然后呢？”

“你觉得他们这么诽谤我的英雄，我还能当没事人一样吗？我知道这篇报道全是胡说八道。阿尔曼在圈子里的竞争对手，对他的巨大成功很眼红，所以就使用这种阴招，想要毁掉他的声誉。我是不会让他们得逞的。我要找到《星光》杂志的办公室，把它一把火烧了。”

萨利姆的愤怒达到了顶点，我知道这是为什么。他非常讨厌同性恋。用同性恋这种说法来玷污他的偶像，就是对他最大的侮辱。

我也知道有一些变态的家伙，他们会对那些毫无戒心的男孩做什么。在黑暗的大厅里。在公共厕所。在市内公园。在少年感化院。

幸运的是，《星光》在接下来的一期撤回了原先的指控。这也拯救了一个送午餐盒饭的人：他没有变成纵火犯。

与此同时，在银幕下面的A20号座位上，奇特的情况正在加剧。那个老男人的身体开始挨近萨利姆。他的腿似乎是在无意间摩擦着萨利姆的腿。第一次，萨利姆以为这是他自己的错。第二次，他以为这是个意外。第三次，他相信对方是故意这么做的。

"穆罕默德，"他低声对我说，"要是我旁边那个混蛋再用他的脏腿蹭我，我非踢死他不可。"

"你看看他多老了，萨利姆，他的腿可能就是在发抖吧。"我劝告他说。

打斗部分开始了，萨利姆开始忙着看动作场面：阿尔曼已经闯入了匪徒的巢穴，场面非常混乱，这个英雄使用各种佯攻和拦截动作——拳击、空手道和中国功夫都用上了，把对手踢得人仰马翻。

那个老人的手也开始动作起来。他的胳膊肘架在那个共用扶手上，让自己的手臂靠在萨利姆的手臂上，十分轻微地触碰着它。但萨利姆几乎没有感觉到，他当时完全沉浸在剧情即将进入高潮的影片里了。

这部电影当中最有名的一段场景即将出现：杀掉所有坏人

以后，阿尔曼·阿里也将永远地闭上眼睛。他的背心被鲜血染红了，他的身上遍布枪伤，他的裤子沾满灰尘和污垢。他十分吃力地拖着身体，爬向刚刚赶来的母亲。

萨利姆早已看得泪流满面，他再次向前探出身子，情真意切地说：“妈妈，我希望我是您的好儿子，不要为我哭泣。妈妈，我宁愿光荣地死去，也不要像懦夫那样活着。”

阿尔曼的头靠在母亲的膝盖上。他正在模仿萨利姆的话：“妈妈，我希望我是您的好儿子，不要为我哭泣。妈妈，我宁愿光荣地死去，也不要像懦夫那样活着。”

母亲也在哭泣，她把儿子满是鲜血的脑袋搂在怀里。她的眼泪滴落到阿尔曼·阿里的脸上。阿尔曼抓住母亲的手，他的胸部快速地抽搐着。

眼泪也滴落在我的膝头上。我看到另一位母亲不停地亲吻自己孩子的额头，把他安放到一个衣箱里，重新整理好他周围的衣服。我看到狂风呼啸。我听到警笛响起。是的，警察终于到了现场，像往常一样姗姗来迟。英雄替警察做了本该由他们做的事，现在，他们却不能为英雄做任何事。

我看见那个大胡子老人的左手变得更加大胆：它现在移到萨利姆的膝盖上，轻轻地放在那里。萨利姆全神贯注地盯着死亡现场，压根儿就没意识到座位这边发生的情况，因此也没有作出任何反应。老人似乎得到了鼓励，他把手掌放在萨利姆的牛仔裤上来回摩擦着。当阿尔曼还剩最后几口气时，那个人也增加了对萨利姆的裆部的压力，最后几乎握住了那里。

萨利姆爆发了：“臭傻逼！死变态！我要杀了你！”他大叫起来，随手抽了那人一记耳光，打得特别用力。

那人慌忙把手从萨利姆腿上拿开，并试图从座位上站起来。他还没站稳当，萨利姆就伸手一把揪住了他。不过，萨利姆没抓住那个人的衣领，而是揪住了对方的胡子。他用力一拉，就把胡子薅了下来。那人发出一声怪叫，随即从座位上跳起来，快步冲向不到20英尺的楼座出口处。

就在这一瞬间，电影院的电力出了故障，发电机自动启动。银幕一片空白。当应急照明灯点亮的一刹那，原本黑暗的大厅立即变得异常耀眼。那人猝不及防，犹如被汽车头灯的光芒罩住的一头鹿，惊慌失措地原地打转。

转眼间，电力又恢复了。这只是一个短暂的中断。电影在银幕上继续上演，应急照明灯熄灭了。那人疾步穿过黑色的帷幕，走向带有“出口”字样的红色标志牌，“砰”的一声打开门，立刻没了踪影。

然而，就在这一瞬间，我和萨利姆瞥见了一双浅褐绿色的眼睛，一只坚挺的鼻子，还有一个中间有迷人的小窝的下巴。

当片尾的演职员表开始在银幕上滚动时，萨利姆呆愣愣地站在那里，手里攥着一撮纠结在一起的灰白色毛发，那东西隐隐散发出古龙香水和快干胶水的味道。这一次，他没有去看宣传策划人和技术指导、灯光师和聚光灯助理以及动作指导和摄影师的名字。他在哭泣。

阿尔曼·阿里，他的英雄，已经死了。

司蜜妲怀疑地盯着我："这件事究竟是什么时候发生的？"

"大约六年前，当时，我和萨利姆住在加特考帕尔的一个分租公寓。"

"那你知道，你刚才对我说的意味着什么吗？"

"什么？"

"意味着这件事一旦曝光，就会毁掉阿尔曼·阿里这个人，他的电影生涯也就结束了。当然，除非你刚才告诉我的全是真的。"

"那你还是不相信我？"

"我并没那样说。"

"我从你的眼睛里看到了怀疑。如果你还是不相信我，那是你自己的事。但是，你不能无视这张 DVD 上的证据。我的意思是，我们是不是该看看第一道题了？"

司蜜妲点点头，按下了遥控器上的播放键。

演播室的灯光已经变暗。我几乎看不到在我周围围成一圈的观众。

大厅中央被一盏聚光灯照亮，我坐在一张皮革转椅上，对面是普利姆·库马尔。我们彼此被一张半圆形桌子分开。我前面有一个显示题目的大屏幕。演播室的提示牌亮起来。上面显示的是“肃静”。

“镜头准备，三,二,一，开始。”

这个节目的信号曲响起来，普利姆·库马尔洪亮的声音响彻大厅:“各位，我们又回到这里了。我们要看一看，谁将在今天创造历史，赢得这个世界有史以来的最高奖。是的，女士们、先生们，请做好准备，我们将要看到：谁将赢得10个亿！”

演播室提示牌变成了“掌声”。观众开始鼓掌，其间还夹杂着一些欢呼声和口哨声。

节目信号曲淡出。普利姆·库马尔说:“我们今晚有三个幸运的参赛选手，他们是由计算器随机选出来的。三号选手是来自孟加拉邦马尔达市的卡宾·乔杜里，二号选手是来自古吉拉特邦艾哈迈德阿巴德市的哈利·帕里克教授，而我们今晚的第一位选手，是来自我们孟买的18岁的拉姆·穆罕默德·托马斯！女士们、先生们，请用热烈的掌声向他表示欢迎！”

每个人都开始鼓掌。掌声过后，普利姆·库马尔转向我：“拉姆·穆罕默德·托马斯——这是一个非常有趣的名字，它反映出印度文化的丰富性和多样性。你是做什么的，托马斯先生？”

“我在科拉巴的吉米酒吧餐厅做服务生。”

“啊，一个服务生！这难道不是很有趣吗？告诉我，你每月赚多少钱？”

“大概900卢比。”

“就这些吗？如果你今天赢了，你会做什么？”

“我不知道。”

“你不知道？”

“不知道。”

普利姆·库马尔对我皱起眉头，我没有按照他们的意愿回答。我本来应该配合他们，在这种“闲扯”中“制造气氛”和“娱乐观众”。我本来应该说，我将会购买一家餐厅、一架飞机或者一个国家。我也可以说，我将举办一个大派对，向“印度小姐”求婚，去通布图[1]旅游。

“好吧。我来解释一下规则：你需要回答12道题目，如果你每个问题都能答对，就会赢得地球上最大的一笔奖金：10亿卢比！在第9个问题以前，你可以随时选择退出，并带走你已经赢得的全部奖金，但是在第9个问题以后，你将不能选择退出。在那之后，你要么继续挑战，要么前功尽弃。等到了那个阶段，我们再来详细讨论这一点。假如你不知道某个问题的答案，也不要惊慌，因为你有两个救生筏可用——‘友情提示’和‘一半一半’。所以，我们可以开始第一个问题了，对吗？奖金1000卢比，你准备好了吗？”

“是的，我准备好了。”我回答。

---

1 非洲国家马里的历史名城，在撒哈拉沙漠南缘，尼日尔河中游北岸，历史上是一个交通要道和文化中心，许多穆斯林学者和圣徒在此定居和创作。

“好的，现在是第一道题目。一个非常简单的关于流行电影方面的问题，我相信在座每一个观众都回答得出来。现在我们都知道，阿尔曼·阿里和步莉雅·嘉波儿这对搭档，是目前最成功的银幕情侣之一。你能说出阿尔曼·阿里和步莉雅·嘉波儿首度合作的那部十分叫座的电影的名字吗？它是：A.《火焰》；B.《英雄》；C.《饥饿》；D.《背叛》。”

背景音乐变成了一种悬念调，还配有叠加于其中的滴答作响的倒计时声音。

“D.《背叛》。”我回答。

“你经常看电影吗？”

“是的。”

“你看过《背叛》吗？”

“看过。”

“你确定吗，百分之百确定吗？”

“确定。”

鼓点渐强。正确答案开始在大屏幕上闪烁。

“回答正确，百分之百正确！你刚刚赢得了1000卢比！现在，我们将短暂地插播一条广告。”普利姆·库马尔宣布说。

演播室提示牌变成了“掌声”。观众鼓掌。普利姆·库马尔露出微笑。我没有笑。

奖金2000

一个神父的隐秘负重

如果你坐火车到过德里，那你一定会去帕哈拉甘吉，并且十有八九会来到充满噪声、尘土飞扬的帕哈拉甘吉火车站。几乎可以肯定的是，你离开火车站以后，就会转向左侧去往康诺特广场，或者进入那个拥挤不堪的市场，那里有打折宾馆和对男性游客搔首弄姿的低级妓女。但是，如果你转向右侧，经过“老妈乳品”总部和J. J. 妇产医院，就会看到一座楼顶竖着一个巨大的白色十字架的红砖建筑。这就是圣玛丽教堂，我在18年前圣诞节那天出生的地方——或者更准确地说，这是我在12月25日那个寒冷的冬夜被遗弃的地方。

我当时被放在修女们用来募集旧衣服的那个大衣箱里。是谁把我放在那里的？为什么要把我放在那里？直到今天我也无法知晓。最可疑的就是J. J. 妇产医院的产房，也许我就出生在那里，我的母亲出于某种唯有她自己知道的原因而被迫将我遗弃。

我的脑海里经常出现那一幕。在午夜过后，一个身材曼妙、穿着白色莎丽的年轻女子，怀抱一个婴儿离开医院。当时狂风呼啸。长长的黑发吹拂在她的脸上，遮住了她的容颜。树叶在她脚下沙沙作响，尘土四处飞扬，闪电在天空划过。她拖曳着沉重的脚步走向教堂，怀里紧紧抱着那个婴儿。她来到教堂门口，使劲拍打着金属门环，但是风声太大，盖过了她的敲门声。她的时间很有限，她满眼泪水，不停地亲吻着婴儿的脸庞。然后，她把孩子放在那个衣箱里，并把那些旧衣服整理好，好让自己的孩子感觉舒服些。她最后看了婴儿一眼，狠狠心掉转目光，然后远离我们的镜头，消失在夜色中……

圣玛丽教堂的修女管理着一个孤儿院和一个收养机构，我和其他12个没有父母的婴儿都在这里等待别人领养。最后，其他婴儿都被相继带走了，却没有人愿意领养我。前来领养的夫妇看到我以后，都会彼此交换一下眼神，不易察觉地摇摇头，然后走向下一个摇篮。我不知道这是为什么。也许是我太黑，太丑，也太容易得疝痛病。也许是我没有那种小天使般的笑容，或是因为我“咯咯”地笑了太多。所以，我被留在孤儿院长达两年时间。

奇怪的是，那些修女好像从来没能腾出空来给我取个名字。我只是被她们唤作“宝宝”——一个没人愿意要的宝宝。

我终于被菲洛米娜·托马斯太太和她的丈夫多米尼克·托

马斯收养了。他们原籍泰米尔纳德邦的纳格考尔市，现在居住在德里。托马斯太太在圣约瑟夫教堂做清洁工，她丈夫是那里的园丁。因为他们年过四旬还无子嗣，蒂莫西·弗朗西斯神父，也是教堂牧师，便敦促他们不妨考虑领养孩子，以填补生活的空虚。他还向他们推荐了圣玛丽教堂的孤儿院。托马斯先生一定是在看到我以后，就立刻转向下一个婴儿，但是菲洛米娜·托马斯太太一眼就相中了我。她肤色黝黑，和我简直是绝配的母子。

托马斯夫妇花了两个月时间办好了我的收养手续，但我被他们带回家还不到三天，甚至还没有机会得到洗礼和取名字，托马斯先生就发现，已经有人填补了他妻子生活的空虚。这个人不是我，而是一个叫马斯坦·谢赫的穆斯林绅士。他是当地的一个女装裁缝，擅长制作和加工短裙。菲洛米娜·托马斯太太抛弃了年老的丈夫和刚刚收养的婴儿，跟着那个裁缝私奔了，据说是去了博帕尔市，她的下落至今无人知晓。

托马斯先生知道这件事后大为震怒，他拖着躺在摇篮里的我找到神父，“砰”的一声把我丢在他的跟前。

“神父，这个婴儿是我人生不幸的根源。是您叫我收养他的，所以现在我就把他交给您了。”

蒂莫西神父还没来得及说上一句“阿门”，多米尼克·托马斯就走出了教堂。当他最后一次露面时，有人看见他买了去博帕尔市的火车票，手里还拎着一杆猎枪。所以从那之后，不管愿意与否，蒂莫西神父不得不承担起照顾我的责任。他给我吃的，给我住的，还给我取了名字：约瑟夫·迈克尔·托马斯。没有洗礼仪式。我的脑袋不曾有幸被哪个牧师浸在圣水盆里。我的身体没有获得施洒圣水的荣耀。我的脖子没有系上白色披肩。也没有人为我点燃蜡烛。但我就这么成了约瑟夫·迈克尔·托马斯。这个身份起码持续了六天。

到了第七天，两个男人找到了蒂莫西神父。一个是穿着白色库尔塔宽袍的胖子，另一个穿着舍瓦尼[1]，看上去身体消瘦，胡子拉碴。

“我们是从全信仰委员会来的。”那个胖子说，“我叫贾格迪什·沙玛。这位是伊纳亚特·希达叶图拉先生。我们还有一个董事会成员，就是代表锡克教信仰的哈文德·辛格先生，他本来也要来，不过很遗憾，他现在滞留在金庙[2]回不来了。咱们打开天窗说亮话吧，神父，我们听说您最近收留了一个孤儿。”

“是的，这个可怜的孩子的养父母都走了，把他留给我照顾。”蒂莫西神父回答说，他摸不清这两个不速之客的意图。

“你给这个男孩取了什么名字？”

“约瑟夫·迈克尔·托马斯。”

“这是不是一个基督徒的名字？”

“是的，不过——”

1　印度男人穿的一种高领长外套。

2　始创于1469年的锡克教圣地，位于印度旁遮普邦阿姆利则市。

“你怎么知道，他的亲生父母是基督徒？”

“哦，我不知道。”

“那你干吗要给他起基督徒的名字？”

“哦，我总得给他取个名字吧。叫约瑟夫·迈克尔·托马斯有什么错吗？”

“大错特错。神父，难道你不知道，在这个地方，反对改变宗教信仰的运动是多么激烈吗？一些教堂已经被愤怒的暴徒点着了火，因为有人告诉他们，那里正在发生集体信仰基督教的情况。”

“但是，这个名字不涉及什么改变信仰的问题。”

“听着神父，我们知道您没有什么不可告人的动机。不过，我们听到了一种说法，说您让一个印度教男孩皈依了基督教。”

“但是，你们怎么知道他就是印度教的？”

“听说那些地痞流氓正策划明天就洗劫你的教堂，他们才不管这些呢。所以我们才来帮助您，好让事态平息下去。”

“你们有什么建议？”

“我建议您给这孩子换个名字。”

“换成什么？”

“哦……可以给他取个印度教名字。何不叫他拉姆呢，就和我们最崇敬的一个神的名字一样。”沙玛先生说。

希达叶图拉先生站在一旁轻咳了一声：“对不起，打断一下，沙玛先生，这么一来是不是换汤不换药呢？我的意思是，有什么证据能证明这孩子在出生时就是印度教的？你知道，他也可能是穆斯林教徒，那他怎么就不能叫穆罕默德呢？”

围绕拉姆和穆罕默德这两个名字各自的优点，沙玛先生和希达叶图拉先生又辩论了半个钟头，蒂莫西神父最终让步了：“二位先生，如果换个名字就能让我摆脱那些暴徒的骚扰，那么我就给他换一个好了。我根据两位的建议，把这孩子的名字改成拉姆·穆罕默德·托马斯怎样？这应该能让大家都满意吧？”

辛格先生那天没来，对我来说真是一大幸事……

蒂莫西神父是个身材高大的中年白人，他在教堂大院里有一所属于自己的大房子，附近有一个长满果树的小花园。在接下来的6年里，他成了我的父亲、母亲、主人、教师和神父，他俨然将所有角色集于一身。如果说我曾有过相对幸福的人生时光，那就是我和他共同度过的这段时间。

蒂莫西神父来自英格兰北部一个叫约克郡的地方，不过他在印度已定居多年，是他让我学会了阅读和讲一口流利的英式英语。他给我讲鹅妈妈童话，教我唱很多儿歌，我会用走调走得吓人的嗓子唱起“闪呀闪呀小星星”和“黑羊黑羊咩咩叫”。对于每天忙于牧师职责的蒂莫西神文来说，悉心照顾和哺育我也是一种消遣和乐趣。

住在教堂大院里，我觉得自己是大家庭的一分子。住在这所房子里的人除了蒂莫西神父以外，还有他忠实的男仆约瑟夫，那个女佣贡萨尔维斯太太也住在附近。这里还有一些街头顽童——他们来自管道工、修鞋匠、清洁工和洗衣工家庭。他们实际上都住在隔壁，常在教堂空地上打板球和踢足球。蒂莫西神父让我知道了耶稣以及亚当和夏娃的故事，而这个大家庭让我接触到了其他宗教信仰的基础知识。我开始了解《摩诃婆罗多》[1]和《古兰经》，知道了先知从麦加到麦地那的逃亡以及火烧楞伽城[2]的传说。伯利恒和阿约提亚以及圣彼得和麦加朝圣的故事，都伴随过我的成长时光。

不过，这并不意味着我是一个宗教意识很强的孩子。我和其他孩子都一样，整天就忙着做三件事：吃饭、睡觉和玩耍。许多个下午，我和邻居的同龄孩子厮混一处，在蒂莫西神父的花园里抓蝴蝶，吓鸟雀。趁着老佣人约瑟夫在给客厅的古玩擦灰尘之际，我会偷偷溜出房间，在园丁监视的目光下偷摘成熟的芒果。如果在作案时被抓个正着，我就会用印度语大骂一通。我也会在雨季到来时在雨中纵情歌舞，不管不顾地捕捉浑浊的水洼里的小鱼，结果因着凉而开始咳嗽和打喷嚏，让蒂莫西神父受到不小的惊吓。我会和流落街头的孩子一块儿踢足球，摔得遍体伤痕，回到家中，然后不争气地抽泣一个晚上。

1　与《罗摩衍那》并称印度两大史诗，用梵文写成，描写的是婆罗多后裔中班度和俱卢两大家族争夺王位的故事。

2　出自印度史诗《罗摩衍那》，讲述了神猴哈努曼解救阿逾陀国王子罗摩之妻悉多，并与楞伽城魔王罗波大战的故事。

蒂莫西神父总是过着健康的生活：他通常上午去散步，打高尔夫球、排球和网球，读书写作，一年休假三次，回英国去看望他年迈的母亲。他还是一个具有专业水准的小提琴手，大多数夜晚，他会坐在月光笼罩的花园里，演奏起你能想象的最富深情的旋律。在季风时节的雨夜，我会情不自禁地想到，天空是因为听到他那悲伤的曲调而尽情哭泣的。

我喜欢去那个教堂玩。这个古老建筑建于1878年，有彩色玻璃窗和壮观的圆木屋顶。祭坛雕刻得非常漂亮。上面是一个超大的耶稣十字架和"INRI[1]"几个字母。这里供奉着圣女、圣婴和其他许多圣徒的塑像。教堂长椅是柚木制成的，不过到了星期天才会坐满人。

蒂莫西神父会在讲坛上长时间布道，而我则在下面打瞌睡，等到他开始给每一个人分发圣饼和葡萄酒时，我才会醒过来。我还喜欢听风琴和唱诗班的声音。我爱上了复活节彩蛋和圣诞树（不幸的是，这样的机会一年只有一次），以及在所有季节都会举行的教堂婚礼。我会激动地等待蒂莫西神父说"你现在可以亲吻新娘了"。在那一刻，我总是第一个扔五彩纸屑的人。

我对自己和蒂莫西神父的关系从未给出精确的定义。我从来都没有弄清楚，我到底是他的佣人还是他的儿子，是寄生虫还是一个宠物。因此，在生命的最初几年，我甚至生活在一种

---

1 拉丁文短语IESUS NAZARENUS REX IUDAEORUM的缩写，意思是"拿撒勒人耶稣，犹太人的君王"。

幸福的幻觉中：蒂莫西神父就是我真正的父亲。但渐渐地，我开始意识到有些地方不对劲。

举个例子来说，那些在星期天上午来做弥撒的人都管他叫Father，于是我饶有兴味地发现，他原来是这么多人的父亲，而我有这么多比我大得多的兄弟姐妹。我也对另一件事感到困惑：他是白人，可我不是。于是有一天，我向他提出了这个问题，他的回答打破了我此前的那个幻想世界。他尽可能温和地对我解释说，我是一个孤儿，我母亲当初把我放在圣玛丽教堂门口的那个衣箱里，这就是他是白人，而我却不是的原因。正是在那一刻，我第一次明白了father（父亲）和Father（神父）之间的差别。也正是在那天晚上，我第一次不是因为身体疼痛而泪流成河。

原来我和蒂莫西神父并无血缘关系，我住在教堂，仅仅是因为他的慷慨和仁慈。一旦接受了这一现实，我就下定决心，至少要在一定程度上报答他的养育之恩。我开始为他做点儿家务事，比如将衣服从洗衣篮里放到洗衣机里。我坐在那台机器跟前，看着滚筒一遍遍地旋转，好奇地想知道为什么那些衣服会不可思议地变得清洁如新。有一次，我还充满期待地把几本蒙尘的书籍扔进了洗衣机。我在厨房水槽那里清洗碗碟，结果不小心打碎了细瓷器。我主动请缨帮厨师切菜，有一次我手起刀落，差点儿把一根手指剁掉了。

蒂莫西神父介绍我认识了许多教区居民。我认识上了年纪的本尼迪克特太太，她每天都虔诚地来做弥撒，风雨无阻，直到有一天在人行道上意外滑倒，并很快死于肺炎。我参加了杰西卡的婚礼，她哭得那么厉害，害得她父亲当场心脏病发作。我曾被带到沃夫上校家里喝下午茶，他是澳大利亚驻德里的武官，他似乎是在用一种几乎完全陌生的语言[1]同蒂莫西神父谈话。我曾和劳伦斯先生一起外出钓鱼，但他一无所获，就从鱼市买了一条大鳟鱼糊弄他的妻子。

我认识的人都对蒂莫西神父赞不绝口。他们说，他是这个教区有史以来最好的神父。我看见他安慰死者家属，探望病人，对穷人慷慨解囊，甚至和麻风病患者共餐。他对每一个教区成员都笑脸相待，他能解决各种各样的问题，还能在一切场合——孩子出生、施洗礼、第一次圣餐、婚礼或者葬礼——引用《圣经》里的话。

这天是星期天，教堂里聚满了做弥撒的人。不过，蒂莫西神父没有像往常那样独自站在祭坛后面。他旁边还站着一个陌生男子，那人也穿着一件教士服，脖子上戴着白色领圈，看起来更像是拳击手而不是牧师。蒂莫西神父正在介绍他："……我们非常高兴地欢迎小约翰神父，他现在是圣约瑟夫教堂的副神父。各位都看得出来，约翰神父比我年轻多了，尽管他在三年前才刚被授予圣职，但他十分富有经验。我相信他能够与我们的年轻礼拜者进行更有效的交流，而且我心里清楚得很，当

1　这里是指沃夫上校讲的是与英国英语存在差异的澳大利亚英语。

年轻人在背后提到我时，都会说‘那个老古板’。”话音刚落，会众无不窃笑。

这天晚上，蒂莫西神父邀请约翰神父吃晚餐。约瑟夫为他们置办饭菜。我急于在蒂莫西神父面前表现一把，于是就从厨房端起一大碗汤，步履踉跄地走向餐桌。正如你可以预见到的那样，作为一个在这方面缺少训练的7岁孩子，我未能把汤碗稳稳当当地放到桌子上，而是全都洒到了约翰神父的身上。他匆忙站起来，嘴里冒出的第一句话就是：“我操！”

蒂莫西神父皱起眉头，但并没有说什么。

三天后，蒂莫西神父回英国度假，把整个教堂，还有我本人留给约翰神父照顾。过了两天，我看到约翰神父从教堂楼梯上下来。

“晚上好，神父。”我礼貌地问候他。

约翰神父不屑地看着我：“你是那个前几天把汤弄到我身上的白痴孤儿吧？蒂莫西神父不在，你最好表现得规矩点儿，我会紧紧地盯着你的。”

约瑟夫让我把一杯牛奶送到约翰神父的房间。神父正在电视机上看一部影片，他邀请我进去：“进来吧，托马斯。和我一起看片子好不好？”我看着电视屏幕。是英文电影——好像是讲神父的，最起码我是这么认为的，因为我看见一个穿黑色教士服的神父和另一个穿白色教士服的神父在谈话。我放下心来，看来约翰神父喜欢欣赏好看的宗教电影。

但是下一个场景让我后背发冷，因为我看到了这样的场面：一个像我这么大的女孩坐在一张床上，她不像是一个正常女孩，表情很怪，目光游移不定。那个穿黑色教士服的神父进入她的房间，手里拿着一个十字架。

他把十字架指向那个女孩，紧接着，那个女孩便开始说脏话，我从来没听到过那么下流的脏话，还是用成年男人那种沙哑的嗓音说出来的。我双手捂住耳朵，因为蒂莫西神父不让我听这种污言秽语。突然间，那个女孩不再说话了。她开始大笑，就像一个疯女人一样。接着她张开嘴，喷出了一种可怕的绿色黏稠物，犹如花园水管喷射出的水流，溅到那个神父身上。我想要呕吐。我再也看不下去了，就跑回我的房间。我听见约翰神父在我身后放声大笑："快回来吧，你这个白痴孤儿，这不就是电影嘛！"那天晚上，我接连做了好几个噩梦。

三天后，我和约瑟夫外出购物，我们买了肉、鸡蛋、蔬菜和面粉。当我们在深夜返回教堂时，我听到身后有摩托车的声音。我还没来得及回头看，骑摩托车的人就赶上了我们。他扬起手，使劲拍打了一下我的后脑勺，然后，摩托车就带着刺耳的嘶叫声远去了，扬起了一路尘土。我只看到那人的背影，看起来像是一个体格魁梧的男子，穿着皮夹克和黑色紧身裤，后座坐着另一个同样打扮的男子。我想知道那个车手是谁，他为什么要拍打我的脑袋。我当时压根没有想过他可能是约翰神父。毕竟，我只是一个白痴孤儿。

一个星期后，我需要把一封邮件交给约翰神父，他正在洗澡。“把东西放到桌子上。”他从浴室里喊道。我正要离开房间，突然瞥见有什么东西从他的床垫下面露出来。我仔细一看，是一本杂志，就把它拽出来。

接着我发现，床垫下还有一大堆这样的杂志。它们不是很厚，但封面都很漂亮，带有光泽。杂志的名字都很奇怪：《同志骄傲大游行》《出柜》和《同志力量》。不过，封面上的男人似乎既不开心，也不快乐[1]，他们都毛茸茸、赤条条的。我赶忙把杂志放回到床垫下面。我正要离开，只见约翰神父从浴室里走出来，腰间裹着一条毛巾，他的胸部覆盖着奇怪的黑墨水图案，手臂上还绘着好几条蛇。“你在这里做什么？”他警告我，“快滚！”

约翰神父身上为什么会有那些奇怪的图案，他的床下为什么会有那些奇怪的杂志，我无从知晓。毕竟，我只是一个白痴孤儿。

我经常看见装扮奇怪的年轻男子在夜里进入教堂，并走进约翰神父的房间。过去也有拜访者来见蒂莫西神父，有时也是在深更半夜，但他们从来都不是骑摩托车过来，也没有穿着皮夹克，脖子上也没有戴着沉甸甸的金属项链。我决定跟踪一个到约翰神父房间的拜访者，他敲开门并进入房间，约翰神父将

1　同性恋的英语形式“gay”除了表示“同性恋”，最基本的含义为“快乐”，主人公在幼年时只知后者而不知前者。

门关上。我透过小小的锁孔向里面窥视。我知道这样做很不好，可是我经受不住好奇心的折磨。我从锁孔里看见约翰神父和那个穿皮夹克的年轻人坐在床边，约翰神父打开抽屉，拿出一个装着某种白色粉末的塑料包。

他把粉末在左手手背上洒出一条细线，然后对他的朋友的左手如法炮制。

他们把脸凑到粉末上深深地吸气。白色粉末似乎被他们吸进了鼻孔。约翰神父开始狂笑，就像电影里的那个疯女孩一样。他的朋友说："老天，可真是好东西！对于一个神父来讲，这实在是好得不能再好了。你当初是怎么想到混进教会这个鬼地方的？"

约翰神父再次笑起来。"我就喜欢这身制服。"他说着，从床边站起身，"咱们来一发。"他一面对他的朋友说，一面伸出一只手来。我急忙撤退。

约翰神父为什么要把滑石粉弄到鼻孔里去，我一头雾水。但话又说回来，我只是一个白痴孤儿。

蒂莫西神父终于从英国度假回来了，我好高兴再次见到他。我敢肯定，他听到了很多有关约翰神父的投诉，因为他回来还不到两天，他们俩就在书房里发生了激烈的争吵，约翰神父气呼呼地从房间里冲出来。

复活节结束了。我吃光了我的复活节彩蛋。贡萨尔维斯太太，就是那个女佣，那天兀自偷偷发笑。

“你怎么了，贡萨尔维斯太太？”我问她。

“你还不知道吗？”她悄悄地对我说，“约瑟夫在教堂里撞见约翰神父和另一个男人搅在一起。但是别告诉别人啊，也别对蒂莫西神父提一个字，不然会有大麻烦的。”

我不明白，约翰神父和另一个男人在教堂里有什么不对。蒂莫西神父天天都和其他男人在教堂里，比如当他听忏悔的时候。

今天，我第一次出现在忏悔室里。

“好吧，我的孩子，你想对我说什么？”蒂莫西神父问。

“是我，神父。”

蒂莫西神父差点儿从椅子上跳起来：“你在这里做什么，托马斯？我不是告诉过你，这不是闹着玩的事吗？”

“我是来忏悔的，神父，我有罪。”

“真的吗？”蒂莫西神父声音变得柔和了，“你做错了什么？”

“我从锁孔里偷看了约翰神父的房间，我还背着他看了他的东西。”

“这没什么大不了的，我的孩子，我不认为我想听这个。”

“不，您必须听，神父。”我说，然后告诉他有关床垫下的那些杂志，他身上那些怪异的图案，夜里穿着皮夹克的拜访者，以及用鼻子吸滑石粉的事情。

当天晚上，两个神父在书房里展开了大决战。我在门口偷听，里面传来激烈的大吵大叫。蒂莫西神父最后威胁说，他要向主教告发约翰神父。“我是一个神父！”他说，“而且作为神父，你就必须承受一个沉重的负担。如果你做不到，那你就回神学院去吧。”

这天上午，一个途经德里的英国背包客来到教堂，蒂莫西神父发现他也来自约克郡，便把他带回家中，留他住了几日，还向我作了介绍。

“伊恩，来见一见托马斯，他跟我们一块儿住在这里。托马斯，这是伊恩。你知道他也是从约克郡来的吗？你总是问我母亲的那个城市，现在你可以问问他了。”

我喜欢伊恩，他十五六岁的样子，皮肤雪白、眼睛碧蓝，长着一头金发。他把约克郡的照片拿给我看，我看见了一座高大的教堂。“它叫约克大教堂。”他说。他还给我看了漂亮的花园、博物馆和公园的照片。

“你见过蒂莫西神父的妈妈吗？她也住在约克郡。”我问他。

“没见过，不过我回去后会去看望她的，我现在有了她的地址。”

“那你的妈妈呢？她也住在约克郡吗？”

“过去是，不过她10年前就去世了，她叫一个骑摩托车的给撞了。”他从钱包里取出他母亲的一张照片递给我，她也是皮肤雪白、眼睛碧蓝，长着一头金发。

“那你为什么来印度呢？”我问他。

“来看我爸爸。”

“你爸爸是做什么的？”

伊恩踌躇了一下：“他在德拉敦[1]的一所天主教学校教书。”

“那你怎么不搬到德拉敦住呢？”

“因为我在约克郡上学。”

“那你爸爸干吗不和你们住在约克郡呢？”

“这是有原因的，不过他每年都回去看我三次，这一次我决定到印度来看他。”

“你爱你的爸爸吗？”

“是的，非常爱。”

“你希望你爸爸永远陪着你吗？”

“是的。你爸爸呢？他是做什么的？”

“我没有爸爸，我是个白痴孤儿。”

第四天晚上，蒂莫西神父邀请约翰神父和伊恩共进晚餐。他们边吃边聊直到深夜，蒂莫西神父还拉起了小提琴。午夜过后，约翰神父离开了一段时间，蒂莫西神父和伊恩继续聊天。我躺在床上，听着笑声从打开的窗口传来，我睡不着觉。

这是一个有月亮的夜晚，风很大。大院里的桉树在摇曳，叶子沙沙作响。我想要上厕所，就从床上爬起来，走向盥洗室。我看见约翰神父的房间里有亮光，还听见里面有声音，就蹑手蹑脚地走到门口。门是关着的，于是我就透过锁孔往里面瞅，可是看到的情景让我大为惊骇。

---

1 印度北阿坎德邦首府，位于加瓦尔地区，距离新德里以北约两公里。

伊恩正趴在桌子上，约翰神父弯腰趴在他的身上。他的睡衣裤已经褪到了脚底下。我完全弄糊涂了。我也许是一个白痴孤儿，但我知道这件事不对劲儿。我赶紧跑到正在酣睡的蒂莫西神父那里。“快醒醒，神父！约翰神父在对伊恩做坏事哪！”我叫道。

“对谁？对伊恩？”蒂莫西神父立刻清醒了。我们冲到约翰神父的房间那里，蒂莫西神父破门而入，看到了我刚才看到的那一幕。他的脸色那样苍白，我觉得他就要晕倒了。他抓住门框不让自己倒下。然后，他因为极度愤怒而涨得脸色通红。他的嘴角几乎就要吐出泡沫来。我很害怕，以前从未见过他这样生气。

“伊恩，回你的房间去。”他吼道，“还有你，托马斯。”

我照他的吩咐做了，比以前更加困惑不解。

我清晨被两声巨响惊醒，是从教堂那边传过来的。我马上感觉到情况不妙，赶紧跑到教堂。看到的场面让我全身发抖：蒂莫西神父趴伏在祭坛跟前的一摊血泊中，就在十字架上的耶稣雕像下方。他穿着教士服，看上去是在跪地祈祷。距他十步之遥的地面上，躺着约翰神父的尸体，全身溅满了鲜血。约翰神父的头好像被打碎了，细碎的脑浆黏附在教堂长椅上。他穿着皮大衣，手臂上是黑色毒蛇的图案，他的右手还握着一杆猎枪。

我看到这一幕，感觉气都喘不上来了。我尖叫起来。这是撕心裂肺的哭声，它像一颗子弹打破了早晨的寂静，吓飞了栖息在桉树上的乌鸦，惊动了正在客厅给装饰品擦灰的约瑟夫，他停下来竖起耳朵倾听着，贡萨尔维斯太太三下五除二地洗完了澡。我的哭声也唤醒了伊恩，他匆匆赶往教堂。

我趴在蒂莫西神父身上，像一个失去了生命中一切东西的8岁孩子那样大声哭喊着。伊恩跑进来，坐在我的旁边。他看着蒂莫西神父的尸身也开始哭泣。我们手牵着手，一起哭了将近三个钟头，直到闪着红灯的警用吉普车赶来，穿着白大褂的医生坐着救护车赶来，直到他们用白布覆盖住尸体并用救护车运走，直到约瑟夫和贡萨尔维斯太太把我们带回家，并竭尽全力地安慰我们。

后来，在很长时间以后，伊恩问我："你为什么哭得那么厉害，托马斯？"

"因为我今天真的成了孤儿。"我回答，"他是我的神父，他也是所有来这个教堂的人的神父。那你为什么哭呢？是因为你和约翰神父做的事吗？"

"不，我哭也是因为我什么都没有了，我和你一样也是孤儿了。"

"但你的父亲还活着，他在德拉敦。"我叫起来。

"不，那是一个谎言。"他再次开始抽泣，"我现在可以对你说实话了，蒂莫西·弗朗西斯可能一直是你的神父，但他是我的爸爸。"

司蜜妲的脸上露出悲伤的表情。“这是一个多么悲惨的故事啊。”她说，“我现在理解了，蒂莫西神父为什么会提到一个神父沉重的负担。他是一个神父，私底下又是一个已婚男人和一个父亲，那么多年都过着这种双重生活，这真是令人吃惊。那后来伊恩怎么样了呢？”

“我不知道，他回英国了，好像是去了他某个叔叔那儿。”

“那你呢？”

“我被送到了少年感化院。”

“我明白了，现在对我说说第二道题目吧。”司蜜妲说着，按下了遥控器的播放键。

还是插播广告时间。

普利姆·库马尔身体前倾，低声对我说：“我告诉你，接下来我会问什么吧，我会问你 FBI 代表什么，你听说过这个组织，对吧？”

“没有。”我摇摇头。

他做了个鬼脸：“我就知道，听着，我们想让你至少再多赢一点儿钱。我可以换成别的问题。你赶快告诉我，有没有你熟悉的缩写词？”

我想了一会儿，回答说：“我不知道FBI，但我知道INRI。”

“那是什么？”

“它写在耶稣十字架最上面。”

“噢！好的，让我查一下我的资料库。”

广告时间结束，信号曲响起来。

普利姆·库马尔转向我：“拉姆·穆罕默德·托马斯先生，我对你的信仰很好奇，你的名字似乎什么宗教都包括了。告诉我，你一般会去哪里祈祷？”

“祈祷一定要去庙宇、教堂或清真寺吗？我相信卡比尔说过的话：‘诃利[1]在东方，安拉在西方。审视你的内心，你将同时发现拉姆和卡里姆[2]。’”

“说得好，托马斯先生，看来你是所有宗教知识的专家。如果是这样的话，那么下一个问题对于你应该是小菜一碟。好的，我们开始吧，第二道题目奖金2000卢比。通常刻在耶稣十字架上那四个字母的顺序是什么？它是：A. IRNI；B. INRI；C. RINI；D. NIRI。问题听清楚了吗，托马斯先生？”

“听清楚了。”我回答。

“好的，那就让我们听听你的答案。”

“答案是B. INRI。”

---

1 Hari（诃利），毗湿奴化身之一，喻指印度教主神毗湿奴，此处泛指印度教信仰。

2 出自印度哲学家和诗人卡比尔（1440—1518）的一首著名诗歌，其中“罗摩（即‘拉姆’）”是毗湿奴的化身大神，而“卡里姆”是安拉的99个名字之一。卡比尔相当大胆地指出，印度教和伊斯兰教不应被认为彼此对立，而是可以和谐共处。

“你确定吗，百分之百确定吗？”

“确定。”

鼓点渐强，正确答案开始在大屏幕上闪烁。

“回答正确，百分之百正确！你刚刚赢得了2000卢比。”

“阿门。”我说。

奖金5000

弟弟的承诺

在作出决定之前，你应该三思而后行。在面对危机时，你要有所取舍。新邻居将给你带来乐趣。你的住所可能会出现一个小问题，但你会迅速而正确地解决它。除非别人郑重向你提出请求，否则不要拿出你的真知灼见。

今天的《马哈拉施特拉时报》的“每日星座运势”，对于像我这样出生于12月最后一周的摩羯座人士作出了上述预测。

我不看《马哈拉施特拉时报》，其实，我不看任何报纸。不过，我偶尔会从巴尔维先生门口的垃圾桶里窃取一份。它对于在厨房里引火还是很有用的，而且我无事可做时，也会快速翻阅一通好打发时间，再把它们烧成灰烬。

我也不相信占星术。我要是相信占星术，那么根据那位占卜大师拉马桑卡·夏斯特里的预测，我现在早就死翘翘了。但是，今天的“每日星座运势”似乎真的灵验了。隔壁房间就要搬进一户新邻居，而我的住所也确实有一个小问题。

我们刚刚在皇家电影院看完日场电影回来。萨利姆怒不可遏，扯下了阿尔曼·阿里的所有海报。它们贴在我们这个小房间的墙壁上差不多三年了。穿皮夹克的阿尔曼被撕成了碎片。骑摩托车的阿尔曼被一把刀子肢解。脱掉衬衫、露出多毛胸部的阿尔曼，现在被丢进了垃圾桶里。持枪的阿尔曼被切成了小块。骑马的阿尔曼连人带马被放在火上烘烤。所有的海报都不见了，我们这个原本只有两张床的房间，突然比以前更显得空荡荡的，白粉墙上斑斑点点的霉菌全都露了出来。

尽管每日星座运势提出过警告，我还是忍不住要给萨利姆一点儿真知灼见。

“你现在知道，我10个月前对你说的有多么正确吧？你当时急着要去修补阿尔曼和优哩婆湿的关系，我让你别去干涉别人的私事，也不要把别人的麻烦变成你自个儿的麻烦，以后你就把这件事当成教训吧。”

萨利姆一边绷着脸听我说话，一边重重地跺着阿尔曼在泳池里被美女簇拥的那张海报。

我听见门外传来脚步声和说话声。像是有新租客终于搬到了我们的隔壁房间。我感到兴奋，能结识新人总归是件好事。我希望新租户家里有和我年龄相仿的男孩，蒲士尔和蒂亚奈斯固然是好伙伴，可他们的父母很少允许他们在星期天出来和我玩，而我也只有星期天不必去上班。阿杰伊，那个好显摆的家伙，也让我感到心烦。当我告诉他自己进了一家铸造厂以后，他就当着分租公寓所有住户的面取笑我。我知道在铸造厂上班，远远不及给一个电影明星做用人那样令人兴奋，但至少比坐在街边无所事事好得多。

自从我和女演员倪丽玛·顾莱莉打交道，并且住过她的公寓套房以后，我都快忘记了在分租公寓的生活。作为被中下层阶级占据的多个一室房间的组合体，分租公寓就像是孟买这个巨人那气味难闻的腋窝。住在这里的居民，只比达拉维贫民窟的住户情况略好些而已。正如巴尔维先生告诉过我的那样，住有大理石和花岗岩的四室公寓的富人是在享受，住肮脏破烂小屋的贫民窟居民是在受苦。而我们这些住着过度拥挤的分租公寓的人，只是勉强活着罢了。

住分租公寓的确也有某种优势。那种发生在倪丽玛·顾莱莉身上的情况，永远都不会在这里出现。因为在分租公寓里，人人都知道正在发生的所有情况。所有居民的头上都有一个公共屋顶，有一个用于排泄和洗澡的公用空间。分租公寓的住户也许不会在正式的社交场所见面，但当他们站在公共厕所外面排队等候时，他们想不碰面都难。实际上，据说戈卡莱先生就是在等着出恭时认识戈卡莱太太并爱上她的，他们不到一个月就结了婚。

我是不可能爱上这个分租公寓的任何女孩的。她们一个个又丑又胖，甚至不及我最喜欢的女演员步莉雅·嘉波儿一根汗毛。除此以外，她们都喜欢玩具娃娃那种破玩意儿，对于拳击和卡巴迪[1]这种体面的游戏一窍不通。这并不是说我有很多时间玩这类游戏。我整天都在铸造厂上班，晚上六点才能回来。冶炼金属是一项费力的工作，炽热的铁水会让你透不过气来，眼睛常被亮橙色火焰弄得看不清东西。

“托马斯！”我听到有人在叫我。是拉玛克里斯纳先生，这个分租公寓的管理员。他可是一个重要人物，只要灯泡坏了或者水压低了，我们都得去找拉玛克里斯纳先生解决。当我们交不上每月房租时，我们都会恳求拉玛克里斯纳先生再宽限几日。最近一段时间，我们一直追着拉玛克里斯纳先生的屁股，让他赶快修理二楼的一段木头栏杆，它们已变得脆弱而且开始晃动，因而带来了安全隐患。

我走出房间，看见拉玛克里斯纳先生和一个矮个中年男子站在一起，那人眉头紧皱，仿佛憋了好久都没上厕所一样。“托马斯，来认识一下桑特拉姆先生。他是我们新来的租户，就住在你们隔壁。我告诉过桑特拉姆先生，说你是一个很热心的孩子，所以，你就费心多照应一下他、他太太还有他女儿，帮助他们早点儿安顿下来。好了，桑特拉姆先生，我还有事先走了。”

1　一种状似中国民间“老鹰抓小鸡”游戏的运动。起源于南亚，是印度和巴基斯坦青年男子传统的民间体育运动项目。

“啊不，”我心想，“新邻居家没有男孩。”我想看一眼他的妻子和女儿，但只是瞥见了坐在床上的一个头发灰白的女人，和一个比我年长、将长长的黑发束在脑后的女孩。桑特拉姆见我在向他的房间里窥视，就急速地关上了门。

“你是做什么的？”我问桑特拉姆。

“我是一个科学家，一个天文学家。你肯定不懂这是什么意思。不过我最近想休息一下。我在威玛尔服装店做销售经理。我们只是住在这里先对付一下，我们很快就要搬到纳瑞曼区的一个豪华公寓了。”

我知道桑特拉姆先生是在撒谎，那些住得起纳瑞曼区的人绝不会住分租公寓这种地方，哪怕只是暂时性的。

分租公寓的房间墙壁非常薄，如果把耳朵贴在共有墙壁上仔细倾听，或者最好是把一个玻璃杯倒扣在墙上，把耳朵贴在上面，几乎可以听见隔壁房间发生的一切。我和萨利姆以前就经常这样窃听我们左边的住户，他们的房间与我们的厨房墙壁相连。巴帕特夫妇已经不再年轻了，据说巴帕特先生甚至会毒打巴帕特太太，但他们在夜里显然是很和谐的。因为我和萨利姆常听见他们急促地喘息着，嘴里发出“噢噢”“啊啊”的声音，我们都会暗自窃笑。

我把一个不锈钢杯子抵在与桑特拉姆先生的房间相连的墙壁上，把耳朵附在上面，就能听见桑特拉姆在说话。

“这个地方简直是一个黑洞！住在这里太有失我的尊严了，要不是为了你们俩，我怎么会忍受这种屈辱？你们给我听着，我可不希望哪个野小子进屋哈！鬼知道他们是哪个犄角旮旯来的人。我们旁边就住着两个，我觉得他们都是些无所事事的小无赖。还有，顾蒂娅，要是叫我抓到你和这个地方哪个臭小子说话，看我怎么拿皮带抽你，你听明白了吗？”

他吼声如雷，我吓得把杯子掉到了地上。

在接下来的几个星期，我很少看见桑特拉姆，也从未见过他的妻子和女儿。顾蒂娅可能每天都去上学了，等我从铸造厂下班回来时，她就待在房间里，房门总是紧闭着。

萨利姆似乎都没有注意到我们多了新邻居，作为午餐盒饭快递员，他几乎没有多少空闲时间。他在早晨七点起床并穿戴整齐。他会穿一件宽松的白衬衫和棉布裤子，再戴上一顶白色尼赫鲁帽。这种帽子是孟买将近5000个送餐员的统一身份标志。在接下来的两个钟头，他会从大约25个公寓收集装在午餐饭盒里的家常饭菜，然后把它们带到加特考帕尔火车站，并在那里根据目的地对盒饭分类。每个饭盒上都会画上作为彩色标记的点线、虚线和十字叉，然后装上专列，在午餐时间及时交付给整个孟买的中产阶层管理人员和蓝领工人。萨利姆本人会从另一辆列车接收盒饭，在破译出代表不同地址的点线、虚线和十字叉以后，他会在加特考帕尔地区进行派送。他必须非常谨慎，因为稍有不慎，就可能让他失去这份工作。他不能把牛肉盒饭交给印度教徒，把猪肉盒饭交给穆斯林，或者把装有大蒜和洋葱的盒饭交给耆那教[1]的素食主义者。

现在是晚上9点。萨利姆在翻阅一本电影杂志。我跪在床上，把左耳朵贴在靠紧墙壁的不锈钢杯子上。我听见桑特拉姆在同他的女儿讲话："过来，顾蒂娅，试试这个目镜，我刚把望远镜调好。你能看见中间那个明亮的红色物体吗？那是火星。"

我小声对萨利姆说："快，拿一个杯子来，你得听听这个。"

萨利姆也把耳朵贴在墙上。在接下来的半个钟头，我们聆听了关于天空的现场直播。我们听到了星座、星系和彗星，我们听到了大熊座和小熊座，我们听到了某种叫作银河和北极星的东西，我们了解了土星的光环和木星的卫星。

听着桑特拉姆的描述，我的内心升腾起一种奇特的渴望，我也希望有一个能教给我有关恒星和行星的父亲。在此之前，夜空在我看来不过是巨大的黑团，而现在，它突然成了一个充满意义和奇迹的所在。桑特拉姆的授课刚刚结束，我和萨利姆就迫不及待地把脑袋探出我们的二层公寓窗口，尝试找到他指出的那些天体所在的位置。由于没有望远镜，在黑暗的天

1　又称耆教，印度传统宗教之一。印度有0.4%的居民信奉耆那教，该教教徒的信仰是理性高于宗教，认为正确的信仰、知识、操行会导致解脱之路，进而达到灵魂的理想境界。

空中，我们只能看到白色的小点，但是，当我们识别出大熊座的七颗星星时，我们惊喜地大叫起来。了解到月亮上的黑斑并不是真的斑点，而是火山口和海洋，让我们体验到了一种满足感，仿佛我们已经揭开了宇宙的奥秘。

那天夜里，我梦到的不是一个白衣飘飘的女子。我梦到的是土星的光环和木星的卫星。

一星期后，我听到桑特拉姆的房间传来一个全新的声音："喵！"我抓起我的不锈钢窃听器直奔墙边。

我听见顾蒂娅在说话："爸爸，您瞧，我抱回了一只小猫。它很可爱吧？我的朋友罗希尼家里的猫刚下了一窝小崽儿，就送给了我一只。我能养它吗？"

"我不赞成养宠物。"桑特拉姆太太发牢骚说，"这里连人住的地方都不够——我们哪还有地方养动物？"

"求求你了，妈妈，你看它长得多小呀。爸爸，你就答应我吧！"她恳求道。

"好了，顾蒂娅。"桑特拉姆发话了，"你可以养着它，可是你管它叫什么呢？"

"太好了！谢谢你，爸爸。我想叫它托米。"

"不好，这个名字太俗了。这只猫现在是在一个天文学家的家里，所以应该根据行星给它起名字。"

"哪颗行星呢？我们叫它朱庇特（木星）？"

“不。它在家里是最小的，所以只能叫布鲁托（冥王星）。”

“太棒了，爸爸，我好喜欢这个名字。过来，布鲁托！布鲁托，快过来喝牛奶。”

“喵！”布鲁托叫了一声。

这些小片段迫使我重新审视桑特拉姆，也许他没有想象的那么糟糕。然而，我再一次发现，表象可能是有欺骗性的，好与坏的分界线实则薄如蝉翼。

一天晚上，我看见桑特拉姆回家时烂醉如泥。他的呼吸散发出威士忌发酵的臭气。他踉踉跄跄，需要别人帮助才能爬上楼梯。第二天和第三天也有同样的情况发生。很快，这个分租公寓的住户都知道了，桑特拉姆先生是一个酒鬼。

在印度电影里，酒鬼都是滑稽角色。只要想起拎着酒瓶的演员柯西托·慕克吉，你就会忍不住放声大笑。可是在现实生活中，酒鬼非但不好笑，反而令人恐惧。只要桑特拉姆迷迷瞪瞪地回到家中，我们就不再需要监听设备了。

他会用最高分贝的声音狂吼乱骂，我和萨利姆在房间里吓得浑身发抖，好像我们就是他咒骂的对象一般。他的咒骂成了家常便饭，以至于我们要等到他的鼾声响起才能上床睡觉。我们开始对桑特拉姆下班回来到上床睡觉这个时间段感到恐惧。对于我们来说，这段时间就是一个“恐怖黑洞”。

我们以为这只是暂时的，桑特拉姆迟早会恢复正常。但实际上情况越来越糟，桑特拉姆酗酒的次数越来越频繁，后来又发展到乱扔东西。他起初扔塑料杯和书本，他会厌恶地把它们摔到墙上。接下来，他开始砸锅碗瓢盆。他制造的喧嚣让他隔壁的两个活人很不好过。但我们知道，向拉玛克里斯纳先生投诉是不管用的。一个习惯性拖延房租的13岁和11岁房客的意见，是不会有多少分量的。所以，只要有什么东西在那面共有墙壁上发出撞击声，我们只能在床上缩成一团，每当听到碗碟破裂或者瓷器损毁的声音，我们都会心惊肉跳。

即使是这一阶段也未能维持多久。很快，桑特拉姆开始把活人——主要是他的家庭成员——作为他的投掷目标，他把全部怒火都发泄到妻子身上。“你这该死的婊子！是你毁了我的一生。我本该去写黑洞研究论文，可到头来，我要天天给那些讨厌的家庭主妇介绍衬衫和莎丽。我恨透你了！你怎么不去死啊？”他充满怨气地大喊大叫，把椒盐瓶、杯子和盘子投掷出去，掷向他的妻子、女儿和那只小猫。

一天夜里，他再次失去理智，把一杯热茶抛向妻子。顾蒂娅试图保护她的母亲，结果滚烫的液体泼溅到她身上，烫伤了她的脸。她痛苦地尖叫起来。桑特拉姆当时醉得太厉害了，甚至不知道自己做了什么。我冲出门去，帮桑特拉姆太太叫了出租车，把他的女儿送到医院。两天后，她来找到我，问我能否和她一起去看望顾蒂娅。“她现在很孤单，也许你可以陪她聊聊天。”

于是，我就陪同桑特拉姆太太，有生以来第一次去了医院。

走进医院，首先刺激你的感官的东西就是气味。消毒剂那种刺鼻的气味让我作呕，它弥漫在肮脏病房里的每一个角落。

使你受到触动的第二件事，就是在这里看不到任何快乐的面孔。躺在绿色病床上的患者发出各种呻吟声，就连护士和医生都显得郁郁寡欢。但是，最糟糕的就是麻木和冷漠。没有人真正在乎你。我原以为顾蒂娅身边不乏医生和护士，却发现她孤零零地独自躺在烧伤外科的一张床上，身边连一个护士也没有。她脸上缠满了绷带，只露出两只黑眼睛。

“顾蒂娅，瞧瞧谁来看你了。”桑特拉姆太太说，一面微笑地看着我。

第一次走近这个女孩，让我感到难为情。她显然比我大很多，我只是一个偷听到她的某些生活片段的窥探者，我还不怎么了解她。我看不见她的嘴唇，但从她的眸子中，我可以看到她在对我微笑，这拉近了我们之间的距离。

我在她身边坐了三个钟头，东拉西扯地闲聊。顾蒂娅问我：“你怎么会有这么不寻常的名字——拉姆·穆罕默德·托马斯？”

“说起来话长，等你好了我就告诉你。”

她向我讲述了她自己的情况。我了解到，她即将完成高中学业并要去上大学，她的志向是成为医生。她问起我的过去，我没有告诉她有关蒂莫西神父的任何事，以及后来发生在我身上的情况，不过我讲述了自己在分租公寓的经历。我对她说了我作为一个铸造厂工人的生活。她全神贯注地听我讲述，让我感到很满足，很有成就感。

一个医生走进来，告诉桑特拉姆太太说，她的女儿很幸运。她只是有一些灼伤，不会留下任何永久性疤痕，用不了一周就可以出院。

和顾蒂娅共处的三个钟头，让我了解了有关她父亲的很多事情。桑特拉姆太太告诉我：“我丈夫是一个著名的空间科学家，哦，应该这么说，他过去是个科学家。他以前在阿里亚巴塔空间研究所工作，借助大型望远镜研究星体，我们过去住在研究所大院的一栋大平房里。三年前，他发现了一个新的星体。那是一个很重要的科学发现，可是他的研究成果被一个天文学家同行窃取了。这彻底毁掉了我的丈夫，他开始酗酒，和同事们打架。有一天，他对研究所所长发火，差点儿把那个人打死。于是他就被赶出了研究所，我只得恳求那个所长，别让警察逮捕他。离开研究所以后，我丈夫在一所好学校找到了做物理教师的工作，但还是不能改掉他的酗酒恶习和暴脾气。学生出现很小的失误，他都会鞭打他们，所以短短半年，他就叫人家轰出来了。从那以后，他一直打零工，先是在一家公司当食堂经理，后来去了一家工厂做会计，现在是在一家服装店做销售员。我们的积蓄都花光了，只能住分租公寓了。”

“桑特拉姆先生就不能戒酒吗？”我问她。

“我丈夫向我发过誓，说他再也不会去碰酒精了，我也以为这一切都会过去。但是他没有兑现诺言，现在的情况你也看到了。”

“帮我一个忙，拉姆·穆罕默德·托马斯。”顾蒂娅说，“在我回家之前，请帮我照看一下布鲁托。”

“没问题。”我向她保证。

突然间，她伸出手臂，握住我的手。“我没有弟弟，你就是我的弟弟。对吗，妈妈？”她说道。桑特拉姆太太点点头。

我不知道该说些什么，对我来说，这是一种新的关系。在过去，我想象过自己是某个人的儿子，但从未想过是别人的弟弟。所以，我只是紧握顾蒂娅的手，无言地感受着我们之间的情感纽带。

那天晚上，我梦见一个穿白色莎丽的女人，怀里抱着一个婴儿。风从她身后呼啸而来，把头发吹到她的脸上，遮住了她的容颜，她把婴儿放到一个衣箱里就离开了。就在这时，另一个女人赶来了。她的身材同样高挑而曼妙，但脸上缠裹着绷带。她从衣箱里抱出婴儿，不停地亲吻他。“我的小弟弟。”她说，“叫——姐姐——”那个婴儿回应地发出“咯咯”声。“喵——”凄厉的猫叫声突然划破了黑夜。我惊醒过来，试图揣摩我听到的叫声是来自梦里，还是隔壁房间。

第二天早上，我发现了布鲁托软塌塌的严重损伤的尸体，它被扔在巴尔维先生用来处理他的《马哈拉施特拉时报》的那个垃圾箱里。猫的脖子被打断了，我能闻到它毛茸茸身体上的威士忌味道。桑特拉姆告诉他的妻子说，布鲁托跑掉了。我虽然知道真相，但把它说出来已没有任何意义了。布鲁托确实跑掉了，跑到了另一个更美好的世界，我心里想。

“我很喜欢顾蒂娅。”我对萨利姆说，“我必须确保桑特拉姆不会再像以前那样对待她。”

“可是你又能做些什么呢？那终归是他的家庭。”

“可那也是我们的事情。不管怎么说，我们毕竟是邻居。”

“穆罕默德，难道你忘了你当初是怎么对我说的吗？不要去干涉别人的私事，也不要把别人的麻烦变成你的麻烦。”

我没有回应。

顾蒂娅回来了，但我没法去看她，因为桑特拉姆不允许男孩进入他们的房间。桑特拉姆太太告诉我说，她的丈夫意识到了自己的错误，还说他以后会改的，尽管她从内心深处知道，桑特拉姆已经无可救药了。然而，就连她也不知道她的丈夫可能堕落的程度。

顾蒂娅出院还不到一星期，桑特拉姆就再次故态复萌了。他甚至试图去摸顾蒂娅，而且并非是像父亲那样去摸她。

起初，我并不理解这是怎么回事。我听到他有几次声称顾蒂娅是他的月亮，又听见桑特拉姆太太在哭泣，接着听见顾蒂娅发出尖叫声：“爸爸，别碰我！爸爸，请你不要碰我！”

当我听见顾蒂娅哀怨的哭泣时，我的脑袋都要爆炸了。我真想冲进桑特拉姆的房间，赤手空拳地把他干掉。可是，我还没来得及鼓起勇气，就听见桑特拉姆响亮的鼾声。他已经睡死过去了。顾蒂娅还在抽泣。我不需要使用杯子，就能听见她的呜咽声。

她的哭泣对我产生了一种奇怪的影响。我不知道面对姐姐内心的哀痛，当弟弟的能做些什么，因为我毫无做弟弟的经验。不过我知道，自己应该想方设法去安慰她。

不幸的是，如果在两个人之间隔着一堵墙，不管墙壁有多么薄，你都很难给对方送去安慰。就在这时，我注意到就在墙壁底部，有一个输送水管的小小的圆形开口，足够将一只手臂伸过去。我从床上跳下来，摊开四肢趴在地上，努力把我的手伸进那个洞口。“姐姐，不要哭。你过来，握住我的手。”我哭了起来。有人抓住了我的手。我觉得对方的手指正在抚摸着我的胳膊、我的肘部、我的手腕，就像盲人在感觉一个人的脸一样。

然后，我们十指相扣，我体验到了一种不可思议的力量和情谊的传递。在那一瞬间，我感觉自己与顾蒂娅心有灵犀，她的痛苦仿佛也是我的痛苦。

萨利姆此时仍坐在他的床上，惊愕地看着眼前的一幕。“你疯了吗，穆罕默德？你知道你在做什么吗？”他提醒我，“你把手伸进去，把洞口弄得越来越大，会有更多的耗子和蟑螂钻进我们的房间。”

但是，我对萨利姆的提醒和其他的一切都置若罔闻。我不知道我和顾蒂娅的手握了多长时间，当我第二天上午醒来时，我发现自己仍旧趴在地上，我的手仍旧放在洞口里面，一个蟑螂家族在我的衬衣口袋里怡然入梦。

第二天晚上，桑特拉姆回来时又醉得不省人事，他试图骚扰顾蒂娅。

“你比所有的行星和恒星都漂亮，你就是我的月亮。你是我的顾蒂娅，我的心肝宝贝儿。你昨天躲过去了，但今天我是不会让你逃掉的。”他说。

“你不要胡来！”桑特拉姆太太哭了起来，她的丈夫并不理睬。

“甭害怕，顾蒂娅，我爱你没什么错。就连沙杰汗大帝都会爱上他自己的女儿贾亚拉。再说一个人要从他自己栽的树上摘果子吃，这是他的权利，没有人可以剥夺。”

“你是个魔鬼！”桑特拉姆太太大叫起来，但桑特拉姆打了她。我听到一个瓶子的破碎声。

“不！”我听见顾蒂娅尖叫起来。

我感觉到大脑里仿佛有一束火炬在熊熊燃烧，熔融金属倾倒在我的心脏上。我再也无法忍受下去了。我跑进拉玛克里斯纳先生的房间并告诉他，桑特拉姆正在对他的妻女做有违人伦的事。但是，拉玛克里斯纳对我的话不屑一顾，仿佛我是在跟他说天气一样。

“听着！”他对我说，“不管别人家里发生什么事，那都是他们自己的私事，我们不能去干预。你是一个年纪不大的孤儿，还不了解真实的生活。可是我早就知道，在整个孟买的出租房里每天都在发生什么：打老婆、虐待孩子、乱伦和强奸。可是没人管这些事。我们印度人就是有这种超强的能力，对周围的苦难和不幸冷眼旁观，自己丝毫不会受到影响。所以，你最好做一个严格意义上的孟买人，把你的眼睛闭上，把耳朵捂上，什么话也不要说，你就会和我一样活得高高兴兴的。好了，你现在可以走了，我要睡觉了。”

我赶紧回到我的房间。我听见桑特拉姆的鼾声，听见顾蒂娅在大声诅咒自己是不洁的女孩。

“别碰我！谁都别碰我！谁靠近我，就会被我传染的！”

我想她正在失去理智，我也在失去理智。

“我不怕传染。”我说，一边把我的手伸过那个墙洞。

顾蒂娅抓住了它。“我不想活下去了，拉姆·穆罕默德·托马斯，”她哽咽着说，“我宁可去自杀，也不要向我的父亲屈服。”她的痛苦像流水一样从洞口蔓延过来，渐渐地将我淹没。

我也哭了。“我绝不会袖手旁观的，”我告诉她，“这是一个弟弟的承诺。”

萨利姆厌恶地看了我一眼，仿佛我作出这样的承诺就是在犯罪一样。但是我才不管什么对与错，我感觉到了顾蒂娅纤细瘦弱的手指，还有她双手的皮肉，我知道我们都是被猎杀的动物，是犯罪同伙。我的罪行在于我是个孤儿，而且敢于自找麻烦。可是，顾蒂娅的罪行又是什么呢？因为她生来就是一个女孩，因为桑特拉姆是她的父亲。

第二天晚上，当下班回来的桑特拉姆走上摇摇晃晃的二层楼梯时，我履行了自己的诺言。

他步履缓慢，显得笨手笨脚，他的衣服散发出威士忌酒发酵的恶臭。就在他经过拉玛克里斯纳先生还没着手修理的那段楼梯栏杆时，我从后面向他冲过去。我猛地撞向他的后背，使他“砰”的一声撞到木头栏杆上。栏杆原本就脆弱而摇晃，根本承受不住一个酒鬼的重量。它瞬间发出响亮的爆裂声并碎裂开来。

桑特拉姆失去平衡，重重地掉了下去。

在电影中，我们有时会看到一个反派角色从摩天大楼屋顶向下坠落，看上去就像是在空气中飘浮一样。他会双腿乱蹬，手臂挥舞，并发出吓人的惨叫。不过在现实生活中，我预期中的那种效果并没有出现。

桑特拉姆只是像一块石头一样直坠下去，手和腿没有任何扑腾动作，就脸朝下撞到地面上，像长着翅膀的鹰一样四肢伸展地趴在那里。

当我看见桑特拉姆软绵绵的身体在地上抽搐时，才意识到自己干了什么。我开始幻想我的行为产生的后果。犯罪现场处理人员开着一辆红灯闪烁的吉普车赶来，用粉笔画出一条非常清晰的轮廓线。他们一边拍照，一边说："尸体就是从这里掉下来的。"

然后，他们抬起头，看见我正在二楼张望。督察指着我："就是这小子把他推下来的。抓住他！"我随即被带进监狱，衣服被剥光并遭到殴打。然后，我又被送到法庭上，一个穿着黑袍、表情严肃的法官坐在那里，他头顶上方的天花板上有一只吊扇，身后的墙壁上面有一句褪色并蒙上灰尘的镀金题词：真理胜过一切。那个法官看了我一眼，就作出了判决："拉姆·穆罕默德·托马斯，我判决你有罪，因为你预谋杀害了桑特拉姆先生。根据印度刑法第302款之规定，我在此判处你绞刑。"

"不！"我喊叫起来并试图逃跑，可我的腿被拴上了铁链，手腕被戴上了镣铐。我被蒙住眼睛带到行刑室，一根绞索套住我的脖子，一根杠杆被拉下。

我的双腿突然腾空，我痛苦地尖叫，因为呼吸道被扼住而喘不过气来。我睁开眼睛，发现自己在天堂里。但天堂似乎就和分租公寓一样，于是我又向下看去，看见了桑特拉姆像张着翅膀的鹰一样趴在地面上的尸体。

周围开始聚集越来越多的人，有人呼喊："快报警！"

不能再等了。我疾步冲下楼梯开始狂奔，我穿过大门，跑过那个牛奶亭和那栋高层建筑。我跑到当地汽车站，坐上特快大巴，赶到了维多利亚火车站。在那里，我搜索着每一个月台，寻找那趟特定的列车。我终于找到了它，并在它即将开动时跳了上去。

我离开了孟买，离开了顾蒂娅，离开了萨利姆，逃向我知道的唯一的大城市——德里。

当我讲述整个故事时，司蜜妲始终沉默着。我看得出来，她受到了深深的触动。我发现她的眼角挂着一滴眼泪。

可能同为女人，她完全能体会顾蒂娅经受的那种煎熬。

我拿起遥控器。“我们来看看第三个问题吧。”说完，我按下了播放键。

普利姆·库马尔将他的椅子转过来，对我说：“托马斯先生，你已经正确回答了两个问题，赢得了2000卢比。现在让我们来看看，你能否答对第三道题目，奖金5000卢比。你准备好了吗？”

“准备好了。”我回答说。

“好的。第三个问题。这个问题是关于——”就在这时，演播室大厅中央的聚光灯熄灭了，将我和普利姆·库马尔置于黑暗中。“哎哟！休斯顿，我们有麻烦了。”[1]普利姆·库马尔说。观众大笑起来，我不明白这个笑话。

1　这是美国电影《阿波罗13号》当中，“阿波罗13号”飞船指令长吉姆·洛维尔的一句台词。

“您刚才说什么？”我问普利姆·库马尔。

“哦，这是电影《阿波罗13号》中一句有名的台词。我敢肯定你没看过英语电影。如果你突然遇到了一个大麻烦，就可以用这句台词，而我们眼下就有一个大麻烦——只有解决了聚光灯的问题，节目才能进行下去。”

当技术人员开始检查聚光灯线路时，普利姆·库马尔通过耳机听到了一个声音。然后他斜靠过来，并在我的耳边低语：“OK，老弟，你的好运帮你解决了两个问题，现在你的运气到头了。下一个问题真的很难，尤其是对于一个服务生来说。我很愿意帮你赢得更多奖金，但制片人刚才通知我说，他想让下一个选手上场，就是那个数学教授。很抱歉，你真不走运！”他喝了一口柠檬水，咂吧了一下嘴唇。

聚光灯终于修好了，演播厅提示牌变成了“掌声”。

掌声平息下来，普利姆·库马尔看着我：“托马斯先生，你已经答对了两个问题，赢了2000卢比。现在让我们来看看，你能否答对第三个奖金5000卢比的问题。你准备好了吗？”

“准备好了。”我回答说。

“好的，我们的下一个问题是关于天文学的。告诉我，托马斯先生，你知道我们的太阳系有多少个行星吗？”

“我的选择是什么？”

“这不是我要问的题目，托马斯先生。我只是在随便问问你，你是否知道太阳系中行星的数量。”

“不知道。”

“不知道？我希望你知道我们居住的这个行星的名称。”

观众大笑起来。

“地球。”我不高兴地回答说。

“很好，看来你还是知道一个行星的名字的。好的，你准备好回答第三个问题了吗？”

“准备好了。”我回答。

“好的。第三个问题。在我们的太阳系，最小的行星是什么？它是：A. 冥王星；B. 火星；C. 海王星；D. 水星。”

背景音乐还未响起，我就脱口而出：“喵！”

“对不起。”普利姆·库马尔惊讶地问，“你刚才说什么？我怎么好像听到了一声猫叫。”

“我说的是‘A’。”

“A？”

“是的，答案是A，冥王星。”

“你确定吗，百分之百确定是A？”

“确定。”

鼓点渐强。正确答案开始在大屏幕上闪烁。

“回答正确，百分之百正确！冥王星的确是太阳系最小的行星。托马斯先生，你刚刚赢得了5000卢比！”

观众被我渊博的知识所打动，有些人站起来鼓掌。

但司蜜姐仍然沉默着。

奖金1万

残疾儿童的秘密

阳光渐弱，鸟鸣渐稀，空气越发污浊，天空更加昏暗。

当你被迫离开一座漂亮的大房子，离开洒满阳光的可爱花园，被安置到一栋摇摇欲坠的房子里，并且不得不和几十个孩子住一个无比拥挤的宿舍时，我想你对人生的看法一定会变得悲观起来。

而且，如果你恰好在这种情况下患上黄疸病，你的悲观情绪就会进一步加剧。

黄疸病的确让人很不舒服，不过，它也带来了一种意想不到的好处：你会从憋闷压抑的集体宿舍被转移到单独的房间。我可以独享的这个大房间，有一张金属床和一面绿色的窗帘。这就是所谓的隔离病房。

过去两星期，我一直卧病在床。实际上，好像自从蒂莫西神父死后，而他们把我从教堂带过来的那天起，我就成了一个病人。他们当时并不是开着红灯闪烁的吉普车把我接走的。拉走我的是一辆有铁丝网车窗的蓝色面包车，就是那种用来收容流浪狗的汽车，只不过这次是用来收容流浪儿的。要是我的年龄再小点儿，他们就可能把我送到一个收养机构，然后很快把我“推销”出去。不过因为我有8岁了，就被送到了位于土库曼门的德里少年感化院——这里收留的全是男孩。

这个少年感化院的容纳人数是75人，实际数量却达到了150人。这里拥挤、嘈杂而又污秽，两个简陋的卫生间里，都只有往下漏水的盥洗槽和肮脏恶心的小便池，老鼠在走廊和厨房里整天乱窜。这里有一个教室，里面摆放着随时都会散架的旧课桌和一块有裂纹的黑板，还配备了几个多年不曾正经授过课的教师。这里有一个运动场，那里的草长得就和板球比赛的三柱门一样高，而且如果你不小心的话，就很容易被那些有足球那么大的石头碰伤。

这里有一个体育教师，总是穿着洁白的棉布T恤衫和熨烫笔挺的裤子。他把板球和羽毛球器材放在漂亮的玻璃柜里，从不允许我们去碰它们。食堂是一个大房间，地面铺着廉价的地板，摆放着长长的木头餐桌。那个脾气暴躁的大厨，把名义上是为我们准备的鸡肉和其他肉类都卖给餐厅，每天只给我们提供蔬菜炖汤和黑乎乎、硬邦邦的煎饼。他还老爱抠鼻孔，谁想添点儿饭菜，他就要大声呵斥谁。

院长阿格尼奥特利先生是一个温和的老者，穿着浆洗过的用印度土布做的无领长袖宽袍。我们都知道，在这个地方拥有实权的人，其实是他的副手、绰号“土库曼门大恶”的古普塔先生。他的确是这里的“万恶之首”，这是一个体毛浓密的矮个子男人，周身上下散发出奇特的类似皮革的气味，而且整天不住嘴地嚼着槟榔。他脖子上挂着两条粗大的金链子，走起路来叮当作响，手里还总握着一根短竹竿，只要看我们谁不顺眼，就会用力抽打上一通。我们私下里还听到这样的传言：他会在深更半夜把男孩叫到他的房间去。不过没有人公开讨论这件事，我们更愿意讨论让人高兴的事情。比如每天晚上，我们都可以在公共休息室看上两个钟头的电视。我们围着那台21英寸的“迪亚诺拉”牌国产电视机，观看“音乐频道”播放的印地语电影歌曲，还有“全印电视台”播放的面向中产阶层的肥皂剧。我们特别喜欢看在周日播放的电影。那些电影讲述的都是一个个幻想世界。在那样的世界里，孩子们都有父母，都可以过生日。他们住着大房子，坐着大汽车，收到大大的礼物。

我们都看到了这样的幻想世界，并不会被冲昏头脑。我们早就知道，自己永远不可能过上阿米特巴·巴强或者沙鲁克·汗拥有的那种生活。我们最大的渴望，就是能够成为那些能对我们发号施令的管理者的一员。所以当教师问我们“你们长大了，想成为什么样的人”的时候，没有人会说想成为飞行员、总理、银行家或者演员，我们说出的理想是大厨、保洁员或者体育教师，或者顶多想要成为院长。少年感化院让我们变得自轻自贱。

渐渐地，我和感化院的许多男孩的关系变得颇为密切。有些人比我年龄小，但大多数都比我大。我认识了蒙纳、卡鲁、皮亚尔、帕万、亚西姆和伊尔凡。

从蒂莫西神父的家里被送到少年感化院，对我来说，无疑就像是从天堂掉到了地狱。可是，当我认识了其他孩子以后，才意识到对于他们当中的许多人来说，这里就是他们的天堂。他们来自德里和比哈尔市的贫民窟，来自北方邦的棚户区，甚至来自遥远的尼泊尔。我听到了他们吸毒成瘾的父亲和做妓女的母亲的故事。我看到了他们被贪婪的叔父和霸道的婶母殴打而留下的伤疤。我知道了契约劳动和家庭虐待的现实。我也开始害怕警察，是他们把大多数男孩送到了这个少年感化院。只要那些男孩从路边摊上偷面包或在剧院门口兜售黑市票而被抓住，并且没有能力贿赂警察，最终都会被送到这里。在很多情况下，一些男孩只是由于警察不喜欢他们的长相，就遭到丧尽天良的陷害。

许多男孩都是“惯犯”，这意味着他们在被别人从少年福利委员会那里获得监护权并带走以后，又被送回了少年感化院。蒙纳是在遭到继母的虐待之后又回到这里的，亚西姆是被他残忍的哥哥赶出来的，帕万返回感化院，是因为当初把他带走的那个亲戚让他在一个破旧的汽车旅馆干活，而警察以非法童工的名义抓到了他。尽管有诸多此类的遭遇，许多男孩还是做梦都想“被领回去”，准备用一个已知的地狱去换取一个未知的地狱。

我几乎不费吹灰之力，就成了他们的头儿。这倒不是因为我年龄大，也不是因为我更好斗，而是因为我会说英语。我是一个能够阅读英语，也能够讲这种神奇语言的孤儿，这对那些管理者的影响同样是显而易见的。院长会时不时地问我最近怎么样啊，那个体育教师一度允许我在前院搭建一个临时板球场，我们还在那里进行过四五场像模像样的比赛，直到有一次蒙纳飞起一脚，打破了院长的窗户，才导致所有体育活动都被禁止了。此外，那个严厉的厨师偶尔也会给我多添一份菜。

古普塔从来不曾在晚上把我叫到他的房间。而那个医生史无前例地未做任何拖延，立刻就把我安置到了隔离病房，这使我不至于传染整个宿舍的人。

我独占隔离病房长达两个多星期，然后，另一个男孩搬进了这个房间。我此前就听说，感化院新来了一个男孩，而且他的病情似乎很严重。他是那天下午被担架抬进来的，穿着一件破烂的橙色背心，一条污渍斑斑的破短裤，脖子上还系着一条黄色围巾。

那也是我第一次见到萨利姆·伊利亚斯。

萨利姆就像是我的反面——他拥有小麦色的皮肤和一张天使般的面孔，长着一头卷曲的黑发，每当他微笑时，面颊上就会露出两个小酒窝。虽然他只有7岁，却有一个十分敏锐、喜欢质疑的头脑，他断断续续地对我讲述了他的故事。

他出身于比哈尔邦一个村庄的穷苦家庭。那个村庄的住户主要是贫穷的农民，但也有几个富裕的地主。他们基本上都信仰印度教，不过也有个别像萨利姆一家这样的穆斯林家庭。他的父亲是一个体力劳动者，母亲是家庭主妇，哥哥经营一个茶摊。萨利姆在村里的当地学校上学，他们住在地主家场院的一个小茅屋里。

就在上个星期，也就是在这个寒冷的1月份，他们村的哈努曼神庙里发生了一个意外事件。有人在夜里闯入至圣所，亵渎了印度猴神的雕像。那个寺庙有个僧人声称，他看见一些穆斯林青年躲在寺庙大院附近。对，就是他们干的！印度教徒听闻此事怒不可遏。他们带着砍刀和铁镐，木棒和火炬，袭击了所有的穆斯林家庭。

当暴徒发动袭击时，萨利姆正在小屋外面玩耍，他的父亲、母亲和哥哥在屋里喝茶。他亲眼看到他们放火焚烧了那个茅屋。他听到母亲的尖叫，父亲的呼喊，哥哥的哭叫，但暴徒不允许一个人逃脱。他全家人都被活活烧死。萨利姆逃到火车站，跳上他看见的第一列火车。火车把他带到了德里，他没有食物，没有衣服，也没有见到一张熟悉的面孔。他在月台上躺了两天，又冷又饿，因为发烧和悲痛而神志昏迷，后来一个警员发现了他，就把他送到了少年感化院。

萨利姆说他经常在夜里做噩梦，那些暴民的声音、他母亲的尖叫声不断在他耳边回响。当他想起哥哥在火焰中扭动的惨状时，他浑身就会抖如筛糠。他说，他痛恨而且害怕所有的印度教徒。他问起我的名字。

“穆罕默德。”我告诉他。

久而久之，我和萨利姆成了十分要好的朋友。实际上，我们有很多共同点：我们都是孤儿，都没有“被领回去”的希望，我们都爱打玻璃球，也都爱看电影，当我们搬回集体宿舍时，我利用个人影响力，在我旁边帮他弄了张床位。

一天深夜，萨利姆忽然被古普塔传唤。古普塔是一个鳏夫，独自住在大院里。萨利姆很担心。“他干吗叫我过去？”他问我。

“我不知道。”我回答说，“我从来没到过他的房间，不过我们今天就能知道是怎么回事了。”于是，萨利姆走向古普塔的房间，我蹑手蹑脚地跟在后面。

当萨利姆敲门时，古普塔坐在房间里，穿着皱巴巴的长袖睡衣裤。

“来……进来，萨利姆。”他含糊不清地说，手里攥着一杯金色的液体。

他一口饮尽，擦了擦嘴。他的眼睛看上去就像两枚大纽扣。我从门口两块布帘的缝隙之间望去，只见他抚摸着萨利姆的脸，手指沿着他皮包骨的鼻子和薄薄的嘴唇向下滑动。然后，他突然命令说：“把裤衩脱了。”

萨利姆对这样的要求感到困惑。

"赶紧点儿，你这狗杂种，不然我他妈抽死你。"古普塔咆哮着说。萨利姆顺从了，他犹犹豫豫地脱下短裤，我掉转了目光。

古普塔走到萨利姆身后，他的金链子叮当作响。

"很好，很好。"他喃喃自语。我看见他解开睡衣裤带并褪了下去，我能够看见他毛茸茸的后背。萨利姆还是不明就里，但我刹那间恍然大悟。我在那一瞬间清醒地意识到，那天夜里，在约翰神父的房间发生了什么，以及在第二天又发生了什么。

我发出一声尖厉的喊叫，它像子弹一样打破了夜晚的寂静。它惊醒了那些在宿舍里安睡的男孩；它惊醒了在厨房里鼾声如雷的大厨；它惊醒了躺在卧室里的院长；它甚至惊醒了大大小小的流浪狗，它们开始疯狂地吠叫。

古普塔不知道是怎么回事。他急忙提起睡衣裤，想把萨利姆轰走。但是，大厨、院长和保安已经向古普塔的房间这边赶来。他们在那个夜晚发现了他肮脏的秘密（尽管他们没有对此采取任何措施）。后来，古普塔经过多方打听，发现当时是我隐藏在门帘后面。从那时起，这个大恶人就成了我的死敌。萨利姆事后浑身发抖，但并未受到伤害。其实早在这件事发生以前，他就已经不再对印度教徒怀有敌意了，然而从那以后，对性虐待的恐惧就在他的内心留下了永远的阴影。

这是一个宜人的春日。我们身处感化院外围，它也因此显得分外美丽。我们正在参加一个国际非政府组织安排的"一日游”。我们乘坐空调公交车游遍了德里。我们在动物园吃午餐，还看到了各种各样的动物。我第一次看到河马、袋鼠、长颈鹿和巨型树懒。我们看到了鹈鹕、火烈鸟和鸭嘴兽。然后，我们被带到顾特卜塔，这是印度最高的塔。我们大呼小叫地彼此推搡着爬上楼梯，从塔顶悬台处向下望去。地面上的男人和女人们就像蚂蚁一样小巧可爱。我们亮开嗓子高喊“啊——”，并仔细聆听随后响起的美妙得令人心颤的回音。最后，我们被带到印度门[1]，在那里观看了一次嘉年华活动。我们每人领到了10卢比，买什么都可以。我正想坐摩天轮，萨利姆却扯住我的衣袖，把我拽到一个摊位那里。“潘迪特·拉马香卡·夏斯特里。”上面的横幅写着这个名字。

“世界著名手相大师，看一次只要10卢比。”一个老人坐在摊位后面，穿着一件缠着腰布的库尔塔。他胡子花白，额上有一个朱红色的吉祥痣，戴着一副厚眼镜片，从他的脑后垂下一根黑发辫。

“我想看看手相，”萨利姆说，“只要10卢比。”

“别犯傻了，”我对他说，“这些家伙都是骗子。他们不可能知道你的未来。再说，我们的未来也没什么好知道的。”

“那我也想看看我的手相。”萨利姆固执地说。

“好吧。”我让步了，“那你就去看吧，但我可不想把我的

---

1 建于1921年，位于新德里核心地段，为纪念9万名在第一次世界大战和第三次英阿战争中阵亡的不列颠印度军人而建。

10卢比打水漂。”萨利姆交了钱，便急切地伸出左手，占卜大师摇摇头：“不，不是左手。女孩才看左手。男孩都得看右手。”

萨利姆马上伸出右手手掌，占卜大师用放大镜盯着它看，分析着手上的纹路，好像它们是一张藏宝图似的。他终于放下放大镜，发出一声满意的叹息：“你的手相好得不得了啊，我的孩子。我从没见过这么好的命运线。我可以告诉你，你有一个非常光明的未来。”

“真的吗？”萨利姆看起来很高兴，“我将来会成为什么样的人？”

夏斯特里先生显然没想过这个问题。他闭上了眼睛，10秒钟后又睁开。“你的脸长得漂亮，你会成为一个著名演员。”他说。

“就像阿尔曼·阿里一样有名？”萨利姆叫起来。

“可能比他更有名，”占卜大师说，他转向我，“你不想看看手相吗？只收你10卢比。”

“不用了，谢谢。”我毫不犹豫地说道，并准备离开，但萨利姆伸手拦住了我。

“别走，穆罕默德，你也应该看看手相。就算是为了我，好吗？”

我只好无奈地掏出10卢比，并伸出右手。

当占卜大师调整了一下厚镜片，开始审视我的手掌时，他皱起了眉头。他观察了足有5分钟以上。他做着笔记，还进行了一些奇怪的运算。

“怎么样啊？”萨利姆不安地问。

只见手相专家眉头微蹙，又摇了摇头：“智慧线很强，但感情线偏弱。而且最重要的是，你的生命线很短啊。星象也似乎有些错位。行星的排列不太吉利。木星丘不错，可土星丘把它给抵消了。你的未来会有很多坎儿。我可以给你想点儿道道儿，帮你把以后的路给铺平了，不过你得格外花点儿钱。”

“花多少？”

“大约200卢比吧。你干吗不从你爸爸那里要呢？他都有一辆大巴，还在乎这点儿钱吗？”

我笑了：“哈哈！大师，您在预测我们的未来之前，最好先查清楚我们是什么人。我们可不是什么富家少爷，我们是土库曼门少年感化院的孤儿，那辆公交车根本就不是我们感化院的车。不管怎么说，您已经让我们白白浪费了20卢比了。”我拉着萨利姆：“我们走吧。我们已经耽误了不少时间了。”

我们还没走出两步远，占卜大师叫住了我：“等一下！我想给你样东西。”

我转身回到摊位跟前，占卜大师给了我一枚1卢比的旧硬币。

“这是什么，大师？”

“这是一枚幸运币。留着吧，你以后用得着。”

我把它攥在拳头里。

萨利姆想吃冰激凌，可我们只有1卢比，什么都买不了。我们看着其他孩子都在骑木马。我漫不经心地翻转那枚硬币，它从我的指缝间滑出，滚到了一条长椅下面。我弯腰把它捡起来。它正面朝上，而且旁边还有一张10卢比的钞票，是别人掉在这里的，这简直像变魔术一样。我和萨利姆买了冰激凌。我把那枚硬币小心地放进口袋。它还真是我的幸运符。

萨利姆为我的未来不像他那样光明感到伤心，不过，他对自己将成为一个电影明星兴奋不已。我们前面有一个宣传最新影片的巨大广告牌。它用绚丽的色彩展示着那个手里持枪的英雄形象，他的胸口处沾染着血迹，额上系着一条黑头带。海报上还有一个面带狞笑的反面人物，以及有着硕大乳房的女主人公。萨利姆一动不动凝视着广告牌。

“你在看什么呢，萨利姆？”我问。

“我想知道，那条黑头带我戴着合不合适。”他回答说。

我们坐在课堂上，可是乔西先生，也就是我们的那个爱打饱嗝和挖鼻孔的大腹便便的教师并没在讲课。他在读一本小说。他把小说小心地藏在他手里那本教科书里面。为了打发时间，我们在下面叠纸飞机，在木头课桌上蚀刻图案或者集体打盹。突然，被派到走廊里望风的蒙纳跑进教室。“老师，老师！”他上气不接下气地说，“院长先生来了。”

乔西先生打了个响亮的饱嗝，马上把他的小说丢到一边。

他打了个响指，站起身来。

“好的，孩子们，我们刚才讨论什么来着？对了，你们想告诉我，长大以后想成为什么样的人。接下来谁想发言？”

萨利姆举起手。这是他第一次这样自告奋勇。

“好，萨利姆，你将来想做什么？”

“老师，我会成为一个著名电影演员，这是一位占星家告诉我的。”他颇为得意地说。

教室里响起一片笑声。

关于那个传闻中的大人物是谁，当时有两种说法。有人说，他是一个极其富有的钻石商人，他自己没有任何子女。因此，他会不时地来到少年感化院收养孩子，把他们带到他在孟买的那座豪宅里。还有人说，他在孟买开办了一所学校，让那些他认为有前途的孩子在那里接受正规教育。不管怎样，有一件事是明确的：只要你被塞特选中，你这辈子就是妥妥的了。

萨利姆不在乎塞特是钻石商人，还是一所学校的拥有者。他最关心一件事：这个大人物来自孟买——印度电影业的中心。他确信塞特会把他从这里挑走，把他带到金光闪闪的宝莱坞世界。这是他注定的命运。那个手相家的预言即将变为现实。

我们都在食堂排好队，等候塞特先生前来视察。萨利姆特意洗了澡。其实，他已经洗过三次了，把身体搓了又搓，去掉了所有的污垢。他穿上自己最好的衣服，他的头发梳理得相当有型。他是这所感化院最讲究、最体面的孩子。不过，我对他如此执着感到担心。假如没被塞特先生选中，他就会大受打击。

塞特先生终于到了，陪他前来的还有其他两个男子。他看起来不像一个钻石商人，而更像是一个匪徒。不过话又说回来，我们也从未见过钻石商人，也许钻石商人长得都像匪徒也未可知。塞特先生皮肤黝黑，留着浓密的黑胡子，就像是江洋大盗维尔拉潘。他穿着一件白色班德加拉套装[1]。一条又粗又长的金链子，从他的脖子一径悬垂到外衣的第二个纽扣处。他的手指戴满了饰有不同颜色宝石的戒指，有红的、绿的，也有蓝的。与他在一起的那两个跟班，倒是确实怎么看都像是跟班的。我后来知道，他们分别叫穆斯塔法和普努斯。古普塔也和他们在一起，负责在前面带路。他的两条金链子和塞特相比，就显得寒酸多了。

“塞特先生，您很久都没有过这边来了，恐怕都把我们忘了吧？自从您上次访问后，又新来了许多孩子。我敢保证，这次您一定会挑到好多您想要的。”古普塔谄媚地说。

视察开始了。我们全都露出了最动人的微笑，塞特先生审视着每一个孩子，从头到脚地对他们进行打量。我不知道他是在寻找什么特征，因为他并未向我们提出任何问题，只是审视

1　一种结合了印度服饰和西装风格的混搭装束，也被称为王子套装。除了外套和裤子以外，有时也会搭配一件马甲。

着我们的脸部。他完成了第一轮检查，这期间都没有多看我一眼。然后，他再一次视察了这个队列。当来到萨利姆跟前时，他停了下来。

“你叫什么名字？”他用浓重的南印度口音问。

“萨……萨利姆·伊利亚斯。”激动不已的萨利姆结结巴巴地回答。

“他什么时候来的？”他问古普塔。

“大概在11个月前，从比哈尔邦恰布拉县来的。”

“他多大了？”

“8岁。”

“他家里还有什么人吗？”

“没有了，塞特先生。在一次村民骚乱中，他全家都死光光了。”

“多不幸啊。”塞特先生说，“不过他正好是我需要的那种孩子，你能帮我办好相关手续吗？”

“这件事交给我处理就行了，塞特先生。不管您想要谁，很快就能交到您手上。这个孩子嘛，我们就说穆斯塔法是他叔叔好了，福利委员会那边不会有任何问题。实际上，他们还巴不得多打发掉几个孩子呢。”

“好极了。我这次过来，就带这一个孩子走。”

古普塔看着萨利姆，然后又看着站在萨利姆旁边的我。“他怎么样？”他指着我问。

塞特先生看着我的眼睛，摇摇头：“他太大了。”

“不，塞特先生，他只有10岁。他叫托马斯，能讲一口流利的英语。”

“这对我没什么意义，我不需要他，我需要那一个。”

“他们俩关系非常铁，我是说这两个孩子。如果您要带走萨利姆，您也必须把托马斯带上。”

塞特先生被他的要求惹恼了：“我都对你说了，古普塔，我不需要什么托马斯、托牛斯的。我只要一个，那就是萨利姆。”

“我很抱歉，塞特先生，但我坚持这么要求。如果您要带走萨利姆，就必须带上托马斯。这是一揽子交易。”

“一揽子交易？”

“是的，买一赠一。您带走托马斯吧，我不收您的钱。”古普塔咧开嘴笑着，露出了一口被槟榔染黄的大板牙。

塞特先生和他的两个跟班交头接耳地嘀咕了一阵子。

“好吧，”他对古普塔说，“把这两个孩子的手续办好吧，我会在周一领人。”

萨利姆扑进我的怀里，他简直幸福得不知如何是好。那天晚上，他兴奋得一夜未睡。他梦见了在孟买的明星生活，梦见了与阿米特巴在滨海大道共赏金色的日落美景，梦见了与沙鲁克·汗在焦伯蒂海滩[1]同处的玫瑰色黎明。我那晚也失眠了，躺

1　焦伯蒂海滩位于孟买市滨海大道的北端，是该市最著名的海滩之一。这里也是庆祝孟买市最大节日甘尼许节最主要的场所。

在床上辗转反侧。但是我没有梦见明星光环和极乐世界。我梦见自己是一个在人行道上卖水果的小贩。一个肤色黝黑的人弯下腰，要从我这里购买芒果，我看见他的金链子晃来晃去。他甩给我一些零钱，我将一个饱满多汁的芒果放进他的包里，然后又偷偷地塞进一只烂香蕉，买一赠一。

我们乘火车到孟买，一路平安无事。我和萨利姆乘坐二等卧铺车厢，与穆斯塔法和普努斯这两个塞特的手下同行，我们听说塞特已经坐飞机先走了。穆斯塔法和普努斯戴着头巾，抽着烟卷儿，大部分时间都在睡觉。他们很少对我们说起塞特先生。他们只是提到他的真名叫巴布·皮莱，但大家都叫他麻氓，在印度马拉雅拉姆族语里的意思是“叔叔”。他老家是在喀拉拉邦考拉姆市，不过他在孟买已经定居很长时间了。他们说他是一个很善良的人，为残疾儿童开办了一所学校，帮助他们重建生活，因为麻氓认为，残疾儿童更接近上帝。他把孩子从少年感化院拯救出来，因为他认为，少年感化院就是监狱的代名词。如果麻氓不来拯救我们，我们最终就会落得这样的下场：在十字路口附近帮人擦洗汽车挡风玻璃，或者在私人住宅扫地做饭。现在，我们将有机会学习有用的技能，为日后的成功打下基础。穆斯塔法和普努斯是优秀的推销员。当我们的这趟旅行结束时，连我自己都情不自禁地相信，被麻氓选中是我此生最大的幸事，我的人生即将发生彻底的转变。

火车偶尔经过贫民窟住宅区。它们在铁路边缘延伸，犹如一条肮脏的丝带。我们看见肚皮鼓胀的半裸孩子朝我们挥挥手，而他们的母亲在下水道的污水里刷洗餐具。我们也向她们挥挥手。

孟买的声色光影让我们震撼。教堂门车站的实景，看起来就和它在电影《爱在孟买》中的形象一模一样。萨利姆开始期待能邂逅在教堂附近引吭高歌的明星葛文达。

穆斯塔法给我们指示了滨海大道的海滩，这是我第一次看到大海，我对巨浪冲击岩石的景象深感着迷。萨利姆没有过多关注雄伟的海洋，他望着贩卖软饮料和小吃的摊位。“葛文达和拉维娜在那里吃过贝尔普里香饭。”他兴奋地告诉我。我们还经过哈吉·阿里道堂[1]，当萨利姆看见那个圣坛时，他向真主安拉伸开双手，就像他在电影《苦力》中看到阿米特巴·巴强所做的那样。我们经过沃利海岸区、达达尔闹市区和马伊姆小岛，穆斯塔法和普努斯把主要地标指给我们看。在马伊姆要塞附近，萨利姆招手让出租车司机停车。

“怎么了？”穆斯塔法问。

“没什么，我就是想看看在电影《黑手党》里走私犯卸货的那个地方！”

1　苏非派穆斯林圣徒哈吉·阿里的冥宫，结合了印度教和伊斯兰艺术风格，是孟买地标之一。

当我们接近班德拉、珠湖和安特里，看到众多电影明星在那里购置的金碧辉煌的豪宅，以及豪宅周围高高的围墙和一队队穿着制服的警卫时，萨利姆激动得热泪盈眶。透过出租车的茶色车窗，我们就像首次进城的农夫一样，目瞪口呆地看着大片伸展的独栋洋房和高层建筑群。我们仿佛是透过万花筒在打量孟买，太阳似乎更加耀眼，空气让人感觉更加凉爽，居民看上去更为富裕，这里的人们因为与宝莱坞超级明星共享空间而似乎格外幸福。

我们到达了在孟买西北部葛尔甘地区的终点。麻氓的家不是我们先前期待的那种宫殿似的洋房，而是一座破旧的大型建筑，坐落于有一座小花园和两棵棕榈树的大院当中，四周环绕着顶端装有刺铁丝的高大围墙。两个肤色黝黑、缠着薄布花头巾的彪形大汉，坐在门廊那儿抽着烟卷。他们手里握着粗竹竿，跷着二郎腿，我们瞥见了他们外衣里面穿的条纹内衣。他们身上散发出浓烈的亚力酒[1]气味，普努斯用语速极快的马拉雅拉姆族语同他们讲话。我就听出了“麻氓”这一个字眼，他们显然是巴布·皮莱先生的保镖。

当我们走进这所房子时，穆斯塔法指着院外一排形同鸡舍的瓦楞铁建筑物，“那就是麻氓为残疾儿童办的学校，那些孩子

1 一种金黄色的烈性酒，可以直接饮用或加水饮用，主要产于东南亚和南亚国家。

也住在那里。”

“我怎么没看见一个孩子呢？”我问。

“他们都出去参加职业培训了。甭着急，你们晚上就能见到他们了。来吧，我带你们去你们自己的房间。”

我们的房间狭小逼仄，有两个双层床和两块嵌入墙壁的长方形镜子，萨利姆选择了上面的床位。在地下室有一个浴室可以使用，里面有一个浴缸和一块浴帘。这里显然不是电影明星拥有的那种豪宅，不过也还能将就着居住。尤其值得一提的是，我们俩似乎是唯一住这所房子的孩子。

麻氓当晚来见我们。萨利姆滔滔不绝地告诉他，他来到孟买是如何兴奋，以及他多么渴望成为一个著名的电影明星。麻氓面带微笑地听着他倾诉自己的梦想。“要成为电影明星，最关键的就是要能歌善舞。你会唱歌吗？”他问萨利姆。

“不会。”萨利姆说。

“哦，不用担心。我会安排一个顶尖的音乐老师给你上课，用不了多久，你就会和歌手基肖尔·库马尔的水平一样高了。”

萨利姆看上去好像恨不能马上过去拥抱麻氓，不过他还是控制住了自己。

晚上，我们去学校吃晚餐。那里有一个类似于我们的少年感化院的食堂，地面铺着廉价的油毡地板，摆放着长木桌，就连大厨的形象都与我们在少年感化院的那位十分相像，仿佛他们是用一个模子做出来的。我和萨利姆被安排与穆斯塔法坐在一张小圆桌旁。其他孩子还没有进来，就先给我们上了饭菜。食物冒着热气而且美味可口，比我们在德里那边吃的寡淡无味的食物可强多了。

当那些孩子开始鱼贯而入时，立刻挑战了我们心目中对“地狱”的定义：我看见没有眼睛、借助拐棍摸索着走路的孩子；挪动着弯曲而畸形的四肢踉跄走向餐桌的孩子；只剩两段粗糙的残肢、拄着T字形拐杖缓慢移动的孩子；口眼歪斜且手指扭曲，因而只能用胳膊肘夹起面包送到口中的孩子。其中有些就像难看无比的小丑一样，不过他们的尊容只会使我们想哭，而绝不会让我们发笑。好在我和萨利姆已经快把饭吃完了。

我们看到三个男孩站在一个角落处，呆呆地看着别人进餐，他们自己却不过来吃饭。其中的一个不时地舔着嘴唇。“他们几个是怎么啦？”我问穆斯塔法，“他们怎么不吃饭呢？”

“他们在受罚，”穆斯塔法说，“因为他们今天没完成任务。别担心，他们晚点儿会吃的。”

第二天，音乐教师来了。他是一个很年轻的男子，长着一张椭圆形的脸，胡子刮得干干净净，有着一对招风耳和瘦骨嶙峋的手指。他还随身带来了一只小风琴。

“我是你们的老师，”他对我们说，“我现在就教你们唱歌。”我们坐在地板上，全神贯注地听他唱起“哆来咪发唆啦西”。然后，他解释说："每支曲子都有这七个基本音符。你们现在张开嘴，大声唱出这些音符。不要让声音从你们的嘴唇发出，也不要从鼻子里发出，而是要从喉咙底部发出。"

萨利姆清清嗓子唱了起来："哆来咪发唆啦西。"他敞开喉咙纵情歌唱。清晰的音符在房间里回荡，产生了余音绕梁的效果，听起来纯正而清澈。

"非常好。"老师鼓掌说，"你天生就有一副好嗓子，这是上帝赐给你的礼物。我可以向你保证，只要不断练习，用不了多久，你就能够顺利唱出三个半八音度的全部音域。"然后，他又看着我："好了，现在你来唱唱这七个音符。"

"哆来咪发唆啦……"我开始唱起来，可是我嗓音嘶哑，这几个音符被我唱得支离破碎的，就像是一大把弹子球掉到了地板上。

教师将一根手指塞进耳朵："哎呀我的天……哎呀我的天……你唱得怎么跟一头水牛似的，看来我得在你身上多下点儿功夫了。"

萨利姆帮我打圆场："不，老师，穆罕默德也有一副好嗓子，他叫起来嗓门可高啦。"

在接下来的两个星期，那个老师教了我们几首由著名圣徒演唱的颂圣歌，也教我们弹奏小风琴，我们学习了卡比尔的双行诗歌，以及杜尔西达斯[1]和米拉巴依[2]的颂圣歌。

他是一位好老师，他不但教我们唱歌，还用那些通俗易懂的语言，解释了歌曲蕴含的含义深刻的神性真理。我特别喜欢卡比尔，他的一首诗歌这样写道：

你一刻不停数着念珠，
却难以做到心无旁骛，
把手里的念珠抛掉吧，
请你捻转内心的智珠。

当老师教萨利姆唱印度教颂圣歌时，他毫不在意萨利姆的穆斯林背景。萨利姆本人也对此安然自若。既然阿米特巴·巴强能够扮演穆斯林苦力，既然萨尔曼·汗能够扮演印度皇帝，那么萨利姆·伊利亚斯也能够像一个僧侣一样，声情并茂地演唱《罗摩王一路铃音而来》。

在此期间，虽然穆斯塔法和普努斯小心地防范我们去过多

1 中世纪印度诗圣，曾根据古典梵语史诗《罗摩衍那》，用印地语方言中的奥德语重述创作《罗摩功行录》，使之成为中印度和北印度迄今最有影响力的文学与宗教经典。

2 中世纪印度毗湿奴派虔诚运动著名人物，本为拉吉普特公主，因热爱毗湿奴，创作千余首赞颂克里什那（又名黑天，毗湿奴化身）的诗歌。她创作的颂歌迄今在印度拉贾斯坦邦一带流传。

接触被他们说成“惨疾银”的残疾儿童，但我和萨利姆还是渐渐认识了这所学校里的几个孩子。我们了解了这些孩子的不幸身世，并且惊奇地发现，就那些残忍的亲属和警察而言，孟买和德里其实没有什么不同。更为重要的是，随着我们对这些孩子的情况越来越了解，麻氓的真面目也开始浮出水面。

我们和阿肖克——一个胳膊变形的13岁孩子——交上了朋友，他的话让我们的三观第一次受到冲击。

“我们不是小学生。”他告诉我们，“我们是叫花子。我们在本地火车上乞讨，我们中有些人还是扒手呢。”

“那你们弄到钱给谁呢？”

“我们得把钱交给麻氓的人，他们管我们吃住。”

“你是说，麻氓是一个黑帮老大？”

“那你以为呢？他可不是什么天使，顶多一天给我们吃两顿饭。”

我对于麻氓的信念被粉碎了，可萨利姆仍对人的“性本善”抱有信心。

我们碰见了拉杜，一个10岁的盲童。

“你今天怎么会挨罚呢？”

“我没有赚够钱。”

“你们每天要上交多少？”

“赚多少，交多少。但是，要是你交的钱不够100卢比，你就得挨罚。”

“怎么罚？”

“不让你吃饭。你得空着肚子上床睡觉，肚子里就像有一群耗子在咬。”

“给，拿着这个煎饼，我们是给你留着的。”

我们和11岁的拉德利聊天，他缺了一条腿。

“你怎么从来都没挨过罚呢？你是不是总能赚到足够多的钱？”

“嘘……这是秘密。”

“你别担心，我们会给你保密的。”

“好吧，你们可别让别人知道。老实告诉你们吧，我认识一个女演员，她住在珠湖维尔帕勒。只要我有困难，就会去找她解决。她不光给我吃的，如果我缺钱，她还会给我钱花。”

“她叫什么名字？”

“倪丽玛·顾茉莉，听说她过去非常有名。”

“她长得怎么样？”

“年轻时肯定是个美女，不过现在变老了。她对我说过，她需要雇个用人。要不是因为我少了一条腿，我就会从这里逃出去，到她家里给她干活。”

那天夜里，我梦见自己到了珠湖维尔帕勒的一所房子跟前。

我按响门铃并等待着。一个身材高大的女人打开门。她穿着白色的莎丽服。一阵狂风呼啸而来，把黑色的长发吹拂到脸上，遮住了她的容颜。我张开嘴想要说些什么，然后发现她在看我的下身。我低下头，惊恐地发现自己居然没有腿。

我惊醒过来，全身都被汗水湿透了。

有人介绍我们认识了13岁的慕拉伊，他的两条胳膊都少了一截儿。

“我讨厌这么活着。”他说。

“你为什么不逃跑？”

“能跑到哪儿呢？这里是孟买，不是我的农村老家。这么大一座城市，却没有你待的地方。就连睡下水道你都得有关系，还得有其他帮派罩着你才行。”

“其他帮派？”

“是的。有两个男孩上个月逃跑过，结果不到三天又回来了。他们找不到工作，比库那伙人不允许他们在自己的地盘找活儿。在这里，至少我们还可以有吃有住，而且我们为麻氓干活儿，其他帮派就不敢来找我们的麻烦。”

“我们可不想卷入任何帮派。”我告诉他，并背诵了一首诗歌，“卡比尔穿街过巷，愿人人幸福长久；他不想和谁攀亲，也不跟任何人结仇。”

我们见到了西坎达尔，他是从巴基斯坦“进口”过来的。

当时，食堂里激荡起一阵兴奋的涟漪：又来了一个孩子！穆斯塔法把这个新居民带进来，我们都围住他，穆斯塔法看上去异常振奋。

“他是我们今儿一大早，从沙基尔拉纳火车站托运处搞到的。”他拍了一下大腿高兴地说。

这个孩子不超过12岁。我们上前抚摸着他，仿佛他就是被关在笼子里的动物。但是他看起来并不像是一个动物，更像是我们在大不列颠企业集团的电视广告中看到的那个外星人：他有一个两端逐渐变细的椭圆形脑袋，一双蒙古人的眼睛，一只肉嘟嘟的鼻子和两片薄薄的嘴唇。穆斯塔法告诉普努斯：“他是从巴基斯坦旁遮普一个叫沙多拉神庙的地方跑出来的。这种孩子都叫‘鼠孩’。”

“他们的头怎么会长成这样？”

“我听说他们在孩子刚出生不久，就把铁环箍在孩子的头上不让它发育。这样，他们的脑形就变得很独特了。”

“我觉得他很有潜力啊，麻氓肯定会高兴的。”普努斯说。

“那还用说，”穆斯塔法同意这种看法，“一个真正的超值品。”

由于某种原因，这个“鼠孩”让我联想起当初我和蒂莫西神父在康诺特广场看到过的一头熊。它脖子上有一个铁箍，嘴巴套着黑面罩。它的主人用一头带尖儿的木棍用力戳它一下，它的后腿就会站起来，向周围的人敬礼，这样人们就会把硬币扔给它。主人把钱拾起来之后，便把它带到下一处地方表演。让我感到震撼的是那头熊的眼睛，它们看上去是那样悲哀，所以我还问过蒂莫西神父："熊会哭吗？"

我发现了躲在柜橱里的基图。

他手里捧着一个塑料袋，里面装着一种黄白色的物质。他把开口罩在口鼻处用力深吸，又把袋子底部扣在脸上。他的衣服散发出油漆和溶剂的气味，鼻子周围有一圈疹子。他的嘴边都被汗水沾湿了。当他吸完那东西以后，那双半睁半闭的眼睛变得呆滞无神，双手开始不住地颤抖。

"基图……基图！"我摇晃着他，"你这是在干吗呢？"

"别管我。"他的声音听上去忽远忽近，若即若离，"我在空气中飘浮，我在云彩里睡觉。"

我拍了他一巴掌，他咳出了一口黑痰。

"我对强力胶上瘾了。"他后来对我说，"我是从补鞋匠那儿买的。强力胶让我感觉不再饥饿，不再疼痛。我看到了五颜六色的世界，有时还能看见我妈妈。"

我向他要了一点儿试了一下，吸入后感觉有点儿头晕，脚下的地板也开始移动，我仿佛看到了各种影像。我看见一个穿着白色莎丽的高个子女人，怀里抱着一个婴儿。狂风呼啸，将她的头发吹拂到脸上，遮住了她的容颜。那婴儿伸出小手，用柔嫩的手指将她的长发拨开，露出了头发下面的面孔。

他看见了憔悴的、像是窟窿似的眼睛，扭曲难看的鼻子，沾满鲜血的锋利尖牙，数不清的蛆虫正从她那布满皱纹的下巴里钻出来。婴儿惊恐地尖叫起来，从她的怀里掉了下来。

我再也没有吸过强力胶。

与此同时，我们的音乐培训即将结束了。那位教师对萨利姆的进步非常高兴："你已经掌握了歌唱艺术，现在就剩下一堂课了。"

"那是什么？"

"苏尔达斯[1]的颂圣歌。"

"苏尔达斯是谁？"

"他是最有名的颂圣歌歌手，谱写了好几千首赞美克里什那的歌曲。据说有一天，他掉进了荒野的一口深井里，没办法爬出去。他在那里待了六天。他不停地祈祷，到了第七天，他听见一个孩子的声音。孩子说可以抓住他的手，把他拉上来。在这个孩子的帮助下，苏尔达斯爬出了那口井，但孩子却不见了。那个孩子不是别人，就是克里什那。从那以后，苏尔达斯一生致力于谱写赞美克里什那的歌曲。他天天抱着一把艾克塔拉单弦琴，唱着讲述克里什那童年的歌曲。"接着，那位教师开

1　15世纪的印度盲诗人和音乐家，著有《苏尔诗海》，以歌颂克里什那（黑天）而知名。他在印度是盲人的代名词。

始演唱："我饥渴的双眼期盼你的降临，亲爱的克里什那。"

"他的眼睛为什么会饥渴？"我问。

"我不是告诉过你们吗？苏尔达斯是个瞎子。"

在音乐培训的最后一天，老师对萨利姆赞不绝口，因为他把苏尔达斯的一首颂圣歌演唱得美轮美奂。相比之下，我在唱歌时魂不守舍，心烦意乱。和麻氓手下那些男孩的接触，让我变得心神不定。虽然在某种意义上，我们都是那个地位不高的神的子民，但在我看来，不得不听命于麻氓的那几个孩子，生活实在是太不幸了。

普努斯走进房间和老师说话。他们低声交谈了几句，然后普努斯拿出钱包，数出了一些钱。他把那叠钞票交给那个音乐教师，后者感激地塞进衬衫口袋里。他们一起离开房间，只留下我和萨利姆，还有一只小风琴。

"我真不应该离开德里。"我对萨利姆说，"你起码成了一个好歌手，可是我白来了这一趟，什么也没得到。"

这时我注意到，地板上有一张100卢比的钞票。一定是普努斯刚才数钱时掉的，我首先想到的是把它揣进口袋里，可是萨利姆却将它从我手里夺走，坚持说我们应当把钱还回去。因此，我们顺着走廊走到那个被麻氓当作办公室的房间，普努斯和穆斯塔法常在那里进进出出。

当我们走近门口时，听见里面传来说话声。麻氓在对普努斯说："那么课也教完了，那个教师是怎么说的？他要价可是越来越贵了啊。"

"他说那个大点儿的没啥希望，但那个小的很有潜力。他说，他以前培训过的孩子都不像他这么有才华。"

"所以你认为，他每天至少能赚300卢比？"

"什么叫300卢比？他的演唱简直就是奇迹。再说，还有他那张脸呢？谁能抵抗得了他的那张小脸呢？我觉得，他起码能赚到四五百卢比。我们可要发大财了，麻氓先生。"

"那么另一个孩子怎么办？那个个子高点儿的？"

"管他呢！那个浑蛋得自己去照顾自己。他要么每天晚上交给我们100卢比，要么就得饿肚子……"

"好，下周就把他们派到火车上。我们今晚就办了他们。晚饭后动手吧。"

听到这些话，我的后脊梁骨猛然渗出一股寒意。我抓住萨利姆的手跑回房间。萨利姆对我们听到的谈话以及那些数字感到困惑。但是，我大脑里的那幅拼图正在自动组合起来。

"萨利姆，我们必须逃离这个地方，现在就跑。"

"可是为什么？"

"因为今天晚饭以后，我们会发生很可怕的事情。"

"我不明白。"

"我现在什么都明白了。你知道他们为什么要教我们唱苏尔达斯的颂圣歌吗？"

“因为他是一个伟大的诗人？”

“不，因为他是瞎子。所以我们今晚就会变成瞎子，这样，我们就可以在当地火车上向乘客乞讨了。我现在非常肯定，我们在这里见到的所有的残疾孩子，都是被麻氓和他的手下故意弄残的。”

然而，这种残酷的现实超出了萨利姆的理解力，他还是想留下来。

“那你干吗不自己逃跑呢？”他问我。

“我不能丢下你。”

“为什么？”

“因为我是你的守护天使，我们俩是一揽子交易。”

萨利姆紧紧拥抱住我。我从口袋里拿出那1卢比硬币。“听着，萨利姆，”我对他说，“你相信命运，对吗？所以，就让这枚硬币来决定我们的未来好了。正面我们就离开，反面我们就留下来，可以吗？”

萨利姆点点头。我掷出了硬币。是正面。

萨利姆终于同意从麻氓的巢穴逃出去，但他满脑子都是疑问。“我们要去哪里呢？我们以后做什么呢？在这个城市里，我们谁都不认识啊。”

“我知道我们该去哪里。还记得拉德利对我们提到的那个女演员倪丽玛·顾茉莉吗？她需要用人。我有她的地址，而且我知道坐哪趟火车去。”

“去报警怎么样？”

“你疯了吗？离开德里这么久，你还没长点教训吗？不管你做什么，不管你去哪里，永远都不要去找警察，永远。”

在地下室的浴室里，我们听着漏水的水龙头持续不断的滴水声。萨利姆踩在我的肩膀上，手里握着一把刀子，想要撬开窗户上金属丝网的螺丝钉。

“快点儿。”我咬紧牙关低声说。

我们听见上面传来一阵脚步声。那是麻氓的保安，他们脚步沉重地走进我们的房间，打开壁橱和碗橱。我们听见喊声和咒骂声。一个瓶子摔碎了，这更加刺激了我们紧绷的神经。萨利姆被吓坏了。他急速地喘着粗气。我的心脏跳动加速，我几乎能够听见它“砰砰”的撞击声，脚步声越来越近。

“就剩一颗了。”萨利姆说，“可是它卡住了，我觉得我弄不下来了。”

“求你了……求你再试一次！”我催促他，“这关系到我们的生命。”

更大的紧迫感促使萨利姆使尽全力去对付那颗螺丝钉，他的刀子不停地扭转着。终于成功了。他取下了四颗螺丝钉，拆掉了那个金属网。我们能够看到外面的棕榈树在微风中轻轻摇曳。窗户的空间恰好够我们从里面爬出去。

就在麻氓的手下正要走下楼梯进入地下室之际，萨利姆刚刚把身体从窗口挤出去。然后他抓住我的手，帮助我从窗口溜出来。我们爬到一个碎石瓦砾堆上，大口喘着气。夜色寂静，天空挂着一轮满月。我们深吸了几口新鲜空气。它有一种椰子的气味。

我们坐在当地一列从葛尔甘开往这个大都市中心的火车上。在晚上的这个时候，车里并不拥挤，我们所在的车厢里只有几个乘客。他们读报纸、打扑克、批评政府、放屁。一个兜售软饮料的小贩走进车厢，手里拎着装满各色瓶子的塑料冷冻箱。

“可乐、芬达、大拇指、酸果王、七喜——”他高声叫卖。那些冰镇过的瓶子表面挂着小水珠。萨利姆瞅着它们，不由自主地伸出舌头舔着焦渴的嘴唇。他摸着衣兜，自我安慰地拍打了几下。那个小贩满怀希望地看着他。萨利姆摇摇头，那人只好继续朝前走了。

过了不长时间，另一个小贩进入车厢，这是一个戴着圆框眼镜的大胡子老者。他的脖子上挂着一个大托盘，里面鼓鼓囊囊地摆满了生锈的空罐头盒、装着浑浊液体的玻璃瓶，以及一大堆小塑料袋，里面包着多节的小树根、干树叶、花粉和植物种子。

“尤素福·法希姆，游方郎中！”他大声吆喝着叫卖道，“我这里有治疗各种疑难杂症的偏方。不管你是癌症啊，还是便秘啊，只要告诉我你得的什么病，保管药到病除。”

让他感到遗憾的是，车厢里没有病人，他过了一会儿就离开了，只在车厢里留下了刺鼻的姜黄气味。

当火车急速经过住宅区和体育场馆时，我们注视着这个城市熠熠闪烁的灯火。我们瞥见有人坐在客厅里看电视，有人在吃晚饭，有人在卧室里铺床睡觉。当我们距离目的地只有两站地时，听见车厢一头传来拖曳的脚步声。

一个大约七八岁的严重营养不良的小男孩出现了。他穿着一件蓝上衣和沾满尘土的短裤，拄着一根棍子走路，怀里抱着一把艾克塔拉。我们不认识他：他不属于麻氓那伙人控制的孩子。

他在离我们不到15英尺的位置停住脚步，放开嗓子唱起“我听说克里什那会来帮助弱者……”

这是苏尔达斯最著名的诗歌之一。

当这个小歌手悠扬的嗓音如瀑布般倾泻进整节车厢时，我们不禁蜷缩成一团。麻氓控制的那些男孩的形象在我们脑海中再次闪现：拉杜、拉德利、阿肖克和慕拉伊。萨利姆紧紧靠住我，我的身体缩进座位最里头。但是，那个小歌手的脑袋就像雷达一样，他那双失明的眼睛似乎是略带责备地看着我们。经过饱受折磨的5分钟，我们终于听他唱完了整首歌曲。接着，他掏出一只乞讨碗请求施舍。车厢里只有极少数乘客，没人愿意为他翻找零钱。

当一无所获的歌手准备从我们身边走过时，萨利姆从他的口袋里掏出了什么东西。他用拳头紧握住它，有些内疚地看着我。我默默地点点头。萨利姆带着痛苦的表情，在那个歌手伸开的手掌上方把拳头张开。一张皱巴巴的100卢比钞票落入乞丐的那只碗里。

司蜜妲的身体无法自控地颤抖了一下："我无法想象，在我们今天这个时代，还会有人这么残忍地对待无辜儿童。"

"是很可悲，但这是事实。要是我和萨利姆那天晚上没有逃出来，我们也会在当地火车上卖唱，就像那个盲人歌手一样。"我回答说。

"那么，你后来在倪丽玛·顾茉莉那里得到那份工作了吗？"

"是的，我得到了。"

"那萨利姆怎么样了呢？"

"倪丽玛·顾茉莉在加特考帕尔的分租公寓为他安排了一个房间。"

"可是，在上一个故事中，你不是在铸造厂工作，而且就是住在分租公寓的吗？"

"那是在我离开倪丽玛·顾茉莉以后——说得更准确些，是在她离开我之后。"

"什么意思？"

"你很快就会知道的。"

司蜜妲摇摇头，按下了DVD遥控器的播放键。

普利姆·库马尔面向镜头："我们现在进入第四道题目，奖金1万卢比。这个问题很简单，但前提是你必须对颂圣歌歌手有所了解。托马斯先生告诉过我们，他相信所有的宗教。但愿他知道颂圣歌的来历。"他转向我："你准备好了吗？"

"准备好了。"我回答道。

"好的。第四个问题。苏尔达斯，那个盲诗人，最崇敬哪一个神灵：A. 拉姆；B. 克里什那；C. 湿婆；D. 梵天。"

音乐响起。

"B. 克里什那。"

"你确定吗，百分之百确定吗？"

"确定。"

鼓点渐强。正确答案开始在大屏幕上闪烁。

"回答正确，百分之百正确！你刚刚赢得了1万卢比！"普利姆·库马尔宣布道。观众鼓掌。普利姆·库马尔露齿而笑，我没有笑。

奖金5万

怎样说澳洲英语

“请报上姓名、性别和年龄，先生。”那个面带羞涩的人口普查员说。他站在门廊里，戴着厚镜片的黑框眼镜。他手里捧着一沓表格，还把玩着一支蓝色签字笔。

穿着淡黄色亚麻西装的泰勒上校带着不快的神情开始陈述。他整天穿西装，不管在夏季还是冬季。西装很适合他高大的身躯。他有椭圆形的脸庞，浓密的胡椒色八字须，薄薄的嘴唇和红润的脸颊，一头浅茶色头发梳向脑后。泰勒全家人和所有的用人都聚在前廊，好像在拍集体照一样。“我是查尔斯·泰勒上校，男，46岁。这是我太太丽贝卡·泰勒，女，44岁。”他指着身材消瘦、金发碧眼、身穿长裙的泰勒夫人说。“这是我们的儿子罗伊，男，15岁。”罗伊正在摆弄他的手机。他个子高挑，穿着他一身标志性的黑色牛仔裤、T恤衫和运动鞋。

“这是我们的女儿玛吉，女，17岁。”玛吉个子不太高，不过长相姣好，有一张圆脸蛋、一双蓝眼睛和一头金发。她穿着一条短裙。

泰勒上校挺直身体，提高了音量："我是澳大利亚武官，我们是外交人员。所以，我认为你没必要在普查表中把我们登记进去。只有我们家的用人可以写入你们的报告。站在门边的是巴格瓦蒂，他是我们的司机兼园丁，男，52岁。我们有一个女佣，珊蒂，女，哦，我想她是18岁，她现在不在家。那位是拉慕，我们的厨师，男，25岁。这位是托马斯，男，14岁。就这些，可以了吧？"

"还没完，先生，我需要问你的用人一些问题，先生。最新人口普查包括一份长问卷，有各种奇怪的问题，比如，你看什么样的电视节目啦，你吃什么食物啦，你去过哪些城市啦，甚至还包括……"他哧哧地窃笑说，"你隔多长时间过一次性生活。"

泰勒夫人低声对她的丈夫说："噢，查尔斯，咱们可不能让拉慕和托马斯把时间浪费在这种蠢事上。你就不能把这个家伙弄走吗？"

泰勒上校从口袋里翻出一包香烟："听我说，老兄，不知道您怎么称呼，我的用人真的没时间回答你这么多问题。所以，你干吗不收下这盒万宝路，到下一家去调查呢？我敢保证，你的普查表漏掉4个人，对你是不会有什么妨碍的。"

普查员瞅着那盒万宝路，舔着嘴唇："这个嘛……先生，您真是个好人。可是您看，我这个人不会抽烟，先生。不过，您要是有黑方威士忌……哪怕是红方也成，我会很愿意帮您这个忙的，先生。不管怎么说，就算我们从大海里去掉4滴水，那又有什么区别呢？没人会在意10亿人口里面少了4个！”他神经兮兮地笑着。

泰勒上校白了那个普查员一眼，然后大步走进客厅，又带着一瓶尊尼获加红方返回：“给你，带着它赶紧走人，永远别再来烦我们。”

那个普查员向泰勒上校做了个行礼动作：“别担心，先生，10年内我是不会再过来打扰您的。”他心满意足地走了。

泰勒夫人很满意。“这些该死的印度佬，”她微笑着说，“给他们一瓶威士忌，他们就什么都听你的了。”

巴格瓦蒂站在门边傻笑，他不知道发生了什么事，但只要看到老爷和太太笑，他就会跟着笑。拉慕也在傻笑，只要看见玛吉穿着短裙，他就会傻笑。

只有我没有笑。就算我们用人是一些隐形人，在社交场合和家庭聚会中不被理睬，但在我们自己国家的人口普查中被排除在外，那也未免太叫人难堪了。而且我真的希望，泰勒夫妇能够收起他们那套势利的“该死的印度佬”之类的言辞。自打来到这里，这至少是我第50次听到他们使用这种腔调了。我每次听到它，都会感到血往上涌。好吧，就算那些邮递员、电工、电话修理工和警察——现在又增加了一个人口普查员——见了威士忌，立马都会缴械投降，也并不意味着所有印度人都是酒鬼。我希望有一天，我能向泰勒夫人严肃地解释这一点。

但是，我知道我是不会那样做的。当你在德里的一个豪华区域住着一所漂亮的房子，每天都能吃上三顿热腾腾的饭菜，还能拿到1500卢比的薪水——没错，而且是月薪——你就能学会收敛傲气。而且只要老爷和太太笑，你也会跟着笑。

不过平心而论，泰勒夫妇对我一直都很好。如果你从孟买跑到德里，有一天突然毛遂自荐地出现在人家家门口，是不会有多少人敢雇用你的。更何况，我和这家人此前毫无瓜葛。我以前认识的沃夫上校是泰勒上校前任的前任。而作为英国国教徒的泰勒夫妇，和蒂莫西神父所属的罗马天主教会也没有任何关联。

这是纯粹的运气：他们当时急需一个用人，过去那个用人刚被扫地出门。

在我和这家人共处的15个月时间里，至少有5个用人被相继解雇了。这都是因为泰勒上校。他是一个“无所不知先生”。正如天上有个无所不知的上帝，地上的这位就是泰勒上校。贾格迪什，那个园丁，从窝棚里偷走了一袋化肥，让泰勒上校知道了。后果：第二天被解雇。希拉，那个女佣，从泰勒夫人房间里顺手牵羊带走了一只手镯，让泰勒上校知道了。后果：第二天被解雇。拉杜，那个厨师，在晚上打开酒柜，喝了一点儿威士忌。后果：挨了一顿打，第二天被解雇。阿杰伊，那个新来的厨师，酝酿了一个偷钱计划，并在电话里透露给一个朋友。后果：第二天被解雇，而且他和他的朋友都被警方逮捕了。巴桑提，那个新来的女佣，试穿了玛吉的一条连衣裙。后果：没错，还是第二天被解雇。泰勒上校是如何知道这些事情的——不管它们是发生在紧闭的房间里，还是出现在夜深人静，抑或是在跟前没有任何人的电话通话中——是一个真正的谜。

我是目前唯一幸存下来的人。我承认，自己偶尔也会受到诱惑，想要把泰勒夫人梳妆台上那些零钱据为己有，或是从冰箱里抓起一块美味的瑞士巧克力，好在最后还是抑制住了诸如此类的冲动，因为我知道，泰勒上校是一个无所不知先生，何况这家人都很信任我。事实上，我有一个基督教名字，并且能讲英语也起了作用。除了两个月前刚被雇用的珊蒂以外，只有我享有可以进入这家人的私人领地的特权。我可以进入所有的卧室，也是唯一可以在客厅看电视，也可以偶尔和罗伊一起玩任天堂游戏的人。不过，就连我也不能进入泰勒上校那个被称为密室的办公室。那是一个与主卧室毗连的小房间，有一个坚固的棕色木门，外面还加了防护性的铁隔栅。铁隔栅有三把锁：两把小锁头，一把金色的大挂锁，上面写着：“耶鲁牌。超强加固。硼化金属U型锁环。”在挂锁旁边的墙壁上，有一块很小的白色电子面板，上面有一个骷髅和两根骨头的图案，还有一个类似电话键盘的小键盘，键盘上面的数字是从0到9。你只有正确地输入密码，才能打开那把挂锁。如果你企图强行把它打开，440伏的电压就会让你触电而亡。每当房间上锁时，面板上面那只小小的红灯就会开始闪烁。每当泰勒上校进入这个密室时，这只小灯就会变为绿色。没有哪个家庭成员可以进入这个房间，包括泰勒夫人、玛吉和罗伊在内。

与泰勒一家人的相处，帮助我逐渐忘却了在孟买的创伤性经历。桑特拉姆和倪丽玛·顾茉莉成为一种痛苦但遥远的记忆。在最初的几个月，我一直生活在恐惧中，只要有闪着红灯的警用吉普车从庭院外面经过，我就会缩成一团。随着时间的流逝，那种被人追捕的感觉开始消退。我也经常想起顾蒂娅，不知道她现在怎么样了。不过，如果你不能将一个名字同一张具体的面孔联系在一起，就很难长时间维持那种记忆。于是，她渐渐消失在我记忆的垃圾箱里。但我不能忘记萨利姆。我经常为抛下他而深感内疚。我想知道他情况如何，是否还在做配送午餐盒饭的工作，我强忍住不和他联系，担心这可能将我的行踪暴露给警方。

在与泰勒一家人同住期间，我学会了做烤肉和干酪，我成了知道如何用量杯量威士忌的饮料调配专家，我品尝到了从堪培拉直接进口的袋鼠肉排和鳄鱼馅饺子。我甚至成了英式橄榄球、网球，以及和罗伊一起看的澳式橄榄球的球迷。不过尽管过了这么长时间，我仍然无法掌握澳大利亚英语口音。我每天晚上坐在房间里，练习像一个澳洲人那样讲话。

“恁（您）好老兄，吧（八）点在印度闷（门）见。”说完，我忍不住放声大笑。

我特别喜欢和泰勒夫人去购物。她的大部分物资都是从澳大利亚带过来的，但也会不时从德里超级商场和可汗大市场购买进口产品。我们会购买西班牙香肠、法国蓝莓乳酪、盐水黄瓜和橄榄油红辣椒。她每周都会带着玛吉、罗伊还有我去德里儿童大世界——全世界最大的儿童商店。那里的衣服、玩具、自行车和磁带应有尽有。玛吉和罗伊喜欢买运动衫和牛仔裤，而我会骑免费的旋转木马，这一天，都是我最开心的日子。

罗伊和玛吉每月都会收到一本《澳洲地理》杂志。我认为这是地球上最好的杂志，里面每一页都刊登着世界上最迷人的地方的照片，它们全都在澳大利亚。那里有绵延数英里的金色沙地海滩，被可爱的棕榈树环抱的岛屿，满是鲸鱼和鲨鱼的海洋，矗立着无数摩天大楼的城市，喷涌出致命熔岩的火山，依偎着宁静的绿色峡谷的雪峰。我在14岁那年唯一的梦想，就是有一天能够亲眼看到这些美丽的地方。我渴望在有生之年去探访昆士兰、塔斯马尼亚岛和大堡礁。

我在泰勒家的生活很舒适，因为我没有太多事情要做。和我在那个女演员家里时的情况不同——我是那里唯一的用人——这里还有其他三个人分担各种活计。拉慕是厨师，厨房完全由他管辖。珊蒂负责整理床铺和清洗衣物。我只负责吸尘之类的清洁工作。有时我也会擦拭银制器皿，在泰勒上校的书房中将书架上的图书码齐，以及帮助巴格瓦蒂修剪树篱。我们都住在与住宅相连的用人宿舍。我们拥有一个大房间和两个小房间。巴格瓦蒂和他的妻儿住大房间。珊蒂独自住在第二个房间。我和拉慕共享第三个房间，这个房间里有一张双层床，我睡在上铺。

拉慕是个不错的家伙。他是4个月前来到泰勒家的，而且是一位出色的厨师。他最精通法国烹饪，过去曾在一个法国家庭工作过。

他会做鲑鱼蛋糕、橘子黄油薄卷饼，以及我最喜欢吃的奶酪口蘑烤杂拌肉。拉慕身体强壮，而且他的面孔——如果你忽略那些痘疮的话——相当英俊。他喜欢看印度电影。他最喜欢看的电影，讲述的都是富有的女主人公和贫穷的男主人公私奔的故事。我怀疑珊蒂喜欢拉慕，她看拉慕的眼神，以及偶尔投给他的媚眼，都让我觉得她是在向拉慕传递信号。可是拉慕没把珊蒂放在心上。他的心另有所属，他让我发誓不把此事告诉任何人，因此，我不便透露那个女孩的芳名。不过，我想我可以透露一点：她是一个金发碧眼的漂亮姑娘。

我虽然住在用人宿舍，但泰勒一家几乎将我视为他们家庭的一个成员。他们每次外出到麦当劳就餐时，总记得给我买一份儿童套餐。当罗伊和玛吉玩拼字游戏时，他们总会叫上我。当罗伊在电视房看板球比赛时，他经常邀请我和他一起看（不过只要澳大利亚队输球，他就会表现得很恶劣）。

每当泰勒一家到澳大利亚旅游度假时，他们会特地给我带回一份小礼物——一个有“我爱悉尼”字样的钥匙圈，或者是一件印有有趣标语的T恤衫。有时候，类似的善意会让我感动得泪眼婆娑。当我吃着一片荷兰“埃德姆”牌奶酪，或者喝着一罐“乐啤露”饮料时，我很难相信仅仅在5年前，我还是离这里不远的一家污秽、混乱的少年感化院的孤儿，我那时吃的是黑乎乎、硬邦邦的煎饼和难以消化的炖菜。有时候，我甚至想象自己是这个澳大利亚家庭的一个正式成员，拉姆·穆罕默德·泰勒。

但是，当一个用人遭到责骂或者被解雇时，当泰勒上校晃动着一根手指，说什么“你们这些该死的印度佬”时，梦想的世界就会轰然倒塌，我便开始感觉自己是一条杂种狗，只能透过装有栅栏的窗户，去窥视一个不属于我的带有异国情调的世界。

不过，有一样东西确实是属于我的，那就是不断累积的工资收入，虽然我尚未看到或者触摸到它。在有了和一系列用人打交道的糟糕经历以后，泰勒上校决定不按月付给我薪水，理由是我还是个未成年人，他每月只给我50卢比的零用钱。只有当我们的雇佣关系截止时，我才可以拿到由他替我储蓄起来的剩余工钱——而且必须是在我表现良好的前提下。否则，就像拉杜和阿杰伊一样，我只能两手空空地走人。和我不同，拉慕每月都可以领到工资：整整2000卢比。他已经攒到了8000卢比，他把钱稳妥地藏在床垫下的一个空隙里。我的口袋里只有100卢比，不过我有一个小小的红皮日记本，我会把不断增加的每月工资记在上面。到今天为止，泰勒一共应当付给我2.25万卢比。只要想到拥有这么多钱，就能让我兴奋得头晕心跳。每天晚上，我都会梦见自己到了在《澳洲地理》看到的那些地方。拉慕有更大的野心。他梦想娶到一位漂亮的白人女子，并去悉尼度蜜月，然后开一家供应法式芝士蛋糕和鹿肉的法式连锁餐厅。

附近的废品收购商，也就是那个废品贩子来了。泰勒夫人正在把我们过去6个月囤积的报纸和杂志卖给他。这些东西至少应当能卖到1万卢比，但我们却以每公斤15卢比的价格把它们处理掉了。我和拉慕把一捆捆沉甸甸的《印度时报》《印度快报》《先锋报》和《印度人报》从家里搬出来。我们又抱出了一堆堆《今日印度》《女性》《丽都》和《澳大利亚人》杂志。废品贩子用他那生锈的磅秤称量报纸杂志的重量。罗伊突然出现了："你们在干吗？"

"没什么，就是把家里不要的印刷品都弄走。"他母亲回答说。

"哦，是吗？"他说，然后跑进屋内。5分钟后，他抱着30本《澳洲地理》走出来。我震惊地张大了嘴巴，罗伊怎么竟然会想到要卖掉这些杂志呢？

但是，我还没来得及说什么，废品贩子就已经称完了那些印刷精美的杂志，"一共6公斤。我可以给你90卢比"。他对罗伊说。那孩子点点头，交易结束了，我跑回自己的房间。

就在那个废品贩子离开不远时，我追上去把他叫住。“对不起，这些杂志太太不想卖了，想要回来。”我对他说。

“很遗憾，”他耸耸肩，“我都已经把它们买下来了。这些纸张质量一流，能卖个好价钱。”最后，我不得不拿出我的100卢比给他，换回了这些《澳洲地理》。它们现在属于我了。那天晚上，我把它们在我的小房间里摊开，一幅幅山脉和海滩、水母和龙虾、翠鸟和袋鼠的图片在我眼前掠过。不知为什么，那些奇妙得令人心醉的地方，今天似乎变得有点儿触手可及了。这或许是因为我在拥有这些杂志的纸张和画面的同时，也在心灵深处同时拥有了它们的一小部分内容。

在本月发生的另一件值得一提的事情，就是《抓间谍的人》在澳大利亚“星空电视”频道的首次开播。这部连续剧在澳大利亚引起了轰动。故事背景时间是20世纪80年代，它讲述了一个叫作史蒂夫·诺兰的澳大利亚警官抓捕间谍的故事。泰勒上校对它完全上瘾了，通常情况下，他差不多每天晚上都会躲进密室，直到吃晚饭时才出来。但是一到了周三晚上，他就会拎着澳洲“富士达”牌小瓶啤酒坐在电视房里，看着史蒂夫·诺兰如何抓捕将机密出售给一个俄国组织（那个组织叫作克格勃）中那些不正当的外国人（他们被称为共产主义信徒）。我喜欢看这部连续剧，是因为里面有汽车追逐和玩命特技的场面，还包括一些非常酷的小工具，比如一种可同时作为微型摄像头使用的钢笔，一台可以变成一把手枪的磁带录音机。而且我对史蒂夫·诺兰的汽车十分着迷，那是一部鲜红的法拉利，它就像火箭一样在马路上急速驰骋。

每年夏季，泰勒一家都会定期在花园里举行聚会，但今天的聚会有点儿特别。他要招待一位从澳大利亚来访的将军，就连大使先生也将大驾光临。我和拉慕甚至包括巴格瓦蒂在内，都破天荒地第一次正式“出场”了——穿上了有金色圆纽扣的制服。我们还要戴白手套，穿黑皮鞋。后面结着小尾巴的宽大白头巾裹在天灵盖上，叫人感觉挺不舒服。这是新郎在婚礼上才会系的头巾。只是我们看起来可不像是骑着骏马款款而入的新郎，而是像极了在一个时髦的后花园聚会上打扮得很花哨的侍者。

客人们开始陆续到达。泰勒上校穿着一件浅蓝色西装，站在精心修剪过的草坪上欢迎他们。拉慕忙着在烧烤台上烧烤鸡肉串、猪肉串、鱼肉串和羊肉串。巴格瓦蒂端着银托盘为客人供应鸡尾酒。我负责吧台事务，只有我清楚地知道，如何调制客人们需要的“金巴利”加苏打或者“血腥玛丽”。珊蒂在厨房里打下手，就连她都穿上了一件非常漂亮的裙子，而不是通常的莎丽服。

客人大多是来自各国大使馆的白人，也有少数印度人——几个记者和国防部官员。那些白人喝印度“翠鸟”牌啤酒和鸡尾酒，印度人一如既往地只点尊尼获加黑方威士忌。

人们在这个后花园聚会上的谈话分为两种类型。印度人谈论政治和板球，外交官和驻外人士说着关于用人、同事的闲话，同时抱怨着炎热的天气。“真是热死人啊，我希望他们能给放几天假。”“我的女佣前几天跟那个园丁跑了，我还刚给他们两个都加了工钱。”“如今要想找个好帮手可是太难了，那些该死的用人就爱偷东西。”

大使先生和一个穿着体面的男子赶到这里，我听说后者是一位将军。他们的到来引起了一阵忙乱。泰勒夫人忙着迎接大使先生，结果差点儿摔了个跟头。紧跟着是一连串亲吻和握手的场面，泰勒上校看起来十分高兴，这场聚会进行得很顺利。

到了11点钟，客人都离开了。只有两个印度记者和一个叫吉万·库马尔的国防部官员还坐在那里，喝着他们的第十杯尊尼获加。泰勒夫人轻蔑地看着他们。“查尔斯，”她对她的丈夫说，“你干吗非要请这些该死的记者来？他们总是最后离开。”

泰勒上校也深有同感地嘟哝了几句。那个皮肤黝黑、体格魁梧的国防部官员摇摇晃晃地闯进屋内。“我可以和你说句话吗，泰勒先生？”他高声说道。泰勒上校赶忙跟他走了出去。

已经过了半夜，拉慕还没有睡着。我听见他在自己的铺位上辗转反侧。

“怎么了，拉慕？你今晚怎么不睡觉呢？”我问他。

“我怎么睡得着呢，托马斯？我的心上人正在折磨我。”

“你别傻了。我对你说过多少次了，叫你不要做那种白日梦，你怎么就不听呢？要是让泰勒上校知道了，他会宰了你的。”

“相爱的人必须时刻准备着为爱情牺牲自己，不管怎么说，我现在起码有了我的心上人的一样东西。”

“什么？你有什么东西？”我一骨碌从上铺爬下来。

“嘘……我就给你一个人看啊，但你得发誓，绝对不要告诉任何人。”

“好，好，我发誓。快把你的东西拿给我看看。”

拉慕把手伸到枕头下，掏出了一块红色织物。他把那东西放到鼻孔下面忘情地深吸着。我甚至可以闻到一种淡淡的香水味。

“这是什么？你给我看看。”

拉慕像展开一面旗帜一样把它抖开。是一只红色的胸罩。我惊恐地跳了起来，头撞到了木头床栏上。“噢，我的天！你到底是从哪儿弄到这玩意儿的？别告诉我这是她的东西。”

“给你，你自己看吧。”拉慕把胸罩递给我。

我把胸罩翻来覆去地摆弄着。这似乎是一件很昂贵的东西，上面缀满了蕾丝刺绣。挂钩旁边有一个小小的白色标签，写着“维多利亚的秘密[1]”。

“维多利亚是谁？”我问他。

---

1 “维多利亚的秘密”创立于20世纪70年代初，产品种类包括女士内衣、泳装、香水化妆品以及相关书籍等，是全球最著名的女性内衣品牌之一。主角以为这里的维多利亚是人名，故有此一问。

“维多利亚？我不知道什么维多利亚。”

“这个胸罩是维多利亚的。上面还有她的名字。你是从哪儿弄来的？”

拉慕显得困惑不解：“可……可这是从玛吉的房间偷来的呀。”

“噢，我的天，拉慕！你是知道的，你不可以进孩子们的卧室。你现在麻烦大了。”

“听着，托马斯，你答应过我不告诉任何人。我求求你了，千万别泄露这个秘密。”

我爬回床上，在胸前画着十字。拉慕很快就打起了呼噜。我知道他正在做着有关一个金发碧眼的女孩的美梦。但是，我梦见的却是一辆红灯闪烁的吉普车。我确信拉慕即将大祸临头，因为泰勒上校是一个无所不知先生。

果不其然，两天后，一辆红灯闪烁的吉普车呼啸着驶到门前。一个戴护目镜的督察大摇大摆地走进客厅。他就是带走阿杰伊的那个督察亚吉。他要找的是拉慕，警员把那个厨师从厨房拖出来，带到他的房间。那也是我的房间。他们把拉慕的床铺翻了个遍，发现了藏在床垫里的钱。他们还在他的枕头下发现了一条钻石项链。我不知道它怎么会出现在这里，但我知道拉慕不是贼。接着，警察开始翻腾我的东西。他们发现了我的《澳洲地理》杂志，它们整齐地堆在一个角落处。他们还发现了我的钥匙圈和T恤衫。

接着，他们又从我的床垫下找到了一只皱巴巴的红色胸罩。我不知道它怎么会出现在这里，可我知道它就是拉慕从玛吉房间偷来的那只胸罩。

我像一个臭名昭著的罪犯那样被带到泰勒夫妇跟前。“泰勒先生，你只提到你家出了一个小偷，我们也确实从他床上发现了这条钻石项链，还有大量偷来的现金。可是你们看看，我们从这个小混蛋的床上找到了什么。我们发现了这些杂志，一定是从孩子们的房间偷来的——”督察把那堆《澳洲地理》扔到地板上，“我们还发现了这个。”他像展开一面旗帜一样将那只红色胸罩抖开。

玛吉开始哭了，拉慕看起来就要晕倒了，泰勒上校突然目露凶光。

“哎哟！连你也这么干，托马斯？”泰勒夫人说，她显然感到无比震惊。接着，她在狂怒之下接连打了我四五个耳光。“你们这些该死的印度佬！”她咆哮起来，“你们全都是一路货色，都是些忘恩负义的混账王八蛋！我们给你们吃的，给你们穿的，你们就这样吃里扒外地回报我们。你们是不是不偷东西就活不下去，啊？”还是泰勒上校解救了我。“不，丽贝卡，”他告诉他的妻子，“公平点儿吧。托马斯是个好孩子。是拉慕这个杂种把这个东西放到他的床下的。相信我，我心里有数。”

泰勒上校再次证明了他的无所不知。他这种奇特的才能在那天挽救了我，而且我还拿回了《澳洲地理》。但是，昆士兰的海滩和塔斯马尼亚的野生动物不再吸引我了。拉慕流着眼泪，承认是他偷了那只胸罩，但他坚持声称项链不是他偷的。他指控那是珊蒂干的，可这无济于事，那个督察把他推进吉普车里，顺便从泰勒上校那里带走了一瓶黑方威士忌。他龇牙笑道："非常感谢，泰勒先生。什么时候需要我，打个电话就行。我很乐意为您效劳。这是我的名片。"

泰勒上校心不在焉地接过名片，把它丢在客厅的一张高几上。

这个家里总有很多令人兴奋的事：泰勒夫妇给玛吉弄来了一条宠物狗。上校在它的脖子上拴上一条皮带。这是一条毛茸茸的小狗，有一个湿乎乎的小鼻子和一条长尾巴。它看上去像一个玩具，它的叫声尖细刺耳而不是短促有力。玛吉说它是一条狮子狗，并给它取名叫"流浪者"。

很快，这个家里又发生了一件令人兴奋的事：来了一个新厨师，名叫杰伊。他连拉慕一半也赶不上。他不但不会烹饪法国菜，连法语的"面包屑"都不会说。但他却得到了这份工作，因为他是一个成熟的已婚男人，他的妻子和两个女儿住在附近某个村庄。我真的不愿再和别人分享房间了。我喜欢一个人睡上下铺，我在某些夜晚会睡上铺，其他夜晚又会睡下铺。

我对杰伊没有多少好感。他有一双贼溜溜的眼睛，还在房间里偷偷抽烟（泰勒夫妇家中是禁止吸烟的），而且他待我如同待下人。“你的人生理想是什么？”他像少年感化院的那个教师一样问我。

“有一辆红色法拉利。”我撒谎说，“那你呢？”

他又点燃了一支烟，从嘴里喷出了一股股烟圈儿：“我想开一家汽车修理行，可那得要不少钱。我朋友阿马尔很有钱，他答应我，只要我能拿出15万卢比，剩下的钱他给我拿。你觉得这个外国佬家里有多少钱？”

我没有说话。所以，从第一周起，杰伊先生就已经在策划一起盗窃了。好在他还不了解那个无所不知先生。不过他很快就会知道了。

每天清晨，泰勒上校都会带着“流浪者”到附近的洛蒂公园散步。德里政府出台了一项新法律：养宠物狗的人必须自行清理狗粪，否则就要面对巨额罚款。从那时起，我就奉命陪着主人和狗出行，充当“流浪者”的清洁工。说实话，我很讨厌这个苦差事。你可以想象一下，每天五点半我就得从床上爬起来，拎着铲子和簸箕，屁颠屁颠地紧跟着一条又脏又蠢的狗，而且那个家伙每隔两分钟就要拉一坨屎。不过，洛蒂公园倒是一个散步的好去处。那里有大片绿地，中央有一处叫巴拉贡巴德的残破古迹。在公园里到处可见晨练的人。我看见肥胖的老女人在练瑜伽，患有厌食症的瘦女孩在做健美操。我还注意到，当我忙着捡拾起“流浪者”的粪便时，泰勒上校有时会从我的视线中消失很长时间。这让我感到好奇，于是在一天早上，我把“流浪者”拴好，开始跟踪泰勒上校。我看见他经过巴拉贡巴德走向一片小树林。我从一簇茂密的灌木丛后窥视，见他在跟一个印度人打招呼，那人正是参加过那次后花园聚会的印度国防部官员。

“你知道吗？库马尔先生，你昨晚从埃克斯南路的家中出来以后，我就一直跟踪你到了那个糖果店，你一点儿都没觉察到吗？”泰勒上校说。吉万·库马尔满头大汗，显得烦躁不安。他似乎非常后悔：“哦，我真的很抱歉，上校先生。我以后会多加小心的。我知道不能让人看到我们在一起。”

“当然，库马尔先生，这是毫无疑问的。如果你以后还这么大意的话，恐怕我们就不能再见面了。你必须记住一条简单的原则：迷踪乱迹。”

“迷踪乱迹？”

“是的。意思是只有把你的行动轨迹打乱，才能甩掉你的尾巴。这其实很简单，说白了，就是你决不能走直线到达目的地。改变路线，更换汽车，躲进一家商店，再从另一家商店出来，总之，你要打乱你的行踪。只要你这样做了，别人就很难跟住你。无论谁来跟踪你，最后都会放弃的。”

“好的，大使先生，我记住了。不过，我要告诉你一个好消息。我想，我终于能够把你想要的东西给你了。14号，也就是星期五，我们在埃克斯南路巴尔森斯工场后面的停车场见吧。

那里是一处废墟，一般没什么人，晚上8点。好吗？”

“好的。”

会面结束了。我赶紧抢在泰勒上校之前回到“流浪者”那里。

在14号星期五这天，我睁大眼睛并竖起耳朵。当天一大早，泰勒上校就向妻子透露了行程。“麦吉尔，那个新来的商务专员，在下班后想让我带他到城里转转。所以丽贝卡，我回来可能会晚点儿，不用等我吃晚饭。”

“好吧。大使夫人叫我去打桥牌，因此我也要出门。”泰勒夫人说。我百思不得其解。泰勒上校为什么要对妻子隐瞒他与别人见面的事呢？那天他在我心目中的形象一落千丈。我对泰勒夫人深感同情。

上次出事的是拉慕，这次又轮到了罗伊。泰勒上校抓到罗伊在自己的卧室里亲吻珊蒂。

珊蒂以她去世的母亲的名义发誓说，她和罗伊之间什么事也没有，这是罗伊第一次亲她——而且这也只是个意外。但是，她的一切辩解和恳求都无济于事。后果可想而知：她被立即解雇了，但她至少拿到了她的工资。

罗伊可能会因为和“该死的印度佬”走得太近挨一顿打，他去儿童大世界的购物机会也被取消了。为以防万一，我决定在接下来的10天，绝对不去打扫玛吉的卧室。

然而，如果我改变主意那样做了的话，大概就能够救她一把了。因为距“罗伊亲吻”事件发生不到两周，他的姐姐也站到了被告席上。那个无所不知先生取得了无可辩驳的证据：玛吉无视严格的家规，躲在自己房间里喷云吐雾。玛吉试图否认这项指控，但泰勒上校找出了她藏在衣橱里的烟盒，甚至还有她忘记毁掉的烟头罪证。这一事件也终结了玛吉到儿童大世界的购物之旅。

信不信由你，两个月后，泰勒上校又抓住了一个胆敢欺骗他的人：他自己的妻子，丽贝卡·泰勒夫人，原来她和大使馆的某个男人有染。“你这该死的贱人！”泰勒上校在他们的卧室里对她咆哮，“你看我怎么修理你和你那个臭狗屎情人！”我听到了抽打耳光和摔碎花瓶一类的声音。那天晚上，泰勒夫人没下来吃晚饭，玛吉和罗伊也对他们的父亲敬而远之。我不禁越发同情泰勒夫人，她丈夫发现了她那小小的风流韵事，而她本人却对丈夫肮脏的秘密一无所知。我很想把泰勒上校的事情抖搂出来：他是怎样和吉万·库马尔那个老家伙在废弃无人的停车场幽会的。但常言说得好：住玻璃房子的人是不能随便扔石头的。我总是对一件事感到恐惧：无所不知先生可能会发现我是如何把桑特拉姆从楼梯推下去的。更何况他掌握的有关我的事，可能连我自己都还不知道呢。

就在泰勒的家里发生所有这些疯狂的事情之际，杰伊也在加速折磨我的神经。他做的饭菜越来越难吃。他做的清汤清到没有味道可言，他做的咖喱饭让我吃得眉头紧皱，就连“流浪者”都不屑于吃他做的肉排。他喋喋不休地唠叨着他那愚蠢的汽车修理行和所需的15万卢比，我听得厌烦透顶。就在我快要下定决心向泰勒上校投诉他的时候，悲剧突然袭击了这个家庭：泰勒上校的母亲在阿德莱德去世了。噩耗传来，每个人都非常难过，我也第一次看到这位军官流露出柔情的一面。

“我们全家要离开一周。”他语气温和地对杰伊说，“房子会上锁，你和托马斯可以在外面吃饭。”玛吉和罗伊在抽泣。泰勒夫人的眼睛红彤彤的。不用说，巴格瓦蒂也在哭泣。就连我也变得泪眼朦胧。只有一个人在厨房里窃笑，他就是杰伊。

那天晚上，杰伊闯入了泰勒夫妇的家中。他没有进入孩子的房间或者主人的卧室，而是直接进了那个密室。他首先关闭了电源总闸。然后，他把电子面板弄短路了，用电锯锯开那把挂锁，把铁格栅推到一边，踹开了那扇木门。

凌晨3点钟，我被一连串从泰勒的住处方向传来的吼叫声惊醒。我冲进房子，发现了杰伊干的好事。他正在密室里发飙呢，脑袋“咚咚”地撞着墙壁。“这些狗娘养的。他们活得像个国王，家里却没有半毛钱！”他怒气冲冲地说。

我的脑海里响起警铃声。我相信，无所不知先生一定会发现杰伊的背叛行为，就算他此时在万里之外参加一场葬礼。而且我也会受到牵连，会被看成一个同谋者。

“杰伊，你这个傻瓜，看看你都干了什么？”我责骂他。

“可我啥也没捞着，我亏大了。我是个职业窃贼，托马斯。我在蒂哈尔监狱蹲过8年。我本以为这个房间防护得这么严密，泰勒那个混蛋一定是把家里的珠宝首饰都藏在这里了。可是这儿连一个子儿也没有。我这6个月白忙活了。好了，我会恢复电力然后走人。我要带走电视房里的VCD播放机和那台三合一家庭影院。它们都不值什么钱，但我必须尊重我的职业。我走了以后，你可以把屋里收拾一下。另外，你要是敢报警，我能把你身上每一块骨头都敲碎了。”

杰伊离开以后，我环顾了一下房间。里面摆满了各种奇怪的小器械：像小向日葵似的麦克风，像掏空的眼睛一样的秘密摄像机。我还看到几个封皮写着“密码”字样的便笺本，里面是一些乱七八糟的字母和数字组合。房间里还有几本书：《间谍艺术》《反间谍指南》《做间谍并不难》。有一些贴着类似于“绝密”和“仅供收件者阅览”标签的文件，还有各种图纸，一张图纸上写着“高科技舰艇核反应堆设计”，另一张写着“潜艇图解”。一个抽屉里装满了微型家用录像磁带。我看看磁带上的标签，是按字母顺序排列的：阿杰伊、巴格瓦蒂、HC、吉万、琼斯、玛吉、麦吉尔、拉赫、拉梅什、丽贝卡、罗伊、珊蒂、斯图尔特，还有托马斯。在另一个抽屉里放着一台便携式视频播放器。

我用颤抖的手指取出写有我的名字的磁带，把它塞进播放器里。屏幕上出现了我在房间的活动影像。我看见我自己斜靠在床上；我在红皮日记本上写东西；我和拉慕在交谈；我在睡觉。我用快进功能查看磁带上是否有桑特拉姆的影像。谢天谢地，没有。然后，我插入写有泰勒夫人的名字的那盒磁带。她正坐在床上。一个男人鬼鬼祟祟地走进来，将她一把揽入怀中。我只能看见那人的背影。他长时间激吻着她。突然有一阵敲门声，那个男人迅速转过身来，紧盯着我的眼睛。我惊得鬼魂出窍：来者竟然是大使先生。我急忙取出磁带，关上视频播放器。我一动不动地站了几分钟，我担心这个房间里说不定还有一个秘密摄像头。然后，我开始大口喘息。我现在知道泰勒上校是如何成为无所不知先生的。他窃听了整座房子，可能还窃听了整个大使馆呢。

他是一个间谍。但我不是《抓间谍的人》里的史蒂夫·诺兰。我每月有1500卢比的工钱，在我的红皮日记本里，它们已经累计到了4.35万卢比。我可不想让这些钱永远待在日记本里。我想抚摸那一沓沓现金，感受硬铮铮的新票子光滑如镜的表面。所以我会守口如瓶。而且只要老爷和太太笑，我就会跟着笑。

我给泰勒上校打了手机："先生，我很抱歉打扰您，咱们家里失窃了。杰伊带走了VCD播放机和三合一家庭影院，他还闯进了您的密室。"

"什么？？？"

"是的，先生。我很抱歉，先生。"

"听着，托马斯，你按我说的做。我要你立刻看好密室，把原来的挂锁扔掉。你不必进入房间。随便找一把锁头把门锁好，不要让任何人进去。你千万不要报警。要是警报器响了，你就在门边的小键盘上按出这个代码：0007。你听明白了吗？只要按0007，警报就会停止。我这就去坐返程飞机，明天下午应该就能回到德里，但在我到达之前，我要你向我保证：任何人都不得进入密室。听明白了吗？”

“是的，先生。”

泰勒上校甚至没有参加他母亲的葬礼就赶回了德里。出租车刚刚停在门口，他就冲进了密室。他出来时显得如释重负。“谢天谢地，屋里一样东西也没少。干得好，托马斯。我就知道我可以信赖你。”

接下来的6个月，我的生活又回到以前的轨道。新来的厨师过去从未进入过蒂哈尔监狱周边1000英里的范围以内，巴格瓦蒂因为未经上校允许，就将汽车用于他的家族婚礼而被解雇。玛吉的新男友詹姆斯的身份暴露了，并被禁止进入这个家庭。罗伊在吸毒时被抓个正着，挨了一顿鞭打。泰勒夫人和她丈夫彼此间仍旧用不冷不热的口气讲话。我推测泰勒上校继续在冷清的小巷和废弃的停车场同吉万·库马尔幽会。

玛吉和罗伊在客厅玩拼字游戏。他们让我跟着一起玩。我在和他们玩这种游戏的过程中，已经学会了许多新词，比如“bingle”“brekkie”“chalkie”“dosh”“skite”和“spunk”。玛吉总是这类游戏的赢家，她的词汇量确实很大，只有她知道8个字母的单词，有一次她甚至拼出了9个字母的单词。我最差了，也就能拼出“go”“eat”“sing”和“last”这样的单词。在极个别情况下，我确实能够整出6个或7个字母的单词，可我的最终得分仍然最低。我有时候觉得，罗伊要求我作为第三玩家，只是为了确保他的得分不至于垫底罢了。今天，我拿到的字母不怎么理想。其中有很多是X、J、K和L。游戏就要结束了。玛吉得了203分，罗伊是175分，而我是104分。我的最后几个字母是G、P、E、E、S、A和I。我想到的是“page”和“see”这两个单词。

这时，罗伊使用玛吉的一个单词中的O拼出了“on”，我顿时受到了启发而灵光乍现。我把E、S、P和I放到O前面，把A、G和E放到N后面："Espionage"（间谍）。这一下子给我挣了17分，而且，因为我是把它放在红方格里，所以实际得到的是三倍加分！再加上用了所有7个方格，再追加50分！总共101分。

认输吧，玛吉！

我一整天都在有意无意地守着那部电话机。玛吉一整天都在全心全意地等着詹姆斯的电话，她要求我动作迅速，要抢在她那位关在密室的父亲之前接听打进来的电话。电话机终于在晚上七点一刻响了起来，我瞬间拿起话筒。可是很不幸，泰勒上校的动作比我更快。“喂？”他说。

电话另一端传来沉重的喘息声，然后传来吉万·库马尔夹杂着静电的嗓音。“明天，也就是星期四，晚上8点，你到印度门附近的卡瓦利迪冰淇淋店和我见面。我有非常重要的情报。”

“很好。”泰勒上校说，然后通话就中断了。

泰勒上校握着一小瓶“富士达”坐在客厅里，看着最新一集的《抓间谍的人》。这次史蒂夫·诺兰真正陷入了进退两难之境：他发现自己最好的朋友和大学同学，同时也是他的婚礼伴郎，竟然是一个共产党人的间谍。他很伤心，不知道该怎么办。他头发蓬乱地坐在酒吧里，一杯接一杯地喝着威士忌。那个酒保对他说：“外面是一个肮脏的世界，但如果没有人愿意去做清洗工作，整个国家都会变成一个狗窝。”史蒂夫·诺兰听了这话立刻振作起来。他开着法拉利赶到那个间谍的住处。“你是一个好人，干的却是坏事。”他对他的朋友说，随即掏出手枪，“友谊很重要，但国家是第一位的，对不起。”说完，就开枪把他打死了。

第二天晚上10点，一辆闪着红灯的警方吉普车和一辆大使馆的汽车尖啸着停在房前。那个逮捕过拉慕的督察走了下来，而且警察局长也来了。泰勒上校和他们在一起，看起来就像在酒吧里的史蒂夫·诺兰一样颓丧。

不到10分钟，那个大使先生也赶来了，表情显得十分严峻。“这是怎么回事？”他问警察局长，“我听说泰勒上校被印度外交部宣布为不受欢迎的人，并被要求在48小时内离境，这到底是为什么？”

“是这样，大使阁下，我们有证据表明，您的官员参与了与其外交身份不符的活动。恐怕他必须离开我们国家了。”警察局长回答说。

“可是，对他的指控是什么？”

“他从一个名叫吉万·库马尔的印度人那里非法获取敏感和绝密文件，被我们当场抓获了，那个印度人是我国国防部工作人员。”

泰勒上校此时面如土色，他没有说这些印度人都是该死的谎言家。他只是耷拉着脑袋站在客厅中央。

大使先生长叹了一声。“我必须说，在本人漫长的职业生涯中，手下的官员被宣布为不受欢迎的人，这还是第一次。请相信我，查尔斯绝不是间谍。不过，如果他必须离境的话，那么他就只能离开了。”然后，他把警察局长拉到一边，“乔普拉先生，我这几年可没少送你黑方威士忌，您可以赏脸回答我一个问题吗？”

“当然没问题。”

“您能告诉我，你们是怎么知道查尔斯今天与那人见面的事情的？我就是想了解一下。是库马尔那小子向你们告发他的吗？”

“问得好。不是吉万·库马尔。恰恰相反，是你们自己人告的密。那人今天早上给亚吉督察打了电话，让他晚上8点钟到印度门去抓捕泰勒上校，说他会在那里接收秘密文件。”

“我不信。你怎么能肯定那人是澳大利亚人？”

亚吉督察走过来。“很简单，大使先生，是那人的口音泄露了他的身份。那人是这么说的：‘恁（您）好老兄，在印度闷（门）见，晚上吧（八）点。”我的意思是，只有一个澳大利亚人才会这么讲话，不是吗？”

第二天，泰勒上校一个人乘坐澳大利亚航空公司的航班离开了德里。泰勒夫人和孩子们暂时不会离开，我也要离开泰勒一家了，我带着三个钥匙圈、六件T恤衫和30本《澳洲地理》杂志离开（我以后会把它们卖给废品小贩）。还有5.2万卢比，全都是硬铮铮的新票子。

我向泰勒一家人说了hooroo[1]。罗伊看上去趾高气扬，自从染上毒瘾以来，他的一举一动都显得无法无天。玛吉和詹姆斯打得火热。而且我也并不担心泰勒夫人的生活质量。有大使先生的陪伴，我知道她的日子一定会过得有声有色。至于我，我要到孟买去找萨利姆。这种结局，怎一个爽字了得！

司蜜妲看看手表，现在是凌晨一点半。“你真的要接着看下去吗？”我问。

“我们有选择吗？”她回答说，“他们明天就要正式起诉你

1　澳大利亚俚语，意思是“再见”。

了。”她再次按下播放键。

又是插播广告时间。普利姆·库马尔敲敲桌子：“你知道的，托马斯先生，你的运气这次可到头了。我敢和你打赌，你是答不出下一个问题的。所以，你就准备使用你的救生筏吧。”

信号曲响起来。

普利姆·库马尔转向我：“我们现在进入第五道题目，奖金5万卢比。这个问题涉及外交领域。如果一个政府宣布一个外国使节‘persona non grata’，这是什么意思？它是：A. 这个外国使节将要受到嘉奖；B. 这个外国使节的任期应当延长；C. 这个外国使节令人愉快；D. 这个外国使节不受欢迎。你听懂这个问题了吗，托马斯先生？”

“是的。”我回答说。

“好的。那就让我们听听你的选择吧。记住，你的两个救生筏仍然有效。你可以选择‘友情提示’，也可以选择‘一半一半’，我会帮你去掉两个错误答案，只给你两个选项。你决定怎么做？”

“我决定选D。”

“你说什么？”

“我选D，这个外国使节不受欢迎。”

“这是你猜的吗？记住，如果你答错了，你赢到手的1万卢比就全没了。所以，如果你愿意的话，现在就可以选择退出。”

"我知道答案。答案是D。"

观众席上传来一阵喘息声。

"你确定吗，百分之百确定吗？"

"确定。"

鼓点渐强，正确答案开始在大屏幕上闪烁。

"回答正确，百分之百正确！你刚刚赢得了5万卢比！"普利姆·库马尔宣布。观众起立鼓掌，普利姆·库马尔擦拭着额头上的汗水。"我必须说，这非常了不起，"他大声说，"今晚托马斯先生真的像是一位'无所不知先生'！"

奖金10万

看住你的纽扣

“先生，你喝得可以了？”我一字一顿地说，“我不能再给你加威士忌了，酒吧现在打烊了，回家吧。”

“不……不，请……请别这样说。再给我来……来一杯，最后……后一杯。”客户一边恳求，一边向我伸出他的空酒杯。我看看表，现在是零点四十五分。严格说来，酒吧要到午夜一点钟才打烊。我做了个鬼脸，取出一瓶国产“黑犬”牌朗姆酒。“请付100卢比。”我对他说，那人从衬衫口袋里掏出一张皱巴巴的钞票，我仔细地斟满一量杯的酒倒进他的杯里。

“谢……谢你，服……服……服务生。”他说着，一边接连灌下几大口朗姆酒，然后就一头趴倒在桌子上，杯子掉到地板上摔了个粉碎，那瓶苏打水洒得到处都是，那碗薄荷酸辣酱也被他推翻了。几秒钟后他就睡死过去了，现在，我不仅需要清理他制造的这个烂摊子，还要叫辆出租车，把他扶起来，好歹把他送回家。而且，虽然我足够聪明，没忘记提前向他收取了酒钱，但我还是忘了索要小费。

陷入这个局面，也许完全要怪我自己。这个客人早就表现出了随时都会睡过去的迹象。但是我当时却以为，他完全有能力灌下最后一杯。我这次又大意了。

我在吉米酒吧餐厅已经干了两个多月了，却还是不能准确评估客人的酒量。不过，我已经把那些酒鬼粗略地做了分类。排在顶端的是马，他们能喝掉八杯酒，说话也不会结巴。接下来是驴，这种客人只要两三杯落肚，就会像驴一样又吼又叫，胡言乱语，或者变得多愁善感并开始痛哭。再往下就是狗了，他们喝得越多，就越喜欢与人争执或者打架，他们当中有些人还会调戏罗西。他们之下是熊，这种类型的人喝完酒后就会昏睡过去，怎么叫都叫不醒。排在最底下的是猪，他们喝完最后一杯酒就会呕吐。这种分类系统并非无懈可击。我见过有些顾客，他们一开始表现得像马，但最后却像猪，而有的人会从狗变成熊。幸好这个顾客到头来变成了熊而不是猪。

我终于摆脱掉最后这个酒鬼，抬头看看墙上的钟。现在是凌晨一点十分。自从罗西和她老爸去果阿度假以来，我几乎每天晚上都要在半夜以后，才能回到我在达拉维的蜗居之处。陷入这种局面部分是我自找的。如果我没有告诉过经理，说我知道怎样调配饮料以及如何用量杯量威士忌，而且熟知金伯利加苏打和血腥玛丽的区别，我就用不着在阿尔弗雷德离开之际，替他负责吧台事务。

位于科拉巴的吉米酒吧餐厅墙壁图案已经褪色，吧台后面是一面面镜子，木头家具结实耐用，而且这里的菜谱质量在孟买南部可谓首屈一指。由于食物物美价廉，因此吸引了各阶层的顾客。在任何一天，你都能看到某个高级经理人在吧台附近款斟慢饮，而他旁边可能就坐着某个处于社会底层的工厂工人。经理坚持要求我们务必主动和客人搭讪闲聊，因为只要有人陪着聊天，他们就会喝得更多。罗西的老爸，那个老迈的酒保阿尔弗雷德·迪索萨，向来很擅长和客人们套近乎。他能随口说出大多数老主顾的名字，而且陪他们一坐就是几个钟头，一边听他们大聊坎坷人生，一边不断在他们的酒水账单上做好记号。罗西本人已成长为一个相当专业的酒吧女郎，她会穿着低胸衬衫和紧身裙坐在吧台那里，偶尔还会故意弓腰露出部分乳沟，引诱顾客去点那种价格昂贵的进口威士忌酒，而不是点廉价的国产酒。不过有时候，她的花招也能给自己招来麻烦：那些粗鄙的顾客会把她视为放荡女人而肆意挑逗。在这种情况下，我就不得不充当非正式保镖挺身而出。

阿尔弗雷德·迪索萨先生认为我和罗西的关系不太正常，所以只要有罗西在场，他就像老鹰一样盯着我。他完全搞错了，我承认罗西的确是个可爱的女孩，她长得小巧而丰满。当她歪着头看我，偶尔还会抛上几个媚眼时，我觉得她可能是在向我传情达意。问题是我的大脑现在已经不能接受她发出的任何信号。那里面已经塞满了对于一个人的记忆：尼塔。阿格拉的医生说，尼塔要想从她所受的伤害中恢复过来，至少还要四个月。而且我知道，她的哥哥西亚姆绝不会允许我去见她。这就是我回到孟买的原因：我要驱逐阿格拉的那些附着在我身上的鬼魂，不管是活着的，还是死去的。但是，我无法回避自己在眼下这个城市的经历。过去的记忆总是在我的眼前浮现。桑特拉姆，那个失意的天文学家，在街头嘲笑我。倪丽玛·顾茉莉，那个女演员，在本地火车上呼唤我。还有萨利姆，我的好朋友，从每一个广告牌上俯瞰我。不过，我已经决定不去见萨利姆，我不想让他卷进我那疯狂的人生和疯狂计划的旋涡中。

在孟买的一个叫作达拉维的地方，我住在一个拥挤的100平方英尺的简陋木屋里，它没有自然光线或者通风系统，只有一个可以挡风遮雨的瓦楞金属板屋顶。只要有火车从上方经过，它就会剧烈晃动。另外，这儿也没有自来水和卫生设施。我只住得起这样的地方。但是，在达拉维像我这样落魄的人其实并不少见，至少有100万人与我处境相似。在这个200公顷沼泽似的三角形城市荒地里，我们像动物一样活着，像昆虫一样死亡。在亚洲这个最大的贫民窟，来自全国各地的贫苦移民为了一块生存之地你争我夺——为了巴掌大的居住空间，为了一桶水——有时还会闹出人命。达拉维的居民来自比哈尔邦、北方邦、泰米尔纳德邦和古吉拉特邦的穷乡僻壤。他们来到孟买这个黄金城市，怀揣发财致富和要过上等人生活的梦想。然而到头来，黄金早就变成了铅块，留下的只是生锈的心灵和麻木的大脑，就像我自己眼下这样。

达拉维不是神经脆弱者的生存之地。德里的少年感化院已经让我们变得自轻自贱，而达拉维这个肮脏污秽的城市景观既使我们感到悲观，也让我们失去了尊严。这里的露天排水沟总是蚊虫遍布。这里臭气熏天、沾满粪便的公共厕所老鼠成群，这种情况迫使你不会过多地计较气味，而是要考虑如何保护好你的屁股不受伤害。成堆的肮脏垃圾分布在每一个角落，而捡破烂的人仍会东挖西掘，设法从中找到有用值钱的东西。有时候你不得不屏住呼吸，艰难地穿过那些狭窄到让人感觉窒息的小巷。但是，虽有种种不便和痛苦，对于达拉维饥饿的居住者而言，这里就是他们的家园。

在孟买现代化的摩天大楼和霓虹灯闪烁的购物商场中间，达拉维就像这个城市心脏的一个肿瘤。而且城市拒绝承认它的存在。因此，它被宣布为非法之地。达拉维的所有住所都是非法建筑物，随时都可能被拆除，居民最大的愿望就是能够在这里生存下去，所以并不在意当前处境如何。他们坚持住在非法的房屋里，使用非法的电力，喝非法的水，观看非法的有线电视。他们在达拉维大量的非法工厂和非法店铺上班，甚至肆无忌惮地非法旅行——常常无票搭乘直接穿越这个聚居区的当地火车。

这个城市可能在有意忽略达拉维这个丑陋的肿瘤，然而，仅仅宣布其非法性，并不能阻止癌细胞的迅速扩散，它缓慢发作的毒性带来的是死亡气息。

我每天在达拉维和吉米酒吧餐厅之间游走。在这里工作的唯一好处，就是我至少在中午前不用赶过去上班。不过，这种好处早就被我付出的更大代价抵消了：我需要陪伴这个城市的一干酒鬼和粗人熬到深更半夜，听他们讲述可悲的人生故事。我已经得出一个结论：威士忌是一种精确的测量仪器。无论你是春风得意的广告公司经理人，还是处于社会底层的铸造厂工人，只要你无法掌控酒量，充其量不过是个酒鬼而已。

有过与桑特拉姆打交道的惨痛经历，我想自己永远都不能再忍受任何醉鬼了。但是，吉米酒吧餐厅是唯一能够给我提供一份工作的地方。我只能这样自我安慰：威士忌特殊的气味，毕竟不像我的窝棚附近公共厕所的气味那样刺鼻，听一个醉汉唠叨，毕竟不及听到强奸、性骚扰、疾病和死亡那些令人心碎的故事叫人痛苦，而这样的故事每天都在达拉维的棚屋里上演。所以，面对每晚都在播报的有关不忠实妻子和吝啬老板之类的故事，我早已学会装出饶有兴趣的样子，不时辅以“嗯嗯嗯”“就是嘛”“真的吗”和“哇”这样的附和声，同时鼓励顾客再多点一盘炸鸡翅和一碗盐渍腰果下酒。与此同时，我每天都在等待 W3B 节目组的通知，想知道我是否已被选中参加这个节目。但时至今日，邮递员没有给我带来任何消息。

一种失败感在我的脑海里蔓延，我觉得自己来孟买的那个特定目标很难实现了。我正在逆流而行，我无法战胜眼前的狂风巨浪，我几乎就要放弃了。但是后来，我听见我心爱的尼塔的哭喊和倪丽玛·顾茉莉的呜咽，于是我又振作起来。我必须参加那个节目，而且在此之前，我会继续聆听这个城市那些醉鬼的故事。有的很光明，有的很黑暗，有的很好笑，有的很悲惨，而有一个故事则是彻头彻尾的怪诞。

已经过了半夜，酒吧里那个唯一的顾客还不打算离开。他是坐着配有专职司机的奔驰车来的，那辆车就停在外面。他从晚上10点钟一直喝到现在，这已经是他灌下的第五杯酒了。他穿制服的司机正在车里打呼噜。也许他早就知道，他的雇主是不会很快出来的。此人30岁出头，穿着得体的深色西装，打着一条真丝领带，脚上的皮鞋油光可鉴。

“我亲爱的哥哥，我亲爱的哥哥。”他每隔两分钟就会重复一遍，其间还会喝上几次黑方威士忌，吃上几口放在盘里的孜然烤肉串。

经理对我打了个响指：“托马斯，过去陪他坐一会儿，问问他哥哥的事儿。你没看见那个可怜的家伙有多么心烦吗？”

“可是……经理先生，现在都过了半夜了。我们该叫他离开了，要不然我就赶不上12点半的车了。”

“你再敢和我顶嘴，看我不打断你的下巴。”他对我大发雷霆，“快去，陪那个客人好好聊聊。让他尝尝昨天到货的苏格兰纯麦芽威士忌，他可是坐着奔驰来的呀。”

我像一个小学生憎恶欺负他的高年级恶霸一样对经理怒目而视，但还是很不情愿地走回吧台，走到那个顾客跟前。

“噢，我亲爱的哥哥，我希望你能原谅我。”他呻吟着自言自语地说，一边啃咬着孜然烤肉串。

他此时的样子像一头驴，但至少还算清醒，只是因为几杯酒下肚，他的话多了起来。

“你哥哥怎么了，先生？”我问。

那人抬起头，眯缝起眼睛盯着我。“你干吗要问？这只会增加我的痛苦。”他说。

“对我说说你哥哥吧，先生。这也许会减轻你的痛苦。”

“不，没有什么能减轻我的痛苦，就连你们的威士忌也不管用。”

“好吧，先生。你要是不想谈你的哥哥，我也就不问了。那么说说你自己怎么样？”

“你不知道我是谁吗？”

“不知道，先生。”

“我是普拉卡什·拉奥，太阳神企业总经理，印度最大的纽扣制造商。”

“纽扣？”

“是的。你知道什么是纽扣吧，衬衫、裤子、大衣、连衣裙、女士衬衣，它们都有纽扣。我们就制作这些东西。我们用各种材料制作各种纽扣，我们主要使用聚酯树脂，但也用布料、塑料、皮革，甚至骆驼骨、牛角、龟壳和木头制作纽扣。你没看到我们在报纸上打的广告吗？'不管你需要什么类型的纽扣——从衣服的纽扣到抽屉把手的纽扣——太阳神都是你的最佳解决方案。我们就是纽扣的代名词。'我敢肯定，你现在穿的衬衫上面就有我的公司生产的纽扣。"

"那你哥哥呢，他叫什么名字？"

"我哥哥？阿尔温德·拉奥。噢，我可怜的哥哥。噢，阿尔温德。"他又开始呻吟起来。

"阿尔温德怎么了？他是做什么的？"

"他过去是太阳神企业的老板，后来我顶替了他。"

"你为什么会顶替他呢？来，我再给你加一杯酒，你尝尝我们直接从苏格兰进口的纯麦芽威士忌怎么样？"

"谢谢你，味道很好闻。我记得我头一回喝纯麦芽威士忌是在路易港，那还是在我去毛里求斯度蜜月的时候。"

"你刚才提到你代替了你哥哥。"

"啊，是的。我哥哥是一个好人啊。可他没法再做太阳神企业的总经理了，因为他疯了。"

"疯了？怎么回事？来，我再给你添一碗腰果。"

"说起来话长啊。"

我使用了罗西常说的一句台词："长夜漫漫，酒已斟满。你干吗不从头说起呢？”

“你是我的朋友吗？”他目光呆滞地看着我说。

“我当然是你的朋友。”我咧开嘴笑着说。

“那我就对你讲讲我的故事，朋友。你知道我醉了。喝醉的人总是说真话。对吗，朋友？”

“对。”

“我要告诉你，朋友，我哥哥，我亲爱的、亲爱的哥哥阿尔温德，可是个了不起的商人。他白手起家建立了太阳神企业。我们以前在海得拉巴市老城的拉德市场卖珠子，你知道吧，就是靠近四塔清真寺的那个市场。我继承的那个商业帝国是他辛辛苦苦建立起来的。”

“那你哥哥的生意你也一定帮着出了不少力。”

“没出什么力。我就是一个窝囊废，我连大学都没考上。是我好心的哥哥帮着我，安排我在他公司的销售部上班。我工作很卖力，后来我哥哥就越来越信任我，让我当了国际销售部总监，还把我派到了纽约，我们的国际销售部办公室就在纽约。”

“纽约？哇！那种感觉一定很棒！”

“是的，纽约真是个好地方。不过我当时的任务很艰巨，每天都要出门，约见批发商和经销商，处理订单，确保及时交货。我每天从早忙到晚。”

“好吧。那么后来呢？稍等一会儿，我再给你装一盘孜然烤肉串。”

“谢谢你，朋友。我就是在纽约认识的朱莉。”

“朱莉？她是谁？”

“她真名叫娥如丽·蒂蓝瑟蕊，不过人人都叫她朱莉。她是个风骚的黑妞，有一头浓密的卷发，性感的小嘴，还长着杨柳细腰。她在我租下来作为个人办公室的公寓楼做清洁工，她是海地过来的非法移民，你听说过海地吗？”

“没有，在哪里？”

“它是加勒比海地区的一个小国，靠近墨西哥。”

“好吧，所以你就认识了朱莉。”

“是啊，我偶尔会和她打个招呼。有一天，美国移民局抓到她没有绿卡非法打工。她恳求我告诉他们，就说她是我的员工，这样她就可以合法地在美国待下去了。我一时慷慨，就答应帮她。她也报答了我，给了我爱和尊重，也给了我从未体验过的最美妙的性爱。我喝醉了，喝醉的人总是说真话，对吗？”

“对。你干吗不再喝一杯呢？这种苏格兰进口的纯麦芽威士忌真的很不错吧？”

“谢谢你，朋友，你真好，比朱莉好多了。她其实是在利用我，你知道吗？她抓住了我的弱点。我是大城市里一个孤独的男人，时间久了，我也就离不开她了，最后就和她结婚了。”

“然后，你们就去了路易港度蜜月，对吗？”

“对。但是，等蜜月回来以后，我发现了朱莉的另一面，她那黑暗的一面。婚后我第一次去了她的公寓，我发现那里的布置太奇怪了，有好多朗姆酒瓶子，一大堆样子古怪的玩具娃娃，各种形状的石头，十字架和摇铃，还有用蛇皮做的仿羊皮纸。她还养了一只叫‘波素’的黑猫，那只猫又凶狠又恶心。

“我第一次发现朱莉不像看上去那么简单，是那次在布朗克斯[1]我被一个抢劫犯用匕首袭击以后。我幸运地跑掉了，但胳膊被划了一道很深的口子。朱莉不让我去医院。她在我的胳膊上敷了一些草药，口里念念有词的，结果短短两天伤口就复原了，也没留下什么伤疤。然后她告诉我说，她是一个巫毒教女祭司。”

“巫毒教？那是什么？”

“你不该知道这么细的，我的朋友。巫毒教是海地的一种宗教。它的信徒崇拜那些叫‘佬亚’的神灵，相信宇宙万物是相通的，任何事物都会彼此影响。没有什么是偶然的，而且一切皆有可能。所以，那些精通巫毒教的人神通广大，能够做出各种叫人不可思议的事情，比如让一个死人活过来。”

“你一定是在开玩笑。”

“不，我绝对没跟你开玩笑。那些活死人叫僵尸。我都说了我喝醉了，喝醉的人总是说真话，对吗？”

“对。”这时，我完全被他的故事吸引住了，都忘了给他添加威士忌和腰果。

---

1 布朗克斯在美国纽约的最北端，是黑人聚集地，向来治安较差。

“朱莉彻底颠覆了我的生活。她过去就是一个可怜的清洁女工，可现在她想进入上流社会。她忘了她嫁的是一个富有的实业家的弟弟，而不是那个实业家本人。她一直让我为她花钱。问题是那些钱不属于我。那是我哥哥的钱，是公司的钱。

“她就逼着我挪用公款。一开始就是小打小闹地占些小便宜，比如谎报几美元的出租车费。后来我的胆子越来越大。有时，我从客户那里拿到钱后不再入账。签了合同收到预付款后，也不再交给总公司。久而久之，我挪用的公款多达50万美元。这件事后来被我的哥哥——他当时住在孟买——发现了。”

“哦，我的上帝！那接下来怎么样呢？”

“还能怎么样呢？我哥哥当然气得不行。他完全可以报警，让警察把我抓起来——如果他真想那么做的话。但常言说血浓于水，亲情总归是亲情。我向他求饶，他也宽恕了我。当然，他把我从美国调了回来，把我安排在海得拉巴的一个小型分公司上班，要求用我的薪水还债——至少要偿还挪用公款的一半，这意味着我要在那里工作20年以上。

“我当时很高兴地接受了这个条件。只要不坐牢，怎么着都行。可是朱莉不干了，她怒气冲天。‘你哥哥怎么能那样对待你？’她在我跟前煽风点火，‘公司怎么说也有你的一半股份，你必须为你自己的权利而战。’

“她天天发牢骚，时间长了就对我产生了影响。我开始把阿尔温德看成是一个狡猾而邪恶的人，他没有给我公平的待遇。

后来有一天，阿尔温德来到海得拉巴，视察了我管理的分公司。他又发现了我对公司资产小偷小摸的证据，就大发脾气。他当着全体员工的面咒骂我，侮辱我，说我一无是处，还威胁要中断我和公司的所有关系。

“我彻底绝望了，头一回想要报复我的哥哥。我把这件事对朱莉说了，她听了火冒三丈。‘该给你哥哥一个教训了，’她对我说，‘你现在想好了要复仇吗？’‘想好了。’我回答说，因为我已经被我哥哥骂得失去了理智。‘好，那你就给我弄两样东西来：一个是他没洗过的衬衫上的扣子，再有就是他的一小撮头发。’‘你让我怎么去弄到他的头发呢？’我问。‘那是你自己的事。’朱莉说。嘿，你干吗不给我再倒一杯酒？”

我赶忙给他的杯子重新斟满酒：“那么，你是怎么弄到了你哥哥的头发和他衬衫上的扣子？”

“很简单。我有一天到孟买去看望他，住在他家里，从他刚脱下来丢进洗衣篮的衬衫上扯下了一颗纽扣。后来我找到他的那个理发师，我贿赂了那人，让他在我哥哥下次理发时，给我留一撮他的头发。我告诉他，我是想把这撮头发作为献给蒂鲁帕提神庙[1]的温卡特斯瓦拉神的祭品。

1　位于印度安得拉邦的山城蒂鲁马拉的一座印度教寺庙，供奉着毗湿奴化身温卡特斯瓦拉神。毗湿奴化身被认为多如恒河沙数，最主要的有十大化身，如罗摩、黑天等。温卡特斯瓦拉神不在十大化身之列，但被认为是最慈悲的化身，同时兼有月老功能，能够保佑恋情与婚姻。

“所以不到一个月，我就把纽扣和头发都交给了朱莉。朱莉接下来做的事情令人吃惊。她拿来了一个男性布娃娃，上面画满了各种奇怪的黑线。她把纽扣缝在布娃娃的胸口上，把头发黏在布娃娃的脑袋上。然后她杀了一只公鸡，把鸡血全部滴到一个盆子里，再把布娃娃的脑袋泡在鸡血里，接着就带进她的房间，念了各种咒语，又把一些奇形怪状的草药和树根碾碎敷在布娃娃身上。然后，她拿出一枚黑色的针，说‘巫毒娃娃做好了。我已经把你哥哥的灵魂注入里面了。现在，不管你用这枚黑针对巫毒娃娃做什么，你在孟买的哥哥都能够感觉到。比如，如果我用针去扎巫毒娃娃的头，你哥哥的头就会疼得像要裂开一样。再比如，要是把针深深地刺进纽扣，你哥哥的胸口就会疼得要命。来，你试试看。’我以为她是在开玩笑，不过为了迁就她，我就用针戳了一下布娃娃胸口的白纽扣。不到两个钟头，我就接到了孟买方面打来的电话，说阿尔温德有轻微的心脏病发作迹象，被送到了孟买南部的布里奇坎迪医院。”

“我的上帝！这太神奇了！”我叫起来。

“是的，你能想象我当时有多么震惊。不是因为阿尔温德心脏病发作，而是因为我终于知道，朱莉真的弄出了一个黑魔法的巫毒娃娃。

“接下来的两个月里，那个布娃娃成了我秘密的小玩具。我在它上面发泄着自己的全部受挫感，和我对哥哥所有潜在的怨恨。让他不停地遭受痛苦和折磨，给我带来了扭曲的快感，巫毒娃娃成了我疯狂、变态的娱乐工具。我把它带到孟买，一边用那枚黑针轻轻地戳着布娃娃胸口的纽扣，一边欣赏着阿尔温德在他的草坪上痛苦地蠕动。渐渐地，我开始在有他人在场的情况下对巫毒娃娃施法。我把它带到一家五星级饭店，阿尔温德正在那里招待一些日本客户。我悄悄地坐在角落处的餐桌旁。我听到我哥哥在讲话。'……是的，原田先生，我们确实计划在日本开办分公司，不过从日本纽扣公司方面反馈的情况来看，目前这个计划的进展并不乐观。我们还计划——，'突然间，我把黑针刺进那个布娃娃的脑袋。

"'哎哟！'我哥哥尖叫起来，两手抱住头，他的外国客户没有吃晚饭就离开了。

"我和我哥哥受邀到班加罗尔市参加一个家庭婚礼，我就把巫毒娃娃也带了过去。正当阿尔温德准备祝福新娘和新郎时，我又拿出了那枚危险的黑针。'愿天神赐福两位……哎哟！'他尖叫起来，就一头撞向新郎，这让所有的宾客都大为扫兴。许多人当晚都对我表示同情，说看到阿尔温德在一点点发疯，他们感到多么难过。

"我把那个布娃娃带到一次大型聚会上，我哥哥要在那里接受'最佳企业家'颁奖。阿尔温德手捧那个金光闪闪的水晶奖杯，开始发表获奖感言。'诸位朋友，能够得到这个漂亮的奖杯我深感荣幸。我一生都信奉的座右铭，就是要勤奋工作，并且……哎哟！'那个水晶杯从他手里滑下去，摔得粉碎。

“阿尔温德去看医生，医生给他做了磁共振扫描，发现他的大脑没有任何异常的生理性问题。医生束手无策，只好建议他咨询心理专家。

“最后，我把巫毒娃娃带到了年度股东大会上，并且坐在最后一排。阿尔温德正在作总经理报告。‘各位亲爱的股东，我很高兴地在此向大家通报一下：我们公司在最后一个季度的业绩大幅增加，这使得我们的总收入……哎哟！’现场一片混乱，情绪激动的股东们要求发疯的总经理立即辞职，他在一星期内就被迫辞职了。我成了新的总经理，而我哥哥被关进了精神病院。

“我哥哥在精神病院待了两年。在此期间，我成了有钱人，我的富有超出了我的想象。朱莉终于拥有了她想要的一切。她把她母亲和哥哥从太子港接到孟买，和我们住在一起。但是，当我前所未有地变得腰缠万贯以后，我开始反思我的人生，反思我获得这些财富所采取的手段。后来，我就遇到了乔茨娜。”

“她是谁？”

“从职务上说，她只是我的新秘书，但实际上她远远不只是秘书。她是我的知音。我与她有那么多共同点，那是我和朱莉那个外国娘儿们从来没有过的共同点，她恰恰是朱莉的反面。是乔茨娜让我意识到，我对我哥哥做的事情是多么可怕，多么不公平。我决心把阿尔温德从精神病院接出来。”

“那你把他接出来了吗？”

“没有，太迟了。他们在精神病院折磨我哥哥，对他使用电击。他两星期前就死了。”

“什么？”

“是的，我可怜的哥哥死了！”他恸哭起来，“我可怜的哥哥死了。”他双手捂住头：“是我把他害死了。”

我浑身一震，拉奥先生正在迅速地从驴变成狗。

“都是因为朱莉那个臭婊子，我现在就要揭露她。我要把她那胖得像老母猪一样的母亲从家里赶出去，把她那个又懒又笨的哥哥扫地出门。我要宰了她那只恶猫，我要把朱莉从孟买踢出去，就让她在海地的地狱里腐烂去吧。哈哈！”

“可是，你打算怎么做呢？”

他的眼里闪过一丝狡黠之色。“你是我的朋友，而且我喝醉了，喝醉的人总是说真话。所以我要告诉你，我已经和律师谈过了，并且准备好了离婚文件。如果朱莉愿意离婚，那就没什么说的，否则的话，我就给她准备另一样东西。瞧！”他从裤兜里掏出一个物件来。那是一把小巧的短管左轮手枪，构造紧凑，还没有我的拳头大。金属外壳平滑光亮，上面没有任何痕迹。“看看这个漂亮的小玩意儿吧。我准备用这个把她的脑袋轰掉。然后我会和乔莰娜结婚。你是我的朋友，我喝醉了，而喝醉的人总是说……哎哟！”他突然痛苦地尖叫起来，两手紧抓住胸口，一头扑倒在桌子上，那瓶纯麦芽威士忌被打翻了，腰果在地板上散落得到处都是。

看来我今晚的小费又泡汤了。

半个钟头以后，闪着红灯的警用吉普车赶来了。一辆救护车拉来了穿白大褂的医生，他宣布说，普拉卡什·拉奥死于严重的心脏病发作。他们检查了他的衣兜，发现了一只塞满钞票的钱包，一张美丽的印度女孩的照片，一沓写着“离婚”字样的文件。他们没有发现任何枪支。不管怎么说，死人是不需要枪的。

司蜜妲带着顽皮的表情看着我：“你不会认为，我会相信这种迷信胡扯吧？”

“你怎么认为都可以，我只是把普拉卡什·拉奥告诉我的事讲给你听，我只是在讲我听到的和我看到的。”

“这种事情不可能是真的吧？”

“哦，我只能说，现实有时比小说更离奇。”

“我无法相信，拉奥竟然是被人用针刺巫毒娃娃杀死的，我觉得这个故事是你瞎编的。”

“哦，那就别信这个故事好了，可是我对下一个问题的回答你怎么解释呢？”

司蜜妲按下了播放键。

普利姆·库马尔敲敲桌子：“女士们、先生们，我们现在进入下一道问题：第六个问题，奖金10万卢比。这是所有竞猜节目中最常见的问题。是的，我说的是一个国家的首都。托马斯先生，你熟悉首都吗？举个例子说，你知道印度首都吗？”

观众哧哧地笑起来。他们可能真以为，一个服务生很可能连他自己国家的首都都不知道呢。

“新德里。”

“很好。那么美国首都呢？”

“纽约。”

普利姆·库马尔笑起来：“不，回答错误。好了，那么法国首都呢？”

“我不知道。”

“日本首都呢？”

“我不知道。”

“那么意大利首都呢。这个你总该知道吧？”

“不知道。”

“哦，那么我认为，如果不使用救生筏，下一个问题你是答不上来的。这是第六个问题，奖金10万卢比。巴布亚新几内亚的首都是哪个？它是：A. 路易港；B. 太子港；C. 莫尔兹比港；D. 阿德莱德港。”

悬念音乐响起。

“这个问题你能回答吗，托马斯先生？”

“能回答，我知道哪些是错误答案。”

“你知道？”普利姆·库马尔怀疑地问。一些观众开始窃窃私语。

“是的。我知道答案不是太子港，它是海地首都，也不是路易港，它是毛里求斯首都。而且，答案也不是阿德莱德港，因为阿德莱德港在澳大利亚。所以，答案只能是C.莫尔兹比港。”

“这真是不可思议。你确定吗，百分之百确定吗？”

“是的，我确定。”

鼓点渐强。正确答案开始在大屏幕上闪烁。

“正确，百分之百正确！答案是莫尔兹比港。你刚刚赢得了10万卢比，你现在是一个有钱人了！”普利姆·库马尔宣布。观众起立欢呼。普利姆·库马尔抹去额头不断渗出的汗水：“我不得不说，你回答这些问题的方式太离奇了，简直就像是施魔法一样。”

司蜜妲笑起来：“这不是什么魔法，你这傻瓜。”她对屏幕上的普利姆·库马尔说：“这是巫毒！”

突然，她瞥见了卧室地毯上有一样东西。她俯下身把它捡起来。

那是一颗小小的四孔纽扣，是那种T恤衫纽扣。她看看我的T恤衫，第三颗纽扣确实不见了。她把纽扣交给我：“给你，看住你的纽扣。”

奖金20万

西方快车谋杀案

新德里的帕哈拉甘吉火车站人声嘈杂，万头攒动。灰色的站台沐浴在晨光中，火车头冒出烟雾，汽笛像焦躁的公牛一样嘶吼着。

如果要在这个拥挤的迷宫中寻找我的身影，你的目光会投向哪里呢？你可能会从那几十个流落街头的孩子当中寻找我的踪影，他们此时正摆出各种姿势，在平整的水泥地面上休息或睡觉。你甚至有可能把我想象成一个十几岁的小贩，在四处兜售塑料瓶装自来水——它们取自火车站卫生间，却要冒充纯正的喜马拉雅山矿物质水。你还可能以为，我是穿着脏衬衫和破裤子的清洁工大军的一员，拖着一把大扫帚在月台上曳步而行，将人行道上的尘垢扫到铁轨上。你也可能在那些急速穿行于人群之间，身穿红色制服、肩扛沉重货物的搬运工当中寻觅我的踪迹。

都不是，你再想想吧。因为我不是小贩，不是搬运工，也不是清洁工。实际上，今天我是真正的乘客，我将乘坐卧铺车厢前往孟买。一点儿不错，我买的是卧铺，而且是提前预订的。我穿着一件笔挺的带衬套的纯棉白衬衫和李维斯牛仔裤——是的，是李维斯牛仔裤。我正在目标明确地走向五号月台，准备踏上开往孟买的“帕什姆号”西行快车。一个搬运工和我并肩而行，肩上吃力地扛着一个浅棕色手提箱。这个搬运工是我花钱雇的，他扛的是我的箱子。里面有几件衣服，一些旧玩具，一堆《澳洲地理》杂志和一部准备送给萨利姆的电子游戏机，这个手提箱里一分钱也没装。我听到过太多火车劫匪的故事，他们会在夜里下药让你昏迷过去，然后带着你的物品逃之夭夭。所以，我绝不会把我最贵重的货物——我从泰勒夫妇那里领到的工资——放到手提箱里。因此，那个装满崭新的1000卢比面额的钞票——一共50张——的信封，我是随身携带的，我把它藏在一个没人看得到的地方：我的内衣里面。我把剩下的2000卢比作为这趟旅行花费之用。我将其中一部分用于购买这身衣服、火车车票和送给萨利姆的游戏机，而现在我要付钱给那个搬运工，还要购买一些食物和饮料。我飞快地瞟了一眼口袋里那几张零散的钞票。我想，这些钱刚好够我打一辆嘟嘟车[1]，从班德拉终点站直接开到萨利姆在加特考帕尔住的分租公寓。

1 南亚的一种公共交通工具，是传统人力车的机动化形式，通常由乘客拖车和摩托车两部分组成。

当萨利姆看到我不是乘坐本地火车而是坐嘟嘟车赶回去，他会不会感到惊讶？当他看见那部游戏机时，我希望他不至于幸福得当即晕过去。

五号月台比德里超级市场还要拥挤。那些兜售商品的小贩，就和政府办公室外面的抗议示威者一样卖力。在预定铺位名单上搜寻自己名字的乘客，就和查阅考试成绩通知单的学生一样专注。我发现铁路部门完全搞错了我的名字，把它写成了“T. M. 拉姆”。尽管如此，我还是高兴地发现，自己被分到了S7车厢的3号下铺。

这节车厢几乎在这列长长的火车的尽头，当我们赶到那里并走进去时，搬运工已经气喘吁吁，大汗淋漓。我在恰好靠近门边的那个指定铺位安顿下来，把手提箱整齐地塞进铺位下面。我付给搬运工20卢比。他想多要一点儿，理由是从火车站入口到这节车厢距离太长了，于是我又多给了他2卢比的小费。打发掉那个搬运工以后，我才开始打量身边的情况。

我所在的包厢一共6个铺位。一个在我上面，两个在我前面，两个在我侧面。坐在我对面下铺的是一个四口之家：父亲、母亲和两个孩子——一个是男孩，和我差不多大，另一个是女孩，比我稍大点儿。父亲是一个马尔瓦尔族[1]中年商人，穿着一件名牌黑马甲上衣，戴着一顶黑帽子。他长着浓密的眉毛、笔直的胡须，脸上挂着严肃的表情。他的妻子与他年龄相

1　主要居住在印度拉贾斯坦邦的一个印度民族。

仿，看上去同样严肃。她穿着绿色莎丽和黄色衬衣，用狐疑不定的眼神看着我。那个男孩身材瘦长，看起来很友善，但是像磁石一样吸引了我的注意力的，是坐在窗边的那个女孩。她体形纤细，容貌清秀，穿着蓝色的莎丽搭配的克米兹，一条南亚长披肩垂到胸口处。她有着会说话的略施粉黛的眼睛、完美无瑕的皮肤和颇为性感的嘴唇。她是我很长时间以来见过的最漂亮的女孩，是那种会让你忍不住多看几眼的女孩。我觉得，我就要迷失在那一双摄人魂魄的眼睛里了。

不过，我还没来得及更多地回味她的美貌，侧面铺位那个突然大声哭泣的婴儿就分散了我的注意力。那是一个只有几个月大的男婴，坐在母亲的膝盖上。他的母亲是一个表情阴郁的年轻女子，穿着一件发皱的红色莎丽。她好像是独自带着孩子旅行，她试图用橡胶奶嘴让孩子安静下来，但那孩子仍在尽情哭叫。

她最后只得撩起衬衣，把一个奶头塞进孩子的嘴里。孩子心满意足地吮吸着，母亲轻轻摇晃孩子哄其入睡。从我的座位上，我能够瞥见她那丰满的棕色乳房的下沿，这让我一时间感到口干舌燥，我注意到那个商人正盯着我，才把目光转向车窗。

一个卖茶水的小贩进入车厢，只有我要了一杯茶，他把微温的茶水倒进一个陶制容器里，喝起来略带一点儿土腥味。他后面跟着一个报童，那个商人买了一份《印度时报》，他的儿子买了一本《阿奇漫画》，我用所剩不多的零钱买了最新一期的印度《星光》电影杂志。

火车最后一次鸣笛，开始移动，比预定时间晚了一个半钟头。我看了看手表，尽管我能够清楚地看到，月台数字时钟显示的时间是晚上六点半。我以不同角度晃动手腕，希望其他人，尤其是那个女孩能够注意到，我戴的是一款显示日期和星期的日本卡西欧全新数字电子表，它是我在帕里卡市场买来的，花掉了我200卢比巨资。

那个父亲在一心一意地读报纸，他的儿子在看那本漫画，母亲在为全家人准备晚餐。那个年轻的母亲已经入睡，孩子仍在有滋有味地啃咬着奶头。我假装在看那本电影杂志。我翻到了中间插页，上面展示的是正在走红的性感明星、穿着比基尼的普拉姆·辛格的形象，但是我对她外形的傲人资本毫无兴趣。我一直在偷看那个女孩，只见她心不在焉地望着从窗口迅速掠过的城市景象，甚至都没正眼瞧我一眼。

晚上8点钟，一个穿黑马甲的查票员走进车厢。他检查我们每一个人的车票。我动作潇洒地把自己的车票迅速掏出来，但他根本就没仔细看。他只是在票上打个眼儿就把它还给了我。他刚离开，那位母亲就打开一个装着食物的长方形纸盒，里面有各种货色。我看到了压瘪的普里糕、金黄的土豆、红色的泡菜和甜点。家常玫瑰奶球和豆蔻腰果条令人垂涎的香味溢满了整个车厢。我也开始觉得饿了，可是餐厅工作人员还没来登记晚餐订单。也许我本该想着从车站买点儿吃的带上车。

这家人尽情享用晚餐。父亲狼吞虎咽地接连吃掉了好几个普里糕。母亲就着多汁的辣椒咸菜，飞快地扫荡着金黄的土豆。男孩的目标集中于那些软乎乎的玫瑰奶球，还一边“咕噜咕噜”地喝着浸泡奶球的糖浆。只有那个女孩在细嚼慢咽，我一声不响地舔着嘴唇。说来也奇怪，那个男孩竟然主动递给我几个普里糕，不过我礼貌地谢绝了。我听过很多劫匪化装成旅客的故事，他们把掺入迷药的食物给同路人分享，然后再偷走他们的钱。谁敢说喜欢看《阿奇漫画》的男孩就一定不是劫匪呢？不过，要是那个女孩给我东西吃的话，我倒是有可能——不，我肯定会——欣然笑纳的。

吃完晚餐后，那个男孩和那个女孩开始玩一种叫“大富翁”的棋类游戏。父亲和母亲并排坐着聊天。他们讨论最新的电视肥皂剧、购买房产和去果阿邦度假之类的事情。

我轻轻地拍拍腹部。在那里，在我的内衣束腰带的里头，藏着崭新的5万卢比钞票，我感觉到这些钱所具有的力量，正在不知不觉地渗透到我的胃、我的肠子、我的肝、我的肺、我的心脏和我的大脑当中。于是，那种饥肠辘辘的感觉便不可思议地消失了。

看着我眼前这个典型的中产阶层家庭，我不再觉得自己低人一等。我不再是只能窥探他们那舒适的生活方式的局外人，而是能够与他们平起平坐、用他们这个阶层的语言交流的局内人。和他们一样，我现在也能去看中产阶层的肥皂剧，在周末玩任天堂游戏以及去儿童大世界。

火车旅行意味着各种可能性。确切地说，它可能导致某种状态的改变。当你到达目的地时，你和出发时相比可能已经判若两人。你在途中可能结交新朋友，或者发现你的宿敌；你可能因为吃了不新鲜的萨莫萨油酥卷而出现腹泻，或者因为喝了受污染的水染上霍乱。而且——恕我直言——你甚至有望找到真爱。乘坐2926A次火车并坐在S7车厢的三号铺位上，内衣里藏着5万卢比，我感觉到一种诱人的前景正在刺激我的感官，并且激荡我的心灵，这种前景就是：我有可能（只是有可能）爱上一个穿蓝色谢尔瓦格米兹的同车丽人。而且这里所提到的爱，不是指我们普通人对于电影明星和名人那种单相思的不对等的爱。我是指真正现实的、可望而又可即的爱，不是那种只会变成伏枕痛哭的无望的爱，而是那种最终走进婚姻殿堂的爱，那种很快就将喜得贵子的爱，那种全家都要去果阿度假的爱。

我只有5万卢比，但每一个卢比都寄托着五彩斑斓的梦想，它们在我的大脑宽银幕上无限延展，最终变成了5000万美元。我屏住呼吸，希望这一绮丽的景象尽可能多延续一段时间，因为相比于熟睡时的梦幻，白日梦更为短暂，也更容易消逝。

过了一会儿，那对姐弟厌倦了他们的“大富翁”游戏。那男孩走过来，坐到我旁边。我们开始交谈。我了解到他叫阿克沙伊，他姐姐叫米娜克什。他们住在德里，这次是要去孟买参加一个叔叔的婚礼。阿克沙伊滔滔不绝地炫耀他的PS2游戏机和电脑游戏。他趾高气扬地想要告诉我什么是MTV和上网冲浪，也提到了一些色情网站。我告诉他，我讲英语，喜欢看《澳洲地理》，玩拼字游戏，有七个女友，其中三个是外国妞。我告诉他，我有一部PS3游戏机和一台奔腾5电脑，而且我不分昼夜地上网冲浪。我告诉他，我要去孟买见我最好的朋友萨利姆，而且要从班德拉终点站直接打车去加特考帕尔。

我本应知道，现在这个世道，要糊弄一个16岁的少年可比糊弄一个60岁的老人难多了。阿克沙伊看穿了我的谎言。“哈！你根本不懂电脑，PS3还没出呢，你丫就是一个吹牛大王！”他嘲笑我。

这话谁能受得了，我不得不奋起还击。“哦，那你觉得我都是在扯谎，是不是？那么好，阿克沙伊先生，那我就在此时此地告诉你：我兜里就有5万卢比。你这辈子见过这么多钱吗？”

阿克沙伊根本不信我的话。他挑战似的叫我把钱拿给他看看，我无法抑制地想要镇住他，让他见识一下我的实力。我转过身，把手伸进裤腰里，掏出了那个略带潮湿气和尿臊气的信封。我鬼鬼祟祟地拽出那沓硬铮铮的5万卢比钞票，得意扬扬地在他面前划拉了一下，然后又把钱塞回去，把信封在原处藏好。

你真应该看看阿克沙伊的那双眼睛，那对眼珠子简直都要从眼眶里蹦出来了。这是一个值得永远回味的胜利，这是我有生以来第一次能够用具体有形的东西，而不是靠白日梦来证明自己的价值。这也是我有生以来第一次从别人的眼睛里，看到有种不一样的东西向我投射过来。那就是尊重。它让我学到了宝贵的一课。梦想只能控制你自己的大脑。但是有了钱，你就能够控制别人的大脑。这也再一次让我感觉到，我的内衣里的5万卢比犹如5000万卢比。

现在是晚上10点了，所有人都准备睡觉了。阿克沙伊的母亲从一个绿色旅行包里拿出床单，准备他们一家四口就寝时用。那个搂着婴儿的年轻母亲在旁边铺位上早已酣然入睡，根本没有理会枕头和床单的事情。我没有准备床单之类的东西，而且也不太困，所以就坐在窗口旁边，感受着冷风吹拂我的脸颊，看着火车穿过沉沉的黑夜。我对面的下铺睡着阿克沙伊的母亲，上铺就是米娜克什。那个父亲爬到我上面的铺位，阿克沙伊睡在我侧面的上铺，他下边便是那对母子。

那个父亲马上就睡过去了——我能听到他的鼾声。那个母亲掉过身去，把被单拉到身上盖好。我伸长脖子想要瞅一眼米娜克什，但我只能看见她的右手，还有手腕上戴的金镯子。突然间，她从床上坐起来，开始对着我的方向俯身脱鞋。她的长披肩滑落下来，透过蓝色克米兹的V字形领口，我能够清楚地看到她的双乳上缘。这让我的后脊梁不由自主地迅速掠过一阵快感。我觉得她一定是注意到了我在看她，因为她快速地把长披肩拉上去盖住胸脯，还有些不满地白了我一眼。

过了一会儿，我也沉沉睡去，做起了中产阶层的美梦：购买100万种不同的东西，包括一辆红色法拉利和一个穿着蓝色谢尔瓦格米兹的漂亮新娘。这一切都是用我的5万卢比搞定的。

有什么东西顶在我的肚子上，我被惊醒了。我睁开眼，看见跟前站着一个留着浓密的黑胡须、肤色黝黑的男人，他用一根细木棍戳着我的身体。让我感到紧张的不是那根棍子，而是他右手的那支枪，它并没有专门对准哪个人。“这是抢劫。”他平静地宣布，听上去仿佛是有人在说“今天是星期三”一样。他穿着白衬衫和黑裤子，头发很长。他样子很年轻，就像一个文艺青年或者一个大学生。但话又说回来，我以前从未在电影院以外的地方见过劫匪。也许他们看起来就像是大学生也未可知。他再次开口说话了。“我要你们都从铺位上下来，慢慢地给我下来。只要没人逞能想当英雄，我保证不会有人受到伤害。别想着逃跑，因为我的兄弟把那头儿也堵住了。你们只要乖乖地合作，用不了10分钟就完事了。”

阿克沙伊、米娜克什和他们的父亲同样都在枪口的威逼下从铺位上爬下来。他们一个个睡得迷迷糊糊，完全乱了方寸。当你在深更半夜被突然叫醒时，大脑的瞬间反应总是很迟钝的。

我们都坐在下铺床位上。阿克沙伊和他父亲坐在我旁边，米娜克什、她的母亲和那个带小孩的女人坐在我对面。那个孩子又任性地哭了起来。母亲试图安抚他，但那孩子哭声变得更大了。“给他喂奶。”劫匪粗声粗气地命令她。那个母亲惊慌失措。她掀起了衬衣，两只乳房（而不是一只）都露了出来。劫匪对她咧嘴一笑，做出要抓她的乳房的动作。她尖叫着匆忙把乳房遮住。劫匪大笑起来，这一次我丝毫没有感觉亢奋。

一把子弹上膛的枪杆在你的脑门上，要比一只裸露的乳房更刺激。

现在那个劫匪已经吸引了所有人的注意力，他便开始下一步行动了。他左手高举着一只棕色麻袋，右手持枪：“好了，现在我要你们把值钱的东西都交出来，放到这个袋子里。男的要把钱包、手表和口袋里的现金交给我，女的要把手提包、手镯和金项链交给我。谁要是不服从我的命令，我就立刻一枪崩了他。”

米娜克什的母亲和那个年轻的母亲听到后同时尖叫起来。我们听到车厢另一边传来了哭声。大概是劫匪同伙对其控制的乘客发出了同样的指令。

那个劫匪把敞着口的麻袋拎到我们跟前，逐个儿地让我们把东西放进去。他从那对母子开始洗劫。那个女人带着惶恐的表情拿出棕色皮革手提包并迅速打开，掏出橡皮奶嘴和奶瓶，然后把手提包扔进麻袋里。她的孩子一时间被迫中断了吃奶，又开始号啕大哭。米娜克什看上去目瞪口呆。她摘下了金手镯，不过就在她准备把镯子放进麻袋时，那个劫匪丢下袋子，抓住了她的手腕。

“你比这个镯子可漂亮多了，亲爱的。”他说，米娜克什拼命地想要挣脱这个家伙铁钳一样的手掌。劫匪松开手腕去抓她的克米兹。他抓住了米娜克什的衬衫衣领，而她赶紧向后退去，在这个过程中，衬衫几乎被撕成了两半，她的胸罩露了出来。我们看着这一幕都吓呆了，米娜克什的父亲再也无法忍受了。

“你这个混蛋！”他喊叫着冲向那个劫匪，但后者的反应像豹子一样快。他放开米娜克什的衬衫，用手枪枪托砸向她的父亲。商人的额头立刻裂开了一道深深的口子，鲜血开始往外渗出，米娜克什的母亲再次尖叫起来。

“闭嘴！”那个劫匪咆哮着说，“不然我把你们都给崩了，一个也不落。”

这句话产生了威力，所有的人都安静下来了。恐惧让我窒息，我的手开始发冷。我听着每个人艰难的呼吸。米娜克什低声哽咽着。她的母亲把手镯和手提包扔进袋子，她的父亲用颤抖的手指交出了自己的手表和钱包，阿克沙伊问，他是否应该把《阿奇漫画》放进去。这激怒了劫匪。“你以为这是开玩笑吗？”他的嘴里发出一阵嘶嘶声，随即扬手给了那男孩一个嘴巴子。阿克沙伊痛得大叫了一声，不禁用手捂住了脸颊。由于某种原因，我觉得刚才这一幕相当有趣，就好像是一部恐怖电影插入了一个喜剧片段一样。那个劫匪不乐意了。“你笑什么？你身上有什么？都交出来！”他厉声说。我从口袋里掏出剩余的钞票和硬币，把它们扔进麻袋，只留下我那1卢比的幸运币。我开始解下手表，但那个劫匪看了一眼说：“这是冒牌货。我不要。”

他似乎对这一车厢的战果非常满意，并且准备离开，就在这时，阿克沙伊大声说："等一下，你忘了一样东西。"

这个场面如同慢动作一样在我眼前展开。那个劫匪原地转过身来。阿克沙伊指着我说："这小子身上有5万卢比！"他轻轻地说，但是我觉得，整节车厢的人都听见了这句话。

那个劫匪威胁性地看着阿克沙伊："这又是一个笑话吗？"

"不——不是。"阿克沙伊说，"我发誓。"

那个劫匪低头看看我的铺位下面："是在这个棕色箱子里吗？"

"不是，他藏在内衣里了，在一个纸袋里。"阿克沙伊回答说，他不自然地傻笑了一下。

"啊哈！"那个劫匪喷出一口粗气。

我浑身颤抖——我不知道是因为恐惧还是因为愤怒。劫匪走近我。"你是要乖乖地主动把钱交给我，还是想让我当着所有人把你剥光？"他问。

"不！这是我的钱！"我叫起来，又本能地护住下腹，好像一个足球运动员在拦截任意球一样，"这是我辛辛苦苦挣的，我不会把它交给你的，我连你叫什么都不知道。"

那个劫匪发出一声狂笑。"你难道不知道劫匪是干什么的吗？我们就是要拿不属于我们的钱的，被我们抢劫的人都不知道我们的名字，这有什么关系呢？你现在麻溜儿地把那个纸袋交给我，不然我就把你裤子扒下来，我自个儿去拿，你想要哪样儿，嗯？”他把手枪在我眼前挥动着。

就像被击败的战士一样，我在手枪的威力面前投降了。我慢慢地把手指插进裤腰带里，掏出了那个信封，它上面沾着汗水，沾着屈辱的尿臊气。那个劫匪从我手里一把夺过去，把它打开。当他看见那沓崭新的5万卢比钞票时，他兴奋地吹了声口哨。“你他妈从哪搞来这么多钱？”他问我，“肯定是偷的。无所谓，我不在乎。”他把信封丢进麻袋里。“听着，在我和我兄弟在这个车厢会合之前，你们全都待着别动。”

我呆若木鸡，眼睁睁地看着我的5000万的梦想被人抢走，被丢进一个棕色麻袋里，和那些中产阶层的手镯和钱包混在一起。

这个劫匪走向这节车厢的下一个包厢，但我们没人敢去拉火车上的紧急停车索。我们在各自的座位上一动不动，就像葬礼上的哀悼者一样。10分钟后，他背着那个扎紧袋口的麻袋回来了，右手依旧握着那把枪。“真爽啊！”他说，他把那个鼓鼓囊囊的袋子举给我们看。他对我咧嘴一笑，就像是一个刚抢了别人的玩具的恶霸一样。然后，他又看着米娜克什。她已经用长披肩遮住了前胸，可是透过那层薄纱，她的白色乳罩却清晰可见。劫匪咂巴着嘴唇啧啧赞叹。

劫匪的同伙喊起来：“我这边完事了！你怎么样，可以走了吗？”

“可以了！”我们这边的劫匪回答说。这时，火车突然开始放慢速度。

“快点儿！”其他劫匪相继跳下火车。

“我马上来。给，接住。”这边的劫匪把那个袋子——还有我的5000万梦想——扔出了车门。他正准备跳下去，却在最后一刻改变了主意。他回到我们的包厢。“快点儿，和我吻别一下。”他对米娜克什说，一边冲她挥舞着手枪。米娜克什被吓坏了。她蜷缩在座位上。

“你不想吻我吗？那好，那就把你的长披肩摘掉。让我看看你的奶子。”他命令道。他双手握住枪，对米娜克什咆哮着说：“最后一次警告你！快点儿，给我看看你的肉皮儿，否则我会在离开前，把你的脑袋打开花。”米娜克什的父亲闭上了眼睛。她的母亲立刻晕了过去。

米娜克什一边抽泣，一边开始解开她的南亚长披肩。它的下面只有一块白色织物：一对带扣的罩杯。

然而，我没有看到这一幕。我看到的是一个长发飘逸的高个子女人。狂风在她身后呼啸而来，将乌黑的头发吹拂到脸上，遮住了她的容颜。她穿着一件白色莎丽，那层薄纱就像风筝一样窸窣飘动。她怀里抱着一个婴儿。一个留着长发和浓密胡须的男人走到她的跟前。这个男人穿着黑裤子和白衬衫，他将一把枪对准她并露出狞笑。“解开你的莎丽！”他咆哮着说。女人开始哭泣。电光闪烁。尘土飞扬。树叶飞舞。那个婴儿突然从母亲的怀里跳出来，扑向那个男人，抓住他的脸。那个男人尖叫一声把他推开，但婴儿再次扑向他。男人和婴儿在地上搏斗着，那个穿莎丽的女人在背景中嘤嘤哭泣。那个男人扭转手腕，把枪对准那婴儿的脸，但婴儿在这一刻变得无比强大，好像长出了三头六臂。他用小小的手指推开枪口，使它改变了方向。男人和婴儿再次搏斗，忽左忽右地在地板上翻滚着。他们在一场你死我活的较量中紧紧控制住对方。有时候那个男人好像占了上风，有时候那个婴儿似乎就要成为赢家。那个男人终于让持枪的胳膊挣脱开来。他的手指扣住了扳机。婴儿的胸口直接暴露在枪口下。那个男人正要按下扳机，就在这最后一刻，那个婴儿扭转了枪口方向，使它对准了那个男人自己的胸口。只听得一声震耳欲聋的爆炸，那个男人仰面倒下，好像受到了一股强大的冲击一样。一块猩红的血迹出现在他的白衬衫上。

“噢，我的上帝！”我听见阿克沙伊的声音，就像是幽谷回音一样。劫匪躺在距离车门几英尺的地面上，我手里握着枪，一缕薄薄的烟雾从枪口处向上飘浮。火车开始加速。

我还是没有完全理解发生的一切。当你在睡梦中突然惊醒时，大脑的瞬间反应总是有些迟钝的。但是，如果你手里握着一支冒着烟雾的手枪，脚下躺着一个死人，那么一切都是明明白白的。那个劫匪的衬衫被鲜血浸透了，那团血迹在不断变黑和蔓延。这完全不像你在电影中看到的情景——你的子弹在一瞬间打出了一个红色斑点，它却原样不动地留在那里，直到一辆救护车赶来把尸体拉走。不。甚至从一开始，血迹就不是那样出现的。它最初慢慢地渗出来，先是一个红色的小圆点，不会比一枚图钉更大，然后变成硬币大小的圆形贴片，随即越来越大，大到像一只茶托一样，接着大到足有一个西餐大盘子那么大，它就这样向四周不断蔓延，直到变得血流如注。我开始大口喘息，就在整节车厢仿佛就要被一条红色河流淹没时，阿克沙伊的父亲猛烈地摇晃起我的双肩。“嗨，清醒点儿！”他喊道，于是我眼前的那片红色消失了。

我坐在自己的铺位上，四周围满了人。事实上，整节车厢的人都赶过来一探究竟。男人、女人和孩子都朝前探着脖子。他们看见一个无名劫匪的尸体躺在地板上，白衬衫上有一大片暗红色的血迹；他们看见一个额头上有一道裂口的父亲，一个受到惊吓、仿佛每一滴奶水都被饥饿的婴儿吸干的母亲，一个再也不会在火车上看《阿奇漫画》的弟弟，一个在余生将不断做噩梦的姐姐。还有一个流浪少年，他曾经短暂地拥有过一些钱，可他再也不能拥有中产阶层的梦想了。

这个包厢的黄色灯光显得异常刺眼。我不停地眨巴着眼睛，手里无力地握着那把手枪。它小巧而紧凑，具有银色金属外壳和黑色枪柄。上面刻有“柯尔特”这几个字，两边各有一个奔马图案。我把它翻转过来。在枪口另一侧写着“轻便型”，但我却感觉它异乎寻常地沉重。枪身刻着一些已经褪色的文字和数字。我能够辨认出“美国康涅狄格州”和“DR24691式”的字样。

米娜克什偷偷地盯着我，她看我的样子，就如同萨利姆看电影明星的样子。我知道她在这一刻爱上了我。我想，只要我现在向她求婚，她就会嫁给我。我会成为一个幸福的父亲。哪怕没有那5万卢比。不过，我没有回应她的青睐，因为一切都发生了改变。我看着手里的那把枪和死去的劫匪的那张脸。我连他叫什么名字都不知道。他本来有可能以各种方式死去。他可能在一个拥挤的市场上与警察发生交火并被击毙，他可能在路边茶摊喝茶时被敌对帮派残杀，他可能因为霍乱、癌症或艾滋病而死于医院。但是没有，他没有死于以上任何一种死法。他死于我射出的一颗子弹。而且我连他的尊姓大名都不知道，他死得太窝囊了。

火车旅行意味着无数可能性。可是，心脏上的一个洞口却指向了唯一的结果。一具尸首是不可能完成长时间和大范围的旅行的。它可能会被送到一个火葬柴堆上，却肯定不会碰到更多的小贩或者验票员。我就不同了，我不仅有可能遇到小贩和验票员，还需要面对警察。他们会怎么对待我呢？他们会把我看成是一个为保护女孩的贞洁，从而为人类铲除了一个该死的劫匪的英雄，还是将我视为冷血杀手，凶残地杀害了一个我甚至不知其名的人？我只知道一件事：我承担不起去寻求确切答案的代价。于是，泰勒上校的一句话，就像晴天霹雳一样楔入我的脑海："迷踪乱迹。"因此，我很清楚自己需要怎么做。

正当火车进入下一站并开始停下来时——毫无疑问，一些警察将在那里等着我——我跳出车门，手里仍握着那把枪。我跑过铁轨，跳上另一列即将驶出月台的火车。我没有坐在任何车厢里，我只是逗留在车门附近。当火车经过一座悬臂桥时，我把手枪抛出去，它旋转着掉进黑魆魆的河流。然后，当火车到达下一站时，我再次跳了出去，又找到了另一列开往其他地方的火车。我整晚都在这样忙来忙去，从一个车站到另一个车站，从一列火车到另一列火车。

我经过一个个模糊不清的城市。我不知道自己正在去往北方还是南方，东方还是西方。我甚至不知道火车的车次。我只是在不停地换车。我唯一确定的就是我不能去孟买。阿克沙伊可能会向警方提到萨利姆，所以，警察会在加特考帕尔将我逮捕。我也不打算在一个肮脏而冷清的车站下车，以免不必要地引起个别人的关注。我等待着到达一个灯火璀璨、人声鼎沸的火车站。

在上午九点钟，我乘坐的火车喷着蒸汽，进入一个拥挤而嘈杂的月台。我穿着一件加衬套的纯棉衬衫、戴着一块山寨数字电子表走下火车。我的衬衫已经刮破了，还缺了三个扣子。我穿的李维斯牛仔裤沾满煤烟和污垢。这个地方似乎可以作为临时藏身之处。在月台尽头，我看见了一块写有城市名称的黄色大牌子。上面的几个黑色粗体字是：“阿格拉。平均海拔高于169米。”

司蜜妲的手捂住了嘴。“噢，神啊，”她说，“所以在这几年，你因为觉得自己杀了一个人，而一直都在东躲西藏的？”

“两个人。别忘了我是怎么把桑特拉姆推下去的。”我回答说。

“可是火车上那件事是一个意外，而且你完全可以用正当防卫的理由为自己辩护。我怀疑这个案子也许都没有立案，不过我会去查一下。我不认为其他乘客会让你受到牵连。毕竟是你救了他们。对了，那个女孩——米娜克什——后来怎么样了？你有没有再见过她呢？”

“没有。再也没有见过她，我们继续看那个节目吧。”

在演播室，灯光再次被调暗。

普利姆·库马尔转向我：“我们现在进入第七个问题，奖金20万卢比。你准备好了吗？”

“准备好了。”我回答说。

“好的。这是第七道题目。是谁发明了左轮手枪？他是：A. 塞缪尔·柯尔特；B. 布鲁斯·勃朗宁：C. 丹·威森；D. 詹姆斯·莱沃尔夫。”

音乐响起。我陷入深思。

“你听说过这些名字吗？”普利姆问我。

“有一个名字听起来很熟悉。”

“那么，你是想要退出还是想碰碰运气？”

“我想碰碰运气。”

“再想想吧，你有可能会失去已经赢到手的10万卢比。”

“我没什么可失去的。我准备好了。”

“好吧。那么你的最终答案是什么？”

“A. 柯尔特。”

“你确定吗，百分之百确定吗？”

“确定。”

鼓点渐强。正确答案开始在大屏幕上闪烁。

“回答正确，百分之百正确！的确是塞缪尔·柯尔特在1835年发明了左轮手枪。你刚刚把赢得的奖金翻倍了，现在是20万卢比！”我简直不敢相信。我赢回了我的5万卢比外加三倍的利息。多亏了一个皮肤黝黑的劫匪，虽然我连他的名字都不知道。

观众席上传来一阵惊呼声。信号曲被重放一遍，但我耳边回荡的唯一声音，就是一列从德里经过阿格拉到达孟买的火车的隆隆声，它的活塞似乎永无休止地向前运动。

普利姆·库马尔突然从他的椅子上跃起，并一把握住我的手，但我的手软弱无力而且反应迟钝。如果你在一个竞猜节目中因为意外的惊喜而神游天外，那么你的大脑的瞬间反应总是很迟钝的。

奖金50万

一个士兵的传奇故事

就像钟表一样，空袭警报恰好在晚上8点半开始拉响，让分租公寓陷入疯狂的忙乱中。整个上周，居民都在遵从扩音器发出的训练指示，逐步熟悉在突遭敌人空袭的情况下应当怎么做。切断所有的电源，关闭所有的设备，掐断煤气，锁好家门，有秩序地排队进入防空洞。

防空洞在那所学校建筑物下面。这是一个很大的长方形大厅，里面散发着柔和的灯光。那里铺着褪色的沾满灰尘的红地毯，几把已经开始晃动的椅子，还有一张旧金属桌，这些就是全部家具了，桌子上还摆放着一台14英寸的电视机。这个防空洞让人感觉闷热而窒息，而且很容易引起幽闭恐惧症，不过考虑到它是我们的保护神，所以我们实际上没什么好抱怨的。不过有传闻称，在孟买西海岸巴利山街区的防空洞里，不但有一台32英寸液晶电视机，还有“邓禄普”牌坐垫和空调。

居民们围坐在电视机前收看新闻频道。我向四周看看，整个分租公寓的人差不多都在这里了。戈卡莱一家、内内一家和巴帕特一家，韦格尔先生、库尔卡尼先生、达姆勒太太、谢尔克先生和巴尔维太太……只有管理员拉玛克里斯纳先生不在。他一定是在忙着数他的租金收入，更换坏电灯泡，或者修理漏水的水龙头以及断裂的楼梯栏杆。

这个频道首先播放的是广告，这次防空演习是由“印度母亲”牌牙膏和“乔莉”牌茶叶赞助的。然后，我们看到总理在发表演说。印度军队将会赢得这场战争的胜利——他热情洋溢地对我们说——而且只要短短几天，敌人就会全面撤退。此战将进行到底，他声音高亢地说，恐怖主义终将结束，饥饿和贫穷也将结束。所以，为士兵福利基金慷慨解囊吧，他敦促我们。

在总理讲话以后，一个年轻女演员出现在电视屏幕上，她的演讲内容大同小异，只不过采取了那些孟买电影名角的典型演说风格。女人们呆呆地盯着女演员。瞧，人家看上去多么年轻，她们说，又是多么漂亮。她穿的莎丽是丝绸的还是雪纺的呀，她们彼此打听着。她的皮肤这么柔软，是怎么保养出来的？她用什么牌子的香皂？人家长得那么白净，都不需要用“Fair & Lovely”之类的美白霜。

男人们义愤填膺，那些畜生给我们添的麻烦够多的了，他们说，我们受够了，这次我们要彻底摧毁巴基斯坦军队。

韦格尔先生是我们这儿的战争专家。作为大学讲师，他是我们分租公寓最有学问的人。巴基斯坦有导弹和原子弹，他告诉我们，所以我们现在要躲在防空洞里——这样我们就可以免遭辐射。但是我告诉你们，没有什么真的可以让你躲过原子弹。当原子弹落下来时，他说，水将变成空气。空气将会着火。太阳将会消失。一团巨大的蘑菇云将在天空升起。而且我们都会死掉，他郑重地作出结论。

然而，死亡似乎是难以想象的，尤其是对于只有12岁的我和普图尔、只有10岁的萨利姆和迪亚奈什这样的孩子而言，而且，这毕竟是你面对的第一场战争，我们充满了热情和好奇。我们盘踞在电视机前，完全对战争场面入了迷，我们不知道也不关心辐射，我们感兴趣的是更重要的事情。比如，原子弹的爆炸声响有多大？我们能看见喷气式战斗机飞越头顶吗？那种场面是不是很像灯节？要是一颗导弹就在我们公寓旁边爆炸，那岂不是很好玩？

战争进入了第三个夜晚。我们在防空洞的生活模式开始变成一种常态。女人把蔬菜和编织物带入这个地下大厅。她们扎堆儿坐在一起，切西红柿和马铃薯，织毛衣，剥扁豆，去掉菠菜和香菜的烂叶子，彼此唠叨着家长里短。你们知道戈斯瓦米太太新买了一台25英寸的电视机吗？天晓得她丈夫哪来那么多钱！巴帕特先生和他老婆前两天好像又吵翻天了。其实所有的邻居都听见了！你们看过最新一期的《星光》吗？据说阿尔曼·阿里可能是个同性恋！

男人们全神贯注地听着新闻，讨论着最新传言。听说政府很快就要宣布全国进入紧急状态，这是真的吗？听说帕坦科特完全被炸毁了，死了好多平民。梅塔有直接来自政府部门的可靠消息，说汽油将要定量配给。在市场上几乎快买不到洋葱和西红柿了，眼下最好多囤积一些奶粉。

我们这帮孩子也没闲下来。我们在大厅里乱跑乱跳，又喊又叫，有时还会摔跤绊倒，这让女人们非常惊骇。我们玩抓间谍游戏，直到玩得厌倦为止。后来普图尔发明了一种新的游戏。它被恰如其分地叫作“战争与和平”。这个游戏相当简单：我们分成两组，一组由一个印度将军带领，另一组由一个巴基斯坦将军带领。两组人互相去抓对方的人。第一个被抓住的就是战俘，只能用对方的战俘进行交换。抓到将军相当于抓到两个战俘。谁抓到的战俘多，谁就是获胜者。只是有一个问题：没人愿意当巴基斯坦将军。大家最后一致推举萨利姆。“你是穆斯林。”他们对他说，“所以，你就来做巴基斯坦人吧。”萨利姆起初不同意，但最终还是被两小袋泡泡糖诱惑了，我加入萨利姆这一组，并且大胜印度人。

我们玩过了所有游戏，疲劳不堪地聚在一个角落里休息，讨论着战争的事情。

“我爱这场战争，”我说，“它太叫人兴奋了！而且因为宵禁，我的老板倪丽玛·顾茉莉还给我放了一周假。”

“就是嘛！”普图尔说，“我们学校也放了一个礼拜的假。”

“我希望每个月都能有一场战争。”迪亚奈什说。

“喂，别胡说八道！”我们背后传来一个男人的大吼。

我们惊惶地转过身来，看见一个拄着拐杖的锡克教老人站在我们后面。他又高又瘦，饱经风霜的脸上留着一小撮胡须。他穿着有许多口袋的军装，系着一条宽大的皮带，还戴着与之匹配的橄榄绿头巾。他严厉地注视着我们，抬起一根手指指责我们说：“你们怎么敢这么小看战争？战争是非常严肃的事，它是要死人的。”这时我们才注意到，他没了一条腿。

我们了解到，他叫兰斯·奈克·巴尔万特·辛格。他最近刚搬到我们分租公寓，独自一个人住，他的腿是在战斗中失去的。

在把我们教训了一通之后，巴尔万特·辛格拄着拐杖蹒跚地走上前来，就在电视机前面那把椅子上坐下来。

电视正在直播战争画面。屏幕笼罩在一片朦胧的绿色光雾中。我们看到一枚火箭弹被塞进火箭筒中。一个士兵按下按钮，一阵火光闪过，那枚火箭弹就蹿了出去。半分钟后，我们看见远处闪烁了一下黄绿色的火光，随即听到了爆炸声。“我们准确地击中了目标。”站在火箭筒旁边的一个军官宣布。他咧开嘴笑起来，他的牙齿似乎有一种不自然的绿色。不到10秒钟，又一枚火箭弹被发射出去。那个记者转过身，对着摄像机说：“刚才是我们对拉贾斯坦邦战区战事的独家现场报道。我是跟随第五师的星空新闻频道记者苏尼尔·维亚斯，现在让我们回到演播室。”他没有告诉我们火箭弹对准的目标是什么，是否击中了目标，有多少人死于这次攻击，以及有多少人幸存下来。这时，一个著名歌手出场了，饱含深情地唱起怀旧的爱国歌曲。

兰斯·奈克·巴尔万特·辛格从椅子上站起来。“这不是真正的战争，”他厌恶地说，“这就是一个笑话，他们给你们看的是肥皂剧。”

韦格尔先生有些反感。“是吗，那你说说，什么是真正的战争？”他问。

巴尔万特看着韦格尔，眼睛里流露出一个士兵对平民的那种蔑视：“真正的战争可不是这种儿童片一样的东西，真正的战争意味着血肉横飞，真正的战争到处都是尸体，还有被敌人的刺刀砍下的手掌，被榴弹炸飞的腿脚。”

“你参加过什么战争啊？”韦格尔先生问。

“我参加过最近一次真正的战争，是在1971年。”巴尔万特·辛格自豪地说。

“那你干嘛不给我们讲讲，真正的战争是什么样儿的？”达姆勒太太说。

“是啊，给我们讲讲吧，叔叔。”我们跟着嚷嚷起来。巴尔万特·辛格坐下来：“你们真想知道真正的战争是什么样的吗？好吧，那我就跟你们说说我的亲身经历。那可是光荣的14天啊，我们取得了对巴基斯坦军队最著名的胜利。”

我们紧紧围坐在这个老战士旁边，就像充满好奇的孙子孙女准备听爷爷讲故事一样。

巴尔万特·辛格开始讲述。他的眼里闪现出回忆往事的人通常具有的那种朦胧而苍茫的神情：“那还是在1971年。是我们印度历史上最关键的一段时期。”

防空洞里的听众全都安静下来，韦格尔先生调低了电视机音量。

没有人提出反对。电视的二手现场报道，是没法和一个真正的士兵第一手描述相提并论的。

“最后一场真正的战争，是在1971年12月3号开始的。这个日子我能记得这么清楚，是因为就在开战的同一天，我从帕坦科特收到了一封信，是我心爱的老婆写来的，她告诉我说，她刚生下了一个男孩，这可是我们的第一个孩子。我老婆在信里是这么说的：‘你不在我的身边，但我知道你是在为我们国家打仗，这让我心里充满了自豪与欢乐。我，还有我们的孩子，会一起为你的平安祈祷。我会等待你凯旋。’

“我读着那封信时，我哭了，但那是幸福的眼泪啊。我不是因为在这个时候，不得不远离家人才哭的。我觉得我很幸福，因为我可以带着我老婆的祝福走上战场，我那刚刚出世的儿子也让我勇气倍增。”

“她给你们的儿子取了什么名字？”达姆勒太太问。

“哦，在孩子还没出生时，我们早就把名字想好了：要是女孩，就叫杜尔迦，要是男孩，就叫谢尔·辛格。所以他就叫了谢尔·辛格这个名字。”

“战争是怎么开始的呢？”谢尔克先生问。

“在12月3号那天晚上，哦，我记得当时天上有一轮新月。趁着黑暗的夜色，那些胆小鬼先发制人，对我们西部地区多个飞机场发动了空袭——斯利那加、阿瓦提普尔、帕坦科特、乌塔莱、焦特布尔、安巴拉、阿格拉，都遭到了敌人的低空轰炸。空袭过后，他们又对具有战略意义的北方察慕勃地区进行了大规模袭击。”

“战争爆发时你在哪儿？”韦格尔先生问。

“就在察慕勃，跟随第13步兵师作战。我当时隶属锡克团第35锡克营——我们营随同一个旅服役，并被一起部署到察慕勃。你们必须知道，当时为什么巴基斯坦人要进攻察慕勃。察慕勃可不只是姆纳瓦塔维河西岸的一个村庄那么简单，它也是阿克努尔和乔里安这两个城镇的生命线。一旦察慕勃被敌人攻陷了，整个国家就会受到威胁。

“所以那天晚上，巴基斯坦人三管齐下对我们进行袭击。他们用重型火炮和机关枪压制我们，他们的火力非常猛烈。短短几个钟头，我们的所有掩体差不多都遭到了严重破坏，三个边境巡逻站也被毁掉了。

“袭击开始时，我指挥一个前哨站，我当时有三个战友，我的前哨站遭遇的攻击火力最猛。你们一定要记住了，我们当时在整个姆纳瓦塔维只有三个营，而我们面对的是巴基斯坦的一个步兵师：第23步兵师，他们配有一个装甲旅，大约150辆坦克，9到10个炮兵团。巴基斯坦军队在察慕勃的炮兵，比他们在整个东线的炮兵都要多。

“我当时手下的三个士兵是帕蒂亚拉来的苏克温德尔·辛格，霍希亚布尔来的拉耶斯瓦和卢迪亚纳来的卡奈尔·辛格。其中要数卡奈尔最出色，他身材高大，肌肉发达，说起话来声音洪亮，他的笑容非常有感染力。他不怕战争，不怕死亡。不过他每天就怕一件事。”

“他怕什么？”库尔卡尼先生问。

“怕被埋掉。我们都听说，要是那些巴基斯坦人发现了印度士兵的尸体，他们是绝不会还给我们的。不仅如此，他们还会故意根据穆斯林传统将尸体埋葬，哪怕死者是印度教士兵。卡奈尔是一个敬畏神灵的信徒，他最担心的就是一旦他阵亡了，他的尸体会被埋在六英尺深的地下而不是被火化。‘答应我，长官，’他在开战前一周就对我说，‘假如我牺牲了，你要确保我能被像样地烧掉。不然我的魂魄永远不得安宁，会被迫在阴曹地府里游荡三千六百年的。’我想让他放宽心，就告诉他说他是不会死的，可是他很固执。为了让他别整天叨咕这件事，我就对他说：‘好的，卡奈尔，我向你保证，如果你牺牲了，我会按照正规印度教仪式把你火化的。’

“所以，在12月3号那天晚上，当仗打起来的时候，我们都在前哨战的掩体里——卡奈尔、苏克温德尔、拉耶斯瓦，还有我……”

他的叙述被普图尔打断了：“叔叔，你们的掩体里，是不是像我们这儿一样也有电视呢？”

那个士兵笑起来：“没有，我的孩子。我们的掩体可没那么豪华。既没有地毯，也没有电视。那里又狭小又拥挤。只能爬进去四个人。那里还有蚊虫出没，有时还会有蛇钻进去。”

巴尔万特的声音变得更加严肃起来：“我不知道你们是不是有谁熟悉察慕勃的地形。那是一个平坦的区域，以灰色石头和象草闻名。象草又高又密，可以把坦克掩藏起来。敌人就是趁着夜色穿过象草向我们发动攻击的，我们还没有反应过来，迫击炮的炮弹就在我们左右两边爆炸开来。当时一片漆黑，我什么也看不见。有一颗手榴弹扔进了我们的掩体里，但我们抢在它爆炸之前爬了出来。当我们侥幸从掩体里跑出来以后，有一挺轻机枪一直在嗒嗒嗒地向我们射击，我们一步也不敢停下来。我们开始排成一条直线，悄悄地步行推进，想要确定火力点来源。整个过程很顺利，我们几乎就要到了巴基斯坦人的火力掩体，就在这时，一个迫击炮弹就在我身后爆炸了。我回头一看才发现，苏克温德尔和拉耶斯瓦已经牺牲了，卡奈尔在流血，他的肚子被迫击炮的弹片击中了。只有我没事，只受了一点儿皮外伤。我马上向连长通报了伤亡情况。我还告诉他那挺轻机关枪在敌人掩体里的位置，我说那挺机关枪老是在射击，对我们威胁很大。如果不赶快把它拔除，会对连队造成巨大的伤亡。连长对我说，他不能再另外抽调一个小分队了，他让我自己想办法打掉那挺轻机枪。

“‘我要靠近敌人的掩体。’我告诉卡奈尔，‘你为我提供火力掩护。’

“可是卡奈尔拦住了我。‘这是一个自杀任务，长官。’他对我说。

“‘我知道，卡奈尔，’我回答说，‘但总得有人去做这件事。’

“‘那就让我去吧，长官，’卡奈尔说，‘我去把敌人的机关枪打掉。’然后他又对我说：‘老哥，你家里有老婆，你还刚得了一个儿子。我家里什么人也没有了，我没有后顾之忧，也没什么盼头了。这个伤可能也不会让我活多久了，就让我去为我的祖国做点儿事吧。但是别忘了你答应过我的事，长官。’我还没来得及说什么，他就从我手里夺过步枪冲了出去。

“‘印度母亲万岁！’他呼喊一声，冲向敌人的掩体，用刺刀捅死了三个敌军士兵，那挺轻机关枪也哑火了。可是，就在他手里刚拿着枪站直身体时，敌人的一颗步枪子弹打在他的胸口上，这一枪是致命的，所以就在我的眼皮子底下，他一头栽倒在地，手里还握着枪。”

大厅里变得很安静，我们都在想象战争的残酷场面。枪炮声似乎在房间里回响。巴尔万特接着说：“我原地不动地站了将近两个钟头。我接到命令返回连队，但我的脑子里老在想着我对卡奈尔的承诺。他的尸体现在还躺在敌军的阵地上，我不知道那里还有多少巴基斯坦士兵。而在我方的阵地上，我是唯一活着的印度士兵。

“到了凌晨3点，射击完全停止了，周围是死一般的沉寂。突然刮起了一阵风，吹得附近的树木簌簌作响。我一点一点地接近巴基斯坦军队的那个掩体。我距离它不到200英尺。我忽然听见前面有轻微的脚步声。我的心脏怦怦直跳，我努力地想辨别那个声音的来源，并且扣住步枪扳机准备射击，但我希望我不必开枪。在黑暗中开火，枪口闪出亮光，会把我的位置暴露给敌人。我甚至需要控制住自己的喘气声。有什么细长而光滑的东西爬上了我的后背，感觉就像一条蛇。我恨不能马上把它甩掉，却又怕被敌人发现，所以我就死死地闭上眼睛，希望那个东西千万别咬我。不知过了多久，它从我的腿上滑下去了，我才长出了一口气。我的后背被汗水湿透了，胳膊疼得抬不起来，手里的枪好像是用铅做的。脚步声又出现了，越来越近。我在黑暗中紧张地注视着，想看清敌人的外形轮廓，可是什么也看不见。我知道死神就潜伏在附近。我要么打死对方，要么被对方打死。我听见树枝吱吱嘎嘎地响，甚至能够隐约听见有人在呼吸。那是一种令人煎熬的等待。我不知道我应该先开火，还是先等敌人采取行动。

“突然，我看见了一根火柴的光亮，一个人的后脑勺随即进入我的视线，就像是没有躯干的幽灵一样，而且距离我还不到10英尺。我立刻跳出草丛，带着上好的刺刀冲上前去。那是一个巴基斯坦士兵，正要小解。当他转过身来时，我差点儿就把他撞倒在地。他扔掉步枪，抱紧双手向我恳求说：‘请别杀我，我求求你了。’

“‘你们在这个地区还有多少人？’我问他。

“‘我不知道。我和我的部队失散了。我只是想回去。求求你，不要杀我。’他哭了起来。

“‘我为什么不杀你？’我问道，‘你毕竟是敌人。’

“‘可是我和你一样也是人啊，’他说，‘我们身上的血都是一个颜色。我在米尔普尔的妻子正在等我回家。我还有一个女儿，是10天前才刚刚出生的。我不想连见都没见上她一眼就死掉了。’

“我听到这话心软了。‘我也有一个妻子，而且我也没见到我那刚出生不久的儿子，’我对那个敌人的士兵说，然后我问他，‘如果你站在我的立场上，你会怎么做？’他沉默了一会儿，然后吞吞吐吐地回答说：‘我会杀了你。’

“‘这就对了，’我对他说，‘我们都是士兵，我们必须忠于自己的职业。不过我向你保证：我会好好地把你的尸体下葬的。’然后，我眼皮都没眨一下，就把刺刀戳进了他的心脏。”

“呸呸……切切……”达姆勒太太厌恶地闭上眼睛。

谢尔克先生也坐立不安起来。“你真的没必要讲得这么细致。”他对巴尔万特说，一边徒劳地用手掌捂住普图尔的耳朵，“都是杀戮和血腥场面，我担心我儿子晚上会做噩梦的。”

巴尔万特鼻子哼了一声：“哈！战争可不适合那些娇气的人。其实，让这些孩子了解什么是战争不是坏事。他们应该知道，战争是非常严肃的事情，战争总归要死人的。”

“后来怎么样了呢？”韦格尔先生问。

“没什么。我到了敌人的掩体，三具巴基斯坦士兵的尸体躺在卡奈尔的旁边。我把他抱起来放到肩上，吃力地背回了连队基地。第二天上午，我们把他火化了。”巴尔万特的眼睛被泪水打湿了，“我对连长讲述了卡奈尔无与伦比的勇敢行为，于是经过他的推荐，卡奈尔·辛格被授予MVC烈士勋章。”

“什么是MVC？”迪亚奈什问。

“Maha Vir Chakra——伟大战士勋章。它是我们国家的最高军事荣誉之一。”巴尔万特回答说。

“那什么是最高荣誉呢？”

“PVC，也就是Param Vir Chakra——伟大英雄勋章，几乎总是追授给烈士的。”

“你得到了什么奖励？”迪亚奈什再次问道。

巴尔万特的脸上露出痛苦的表情：“这次行动我什么也没得到。但是我的故事并没有讲完，我还得跟你们说说著名的曼迪亚拉桥战役。”

韦格尔先生看看手表：“噢，我的上帝，都过了半夜了。好啦好啦，我觉得我们今天听得都够兴奋的了。宵禁已经结束了，我们现在该回家了。”

我们不情愿地解散了。

第二天，我们又来到防空洞里，今天巴帕特先生的儿子阿杰伊也来了，他一定是去了他祖母家刚回来。他是一个极爱显摆的人，总是炫耀他的玩具、他的电脑、他的旱冰鞋，以及他的众多女友。我们都很讨厌他，只是嘴上不说而已。我们不想和一个年龄只有15岁但块头看上去足有17岁的人吵架。他今天带来了一个小日记本。他把它叫作签名本。他向其他孩子炫耀里面的涂鸦:“这个是阿米特巴·巴强，这个是阿尔曼·阿里，那个是拉维娜，这个是著名板球运动员萨钦·马尔凡卡的签名。”

“那这个是什么？”迪亚奈什问。他指着一条弯弯曲曲、完全无法辨认的黑线。阿杰伊想了一下，才不好意思地说:“这是我妈妈的。她那会儿是在试验笔好用不好用。”

普图尔也随身带来了一样东西，不过不是签名本，而是作文本。他的父亲告诉他，不去学校不代表不用学习。他现在每天都会坐在防空洞里写作文，今天的题目是“我家的母牛”，尽管普图尔家里连一头牛也没有。

电视上，一个军方发言人正在公布一份简报:“巴基斯坦对安巴拉、戈勒克布尔和瓜廖尔的印度空军基地的空袭已被成功瓦解。印度军队已经占领巴格拉和拉希姆亚尔汗。巴方在巴瓦尔帕、苏库尔和纳瓦布沙的前方基地已被彻底摧毁，沙卡尔加尔的主要地区也在我们的控制之下。在察慕勃战区，我们的战士已经击退了巴方对曼迪亚拉桥的大规模进攻。”

我们疯狂地欢呼，很多人都在鼓掌和握手。

巴尔万特·辛格还是照常坐在电视机前。“也就是说，他们又进攻曼迪亚拉了。”他摇着头说，“那些巴基斯坦人就是不长记性。”

在我看来，巴尔万特是在等着别人来问他曼迪亚拉桥的事情，但是没人上钩。

电视节目切换到演播室的讨论，一些专家在谈论战争。一个戴眼镜的大胡子男人说：“我们都知道，巴基斯坦拥有将近40枚核弹头。只要一枚15万吨级的核弹在一个人口密度约为每平方公里2.5万人的市区爆炸，就足以杀死25万人。现在，如果你把这个数据用在孟买这里——”

韦格尔先生说：“水将变成空气，空气将会着火，一团蘑菇云将在天空升起，我们一个也活不下来。”

库尔卡尼先生关掉了电视机。“这实在是太叫人郁闷了。”他说，“我们干吗不听听我们的战斗英雄的故事呢，我们需要鼓舞人心的东西。巴尔万特先生，你昨天提到曼迪亚拉桥的战斗，请给我们讲讲吧。”

巴尔万特又振作起来，他伸伸胳膊，撸撸袖子，然后抓挠了一下那条残肢，把椅子转过来面向大家，开始讲起来。

“在姆纳瓦塔维对面有一座很高的悬崖叫北曼迪亚拉。在12月3号和4号的夜里，敌人向它发起了进攻，实际上，我们没有驻军固守那个特殊位置，所以，我们的阵地很快就被占领了。巴基斯坦人的坦克和步兵开始前进，从两翼向曼迪亚拉渡口包抄，我当时所属的第35锡克营，还有第19突击队就部署在那里。

“我们那时已经意识到，巴方第23师的主要目标，就是要占领曼迪亚拉桥。他们一旦得手，我们就要被迫放弃察慕勃和姆纳瓦塔维西部的整个地区。因此在12月4日中午，我们死死坚守阵地。第31装甲团得到了第27装甲团一个连的支援，而第37库蒙兵团从阿克努尔奉命调来，准备共同发起重新夺回北曼迪亚拉的反攻。但是悲剧发生了，第37库蒙兵团还没来得及和我们会合，他们的指挥官就被巴方的炮弹击中了。所以这个兵团群龙无首，等他们赶到姆纳瓦塔维时，我们的阵地早已失守。我们只好把兵力转移到了可以监控曼迪亚拉渡口的东岸地区。所以，当夜幕降临时，只有我们第35锡克营和第19突击队守卫着曼迪亚拉渡口，而第31装甲兵团的坦克部队保卫着南曼迪亚拉。

“在12月5号凌晨3点左右，巴控克什米尔的敌军两个营——第6营和第13营——从整个姆纳瓦塔维地区发起疯狂进攻。他们配备着美国巴顿坦克和中式T–59坦克，火力十分凶猛。巴基斯坦空军的喷气式战斗机在我们上方轰鸣，对这个地区进行低空轰炸，向我们的阵地投下1000磅重的炸弹。到处都是燃烧的车辆和爆炸的炮弹，而且就在高高的象草中间，坦克像巨大的钢铁昆虫一样向我们扑来。

“敌军的火炮发射过于猛烈，不到5分钟，我们的整个阵地就土崩瓦解了。第13营闯进我们的第29贾特人分队并将它打散。他们继续前进，在打死了分队指挥官以后，他们占领了303号高地，防守这个高地也是我们35锡克营的任务。但不幸的是，我们的一些同胞没有坚守职责。面对敌军炮火的持续进攻，他们全都逃跑了。巴军占领了303号高地以后，命令后备部队继续前进，巩固桥头堡。到天亮时，他们就侵占了曼迪亚拉桥。现在看来，只有奇迹才能拯救我们了。谁能给我倒一杯水吗？”

巴尔万特·辛格是一个老练的说书人，他在该强调的地方强调，该停顿的地方停顿，直到把我们的胃口吊得老高了，他就会不失时机地要一杯水，便有人急忙用纸杯盛满水给他递过来。我们向前探着脖子恭候下文，巴尔万特喝了一大口水以后继续讲述：

“就在这个时候，第368旅旅长亲自从阿克努尔赶来和我们会合。他来到这里时，看到的都是阵地遭到严重破坏的混乱场面。我方士兵都被打得散架了，撤的撤，逃的逃。地面上到处都是弹坑、尸体、碎石，还有我们的坦克燃烧的残骸。周围火光冲天，姆纳瓦塔维的河流被士兵的鲜血染成了猩红色，这里简直是人间地狱。哪像他们在电视上让你们看到的那样，你按下一个按钮，火箭弹咻的一声飞出去，然后你再喝一口茶，那不是开玩笑嘛！

“那个认识我的旅长说：‘巴尔万特·辛格，这是怎么回事？我们的人怎么都没影了？’我心情沉重地告诉他：‘我很遗憾地向您报告，长官，许多士兵在战斗中都放弃了抵抗，各顾各地逃命去了。他们顶不住敌人压倒性的进攻兵力。我们损失了三辆坦克和很多兄弟。’指挥官说：‘我们要都是这个样子，还怎么可能赢得这场战争呢？’然后，他叹了口气：‘我觉得，这种情况是没希望的。我们应该撤退了。’

“我立即提出抗议。‘长官，’我说，‘我们团的座右铭是“战必胜，攻必克”。我们只能前进，不能后退。’

“‘好，就应该有这种精气神儿，巴尔万特。’旅长重重拍了一下我的后背，让我把剩下的战士重新集中起来。我们的排长也跑了，所以指挥官让我负责这个排。我们所属的营也得到了新的任务：立刻全速前进，重新夺回桥头堡。廓尔喀步枪队的三角洲连，以及第31装甲兵团剩余的坦克也准备投入进攻。

“到了早晨，加农炮开始轰炸，机关枪开始扫射。曼迪亚拉渡口变成了一片火海，到处都是熊熊的火焰，爆炸声此起彼伏。巴军狙击手的子弹从我们头上嗖嗖飞过，机枪不断喷射出致命的火舌，敌机在我们头顶上呜呜地嘶鸣，炸弹就在我们周围爆炸，我们上好刺刀从阵地冲出去，嘴里喊着锡克教徒的战斗口号‘呐喊者有福，我主必永生’。我们扑向进攻的敌人，用刺刀和他们展开了殊死的肉搏战。这个大胆的行动完全击垮了敌人的士气。局势变得对我们有利。我们开始把敌人击退。

“在这种情况下，敌人决定派坦克穿过姆纳瓦塔维河。在此之前，他们一直盘踞在另一侧。一旦他们过桥进入这一侧，我们就会完全暴露在他们的火力之下。因此，我们必须不惜一切代价阻止他们过桥。现在，第31装甲团和第27装甲团的T–55坦克也开始战斗。起初，我们的坦克经受住了敌人的猛攻，但是，当巴军的巴顿坦克开始冲过桥头时，我们有两个家伙丢掉坦克逃跑了。

“我不知道自己当时是怎么想的，反正我毫不犹豫地迅速跑到一辆被丢弃的坦克那里，打开舱口盖钻了进去。我了解坦克，但以前从未开过。不过只用了几分钟，我就弄清楚了它的控制系统，所以很快就让这辆T–55投入了战斗。

“我的坦克刚一启动，就遭到了隐藏在掩体里的敌军炮火的猛烈袭击。所以，我就把坦克开向敌人的那个战壕。他们以为持续的炮火会让我屈服下来开始撤退，但我毫不客气地继续冲向那个掩体，结果他们惊慌失措，最后都跳出掩体逃跑了。

“他们当中有个人不知死活，试图爬到我的坦克上。我立刻启动旋转炮塔，将100毫米的线膛炮扭转了一圈，像赶走牛奶上的苍蝇一样把那个家伙打了下去。与此同时，我们的其他坦克也开始瞄准目标，不到20分钟，敌军就只剩下一辆巴顿坦克。

它试图逃跑，我赶快追了上去。我的坦克被它直接命中，燃起了大火。好在我的机关枪还能使用。我继续追赶那辆巴顿，它当时距离我只有50码，我就对着它射击。敌人的坦克立刻停了下来，并开始倒退，它的炮塔就像个醉汉那样转来转去。它最后不再动弹了，整个变成了一个大火球。我用对讲机和指挥官通话，说：'敌军8辆坦克已经被我方干掉，长官。我方已控制局势。'

"曼迪亚拉桥现在几乎完全在我们控制之下，敌军已经被击溃。他们的坦克被摧毁，但还有零星的小股抵抗。敌人在桥周围安设了一些机枪和火箭筒，它们仍在射击。而且更重要的是，巴军国旗仍在桥上飘扬着，我必须把它拔掉。虽然我被炮声震得晕头转向，被飞溅的金属片打得浑身是伤，鲜血直流，但我还是竭力向巴军的那个掩体移动。我看到周围翻卷的泥泞地面上都是尸体。我不断前进，最后离敌军掩体还不到10米，它拦着一道密密麻麻的带刺铁丝网。我的手一扬，一个冒着烟的手榴弹就飞进了掩体，里面的三个巴基斯坦士兵死了两个，身体被炸得血肉模糊，就剩下一个活的。就在我举起步枪对他射击时，我突然发现枪被卡住了。那个敌军士兵也看到了，他笑了起来，举起枪并扣下了扳机。一梭子子弹打在我的左腿上，我跪倒在地。他把枪对准我的心脏，再次扣动扳机，我开始祈祷并准备受死。但是，我没听到震耳欲聋的爆炸声，而是听到了打空枪的'咔嗒'声，他的子弹打光了。'赞美真主！'

他喊道，带着上好的刺刀朝我冲过来。我喊了一声‘印度万岁’，猛然侧身，躲过了他的刺刀。然后，我挥起枪托砸向他的后脑壳，一下子就把他打死了。我冲到敌人的国旗那里，把它拔掉，换上了三色旗帜。当我看见我们的旗帜在曼迪亚拉桥上飘扬时，啊，那真是我一生最幸福的时刻，虽然我知道，我已经失去了一条腿。”

巴尔万特·辛格不再说话，我们看见他的眼睛里饱含着泪水。

没有人说话，沉默持续了将近一分钟。这时，普图尔走到巴尔万特·辛格跟前，把他的作文练习本递过去。

那个士兵擦着眼睛：“呃，这是什么？我可不能帮你做数学作业。”

“我不是想让你帮我做作业。”普图尔说。

“那你给我这个本子干什么？”

“我想让你给我签名，你是我们的英雄。”

每个人都鼓起掌来。

迪亚奈什再次提出了同样的问题：“那么这一仗，他们给了你什么奖励呢？”

巴尔万特沉默起来，好像我们触到了他的痛处似的。接着，他痛苦地说：“什么奖励也没有。他们给第35锡克营颁发了两个MVC和两个PVC勋章，我的三个战友得到了勇士勋章，在乔里安还建起了一座纪念碑。但是，他们没有给我任何奖励，甚至在军事通报中也没有提到我的名字。我的英勇行为没有得到任何表彰。”

他叹了口气：“其实，这也没什么大不了的。当我看到无名战士纪念碑上方燃烧的火焰时，我就感到很满足了。我觉得，它也是为了我这样的人而燃烧的。”接着，他颇具哲学意味地用乌尔都语背诵起一首诗歌：“我们不声不响地来到这个世界。我们也将默默无闻地离开这个世界。但是，只要我们在这个世界生存，我们就会贡献自己的一切。即使这一代不记得我们是谁，下一代也决不会将我们忘却。”

每个人都再次安静下来。突然，达姆勒太太开始歌唱：“比一切地方都喜欢，我们的印度斯坦……”很快，其他人也都跟着一道唱起这首爱国歌曲。我不知道我们这些孩子受到了何种力量的推动，都自发地站成了阅兵队伍的分列式。我们排成一列纵队前进，从巴尔万特·辛格身边经过，我们的右手紧紧地握成拳头，做出向这个勇敢的战士敬礼的姿势。

那曾经是我们的战争，他曾经是我们的英雄。

巴尔万特·辛格的心情异常激动，他开始哭泣。“印度万岁！”他喊了起来，然后蹒跚着走出房间，只留下我们与象草的沙沙作响、炸弹爆炸的声音、线状火药的刺鼻气味和死亡的恶臭为伴。

韦格尔先生走上台开始宣布：“亲爱的朋友们，我很荣幸地通知大家，明天 SBF——也就是士兵福利基金——将派代表到我们这里来访问。我们敬爱的总理已经发出呼吁，希望全体印度国民为我们的士兵慷慨解囊，没有他们作出的牺牲，我们就不可能拥有今天的尊严和荣誉，也不可能过上自由的生活。我希望你们每个人都要尽最大的力量帮助SBF。”

“可是，我们自己的那位士兵怎么办呢？难道我们就不该为他做点事吗？”谢尔克先生喊起来。

大家都开始跟着高喊：“应该！应该！”

“是的，你说得一点儿没错。不过我觉得，我们最应该为巴尔万特先生做的事情，就是让他在1971年那场战争中取得的功绩得到承认。等明天SBF的代表过来，我们要向他们提出这一建议。”

我们都很兴奋，好像我们终于能够为战争出一份力似的。

来了三个人。一个高个子、一个矮个子和一个胖子。他们都是前任军官，高个子来自海军，矮个子来自陆军，那个胖子来自空军。矮个子发表了一通长篇演说。他对我们说，我们的士兵很棒。我们的国家很棒。我们的总理很棒。我们很棒。因此，我们的捐款也会很棒。他们将一个篮子在我们中间传递。人们把钱放进里面。有捐5卢比的，有捐10卢比的，也有捐100卢比的。一个女士将她的金手镯放进去。萨利姆没有钱，他放进了自己的两袋泡泡糖。巴尔万特·辛格没有来，他叫人捎话，说他感冒了。

接着人们开始提问。“你自己参加过战争吗？”库尔卡尼问那个陆军代表，一个退役上校。

“是的，当然。我参加过两次大型战争，1965年的和1971年的。”

“在1971年那场战争中，你在哪里服役？”

“在察慕勃，在那里进行过一场也许是最伟大的战役。”

“你当时在哪个团？”

“我在步兵团。伟大的锡克团。”

“1971年的那场战争，你得过什么勋章吗？”

“哦，事实上，我得到了一枚MVC勋章，那是很高的荣誉。”

“你是因为什么得到了这个很高的荣誉？”

“因为曼迪亚拉渡口的那场战役，第35锡克营当时表现非常棒。”

“那你算是什么样的人呢？你自己拿到了勋章，别人却什么也得不到，没有人家的帮助，你们是绝不可能夺回那座桥的。”

“对不起，我不明白，您指的是谁？”

“我们说的是我们中间的一个士兵，他是1971年察慕勃那场战争的英雄，他失去了一条腿。他本来应该收获一枚PVC勋章，可他到头来只收获了眼泪。您知道，上校先生，我们只是普通市民。我们不知道你们军队的规章条例，但你们在这件事上很不公平。你们就算现在能想办法做点儿什么，也还勉强说得过去，你说对吗？给勇敢的士兵颁发荣誉，永远都不会太晚。”

“那个了不起的人在哪儿？”

“他就住在我们的分租公寓。”

“真的吗？那太棒了！我愿意去向他表达我的敬意。”

于是，我们就带他到了巴尔万特·辛格的房间。我们指着他的门，看着上校走进去。我们在附近转悠，急切地想知道里面的情况。

我听见他们在里面大声说话，好像是在争论什么。然后又听见摔打东西的砰砰的声音。过了10分钟左右，那个上校气冲冲地推门而出。“这就是你们抱怨没得到PVC的那个人吗？他是我见过的最大的无赖，我恨不能马上就把那个猪猡的脑袋拧下来。”

“你居然敢这么说我们的战斗英雄！”达姆勒太太警告他。

“哈，战斗英雄？这可真是天大的笑话。他就是一个该死的逃兵。一看到察慕勃战区局势不妙就逃掉了。我告诉你们，他就是锡克团最大的耻辱。他本来应该被判14年徒刑的。遗憾的是，逃兵案件的有效期只有5年，否则，就是现在我也要告发他。”

我们感到震惊：“您在说什么，上校？他非常详细地跟我们讲了他在察慕勃的战绩，甚至还在战斗中失去了一条腿。”

“这是彻头彻尾的谎言。让我告诉你们他的真实情况吧，你们听了就会知道，这件事有多么可悲。”上校调整了一下腰带，“从战争一开始，巴尔万特·辛格的情绪就很不稳定，因为他在帕坦科特的妻子刚刚给他生了儿子，这也是他的头一个孩子。他是那样想念孩子，所以，当巴基斯坦军队的火炮全力进攻乔里安时，他觉得情况不妙，就丢弃他的岗位逃跑了，他设法回到了帕坦科特并躲藏在了自己家里。他一定以为自己远离了战争，可是战争并没有离开他。他回去两天后，巴基斯坦空军就对帕坦科特空军基地进行了低空轰炸。他们没有击中我们的飞机，但两颗1000磅重的炸弹落到机场附近的一座民宅上。事实上，那座民宅就是巴尔万特的家。他的妻子和襁褓里的婴儿被当场炸死，而弹片也夺去了他的一条腿。”

“可是……可是他怎么能够把战斗场景描述得那样详细呢？”

上校做了个鬼脸：“我不知道他都对你们讲了什么，不过20年时间足够一个人读完所有伟大的战争故事了。那个懦夫在过了这么多年后，再次从他的龟壳里伸出脑袋来，目的就是要用他编造的英雄故事来糊弄你们，换来一种廉价的快感。说实话，见到他把我一天的好心情都毁掉了，今天真不走运，再见。”

上校摇摇头，走出了分租公寓，那个高个子和那个胖子一左一右地与他同行。我们回到防空洞，我们今天也不走运，我们想知道巴尔万特·辛格在做什么，他当晚没有露面。

人们在第二天发现了他——在他的公寓房间里。一盒牛奶和一份报纸原封不动地放在门口，他的拐杖整齐地倚靠在墙上，木床被推到墙角处，床头柜上有一个空杯子，里面装着喝剩的褐色茶叶，房间里唯一的那把椅子翻倒在地。他吊在天花板的吊扇上，一块粉红色的布条套住了他的脖子。他身上依旧穿着那件橄榄绿制服，脑袋耷拉在胸口处。当他瘫软的身体轻轻地来回晃动时，天花板吊扇微弱地发出吱吱嘎嘎的响声。

一辆警用吉普车赶来了，车顶的红灯不停地闪烁。警员翻检他的遗物。他们喋喋不休地说着什么，粗鲁地对居民打着手势并提出问题。一个摄影师打着闪光灯不停地拍照，一个穿着白大褂的医生坐着救护车赶来了。巴尔万特的房间前面围了一大群人，他们用担架把尸体抬出来，上面盖着一张崭新的白床单，分租公寓的住户们一声不吭地站在那里。我和普图尔、迪亚奈什以及萨利姆从他们后面胆怯地窥视着。我们呆呆地盯着死者的躯体，体验着恐惧、悲伤和内疚的复杂感受，仿佛有一股清泉缓缓流过我们麻木的心灵，让我们顿时茅塞顿开——尤其是对于我们这些第一次经历战争的人而言。我们于是知道，战争的确是严肃的事情。它会夺走生命。

司蜜妲面色严峻而凝重。“战争期间，你在哪里？”我问道。

“就在这里，在孟买。”她回答说，并匆忙改变了话题，“我们还是看看下一道题吧。”

普利姆·库马尔转过椅子，对我说：“托马斯先生，你已经答对了7道题，赢得了20万卢比。现在让我们来看看，你能否答对第8个问题，奖金是50万卢比。你准备好了吗？”

“准备好了。”我回答说。

“好的，第8个问题。下面哪一项是授予印度军人，以表彰其英勇行为的最高荣誉勋章？我重复一遍：哪一项是授予印度军人，以表彰其英勇行为的最高荣誉勋章？它是：A. Maha Vir Chakra；B. Param Vir Chakra；C. Shaurya Chakra；D. Ashok Chakra。”

悬念音乐响起。倒计时的滴嗒声变得越来越响，从观众席上传来一阵嗡嗡声。他们同情地看着我，准备和这个友善的本地服务生说再见。

“B. Param Vir Chakra.”我回答说。

普利姆·库马尔扬起了眉毛：“你是知道答案，还是说只是猜测？”

“我知道答案。”

“你确定吗，百分之百确定吗？”

“我确定。”

鼓点渐强。正确答案开始在大屏幕上闪烁。

“回答正确，百分之百正确！”普利姆·库马尔喊起来。观众一片欢腾。演播室里响起持续的掌声和叫好声。

我微笑起来。普利姆·库马尔没有笑。

司蜜妲会意地点点头。

奖金100万

杀戮执照

走在孟买的街头，如果你一时恍惚，就可能会发生各种意外。你可能会不经意地踩到香蕉皮上滑倒。你可能会毫无戒备之心，一脚踏进一堆软乎乎的狗粪中。

你可能会受到一头粗鲁而任性的公牛的惊吓，因为你被它从后面一头顶在屁股上。或者说，一个你本想避开而且久无音讯的朋友，就像变魔术似的从混乱的车流中突然冒出来，并将你紧紧抱住。

这件事就发生在我身上，时间是6月17日星期六，地点就在马哈拉克斯米赛马场前面，我和萨利姆·伊利亚斯撞了个满怀。那是在我们分别了5年之后。

当我3个月前从阿格拉第一次回到孟买时，我就决定不和萨利姆联系。这是一个艰难的决定。在为德里的泰勒夫妇一家帮工以及在阿格拉苦度时日的那几年，我都没办法和他见面，而在同一个城市却依旧不能去见他，这确实是一个沉重的情感负担。但是，我还是决定不让他卷入到我参与竞猜节目的那个计划当中。

“穆罕默德！”萨利姆一看见我，就惊喜地大叫起来，“你怎么会在孟买呀？你是从哪儿过来的？这些年你到哪儿去了？”

我想，遇见一个久违的朋友，就像经过很长时间再次品尝那道最喜欢吃的饭菜一样。你不知道时隔这么久，你的味蕾将会作何反应，那道饭菜是否仍和过去一样美味可口。长达5年的别离，让重新见到萨利姆的我内心深处五味杂陈。我们这次重逢，是否会像我们当初的友谊一样让人备感温暖？我们仍然能够彼此坦诚相待吗？

我们起初都没怎么说话，而是在附近的长椅上坐下来。我们听不见在上空盘旋的海鸥的叫声，我们不理会在公园里踢足球的小男孩们，我们对一队队去朝拜阿里清真寺的信徒视而不见，我们只是相拥落泪。为我们一起度过的时光，也为我们已经失去的时光。然后，我们彼此说起各自的经历。事实上，是萨利姆在说而我在听。

萨利姆个头更高也更英俊了。16岁的他看上去，就和所有宝莱坞电影明星一样迷人。与我的情况不同，艰辛的城市生活并未磨损他的心灵。他仍旧痴迷印度电影，崇拜宝莱坞明星（当然不包括阿尔曼·阿里），每周五仍旧去哈吉·阿里道堂做祈祷。更重要的是，那个手相大师的预测似乎即将变成现实。他不再是为孟买的中产阶层送饭的午餐快递员，他正在一家贵族艺术学校学习如何成为一名演员。

“你知道我现在学习表演课程，是谁在为我付学费吗？”他问我。

“不知道。”

“是阿巴斯·里兹维。”

“那个拍过好多大片的著名制片人？”

“是的，就是他。他答应让我在他的下一部影片中扮演男主角，这部片子两年后开拍，到时候我就满18岁了。在这之前，他让我接受培训。”

“这真是太美妙了，萨利姆，这些是怎么发生的呢？”

“这个故事说起来话长。”

“你的故事再长我也要听，萨利姆。快点儿说说，就现在，从头儿说。”

下面就是萨利姆亲口讲的故事。

“你那次突然离开以后，就剩我一个人住在分租公寓。我又当了4年多的午餐快递员，天天收盒饭并送到客户手中，可我仍旧梦想着当演员。

“有一天，我从一个叫穆克什·拉瓦尔的客户的妻子那里收取午餐盒饭，我注意到他家的墙壁上有好多照片，都是他和著名影星的合影。我就问拉瓦尔太太，她丈夫是不是拍电影的。她说，她丈夫只是一家医药公司的销售员，不过业余时间在电影厂兼职，做临时演员。

“我听了高兴坏了，当天下午就跑到穆克什·拉瓦尔的办公室，问他我能不能也像他那样当个临时演员。穆克什看着我笑了，他说，我要当演员还太年轻了，不过有时候，他们需要有人扮演学生和流落街头的孩子，这些角色或许适合我。他答应把我介绍给帕普先生，就是他认识的那个临时演员经纪人，并且要我给他拿几张照片——我得在照片上面摆出各种造型——还得是那种8英寸乘6英寸的亮光相纸。要是帕普看上了我的照片，就有可能会让我在哪部电影中演个小角色什么的。穆克什告诉我，对于临时演员来说，不需要多少演技，不过我穿上西装就要像个聪明人的样子，穿上流氓地痞的外套就要像个坏人的样子，穿上校服就要显得活泼而有朝气，他要求我到照相馆去拍那种专业照片。

“那天晚上，我兴奋得一宿没睡好。第二天一大早，我就去了一家照相馆，打听照相的价格。摄影师给我报了一个天文数字，差不多赶上我一个月的工资了。我对他说：‘哎呀，大叔，我可拿不出这么多钱。’他就建议我去买一部便宜的一次性相机，自己给自己拍，他再帮我洗印和放大。我就照他说的做了。我买了一部照相机，请求过路人帮我拍照。我坐在教堂门车站前面一辆别人的摩托车上，尽量让自己和阿米特巴·巴强在电影《琴声叮咚》里一样帅气。我在焦伯蒂海滩上骑着一匹马，就像阿克沙伊·库马尔在《假戏真情》里一样潇洒。我站在阳光浴场酒店前面摆着姿势，像赫里尼克·罗斯汉在《这就是爱情》里一样彪悍。我手里拎着个尊尼获加空瓶子装醉汉，就像沙鲁克·汗在《宝莱坞生死恋》里一样逗趣。我在位于孟买中心商业区的弗洛拉喷泉前面龇牙咧嘴地笑，就像葛文达在他所有片子里的形象一样。我给自己拍了差不多20张照片，但是胶卷一共能拍36张照片，我得把它们全拍完才能拿去洗印。所以，我决定拍一些有趣的人和建筑物什么的。我拍了维多利亚火车站和印度门，我抓拍了滨海大道的一个美女，班德拉的一个老人，我甚至还给科拉巴的一头驴来了张特写。最后一张照片，是我在马伊姆街区拍的一个皮肤黝黑的中年男人，他坐在一张长椅上抽烟。他的手指上戴满了不同颜色的戒指。我在按下快门按钮以后，才意识到我拍的是谁，我当时就蒙了。”

“你是什么意思？”我问萨利姆，“他是一个著名的电影明星？还是阿尔曼·阿里那头猪？”

“都不是，穆罕默德，那个人我们俩都熟悉。他就是巴布·皮莱，又叫麻氓的那个。是他把我们从德里带到了这儿，还差点儿把我们变成了瞎子。”

“噢，我的上帝！”我捂住了嘴，“他认出你了吗？”

“是的，他认出我来了。‘你是萨利姆，对不对？你就是背叛我的那个小子。你今天别想逃出我的手心。’他叫着朝我冲过来。

“我想都没想，转身就向主路跑去。一辆公交车刚刚启动，我及时跳了上去，麻氓还在后面呼哧呼哧地撵呢，我把他甩得远远的。

“我坐在车上，正想着自己能逃掉是多么侥幸，可是接下来，你猜发生了什么？”

“什么？”

“公交车在十字路口红绿灯那里停下来，一群流氓恶棍冲了上来，他们系着头带，带着刀剑、长矛和三叉戟。”

“噢，天哪！别告诉我这是一群暴徒。”

“是的，就是暴徒。我那时才发现，我们这车人赶上了一场集体骚乱。一辆被烧得不成样子的汽车就挡在我们前面。商店变成了一片瓦砾，人行道上到处溅满了鲜血，石头、木棒和拖鞋扔得满街都是。我们那个司机立刻跳下车，飞也似的跑没影儿了。我吓得大脑发木，我原以为自己再也不会见到这种可怕的场面了，我又听见了我以为已经忘掉了的声音，耳朵里又响起我母亲的尖叫声，我哥哥的哭喊声，我开始浑身发抖。那群歹徒对车上的人说，一个穆斯林暴徒放火烧了印度教徒的房子，现在他们是来报仇的。我后来才知道，整件事情不过是一件小事引起的：某个贫民窟的居民为了一个水龙头发生了小小的口角，仅此而已。但是，那些人的思想已经被仇恨占据了，短短几个钟头，公交车被烧毁了，房子被点燃了，人们遭到了砍杀。

“‘你们都说出自己的名字。是印度教徒的都可以下车，是穆斯林的都在车上老老实实坐着别动。’那些歹徒宣布。乘客们都哆哆嗦嗦地说出了自己的名字。阿尔温德。乌莎。贾丁。阿伦。瓦桑提。贾格迪什。纳玛达。甘尕。米林德。车上的人越来越少。歹徒像鹰一样盯着每一个乘客。他们检查女乘客额头中央的朱砂痣，问男乘客一些问题，想知道他们是什么宗教的，他们甚至还让一个小男孩把裤衩脱下来。他们这种野蛮行径让我感到恶心，但我也只能在座位上瑟瑟发抖。最后，车上就剩下了两个乘客：一个是我，另一个是和我隔着两个座位、坐在我后面的一个男人。

“你知道，穆罕默德，要是在电影里有这样的场面，那个男主角就会站出来，呼吁那些暴徒讲点儿人性。他会对他们说，印度教徒和穆斯林教徒身上流的是同样颜色的血。我们的脸上并没写着我们是什么宗教。爱永远大于仇恨。我知道好多这样的台词，我可以随便拿出一句背给那些流氓听，当你真的亲眼看到这种野蛮场面时，你就什么台词也想不起来了。你只会想起一件事：活命。我想要活着，因为我还没实现当演员的梦想呢。可是现在，我和我的梦想就要在孟买的一辆公交车上被烧掉了。

“‘你叫什么？’那个领头的问我。

“我本来可以说我叫拉姆或者克里什那，可是我的舌头像打了结一样不听使唤。有一个暴徒指着我脖子上的‘真主安拉’吉祥项链。‘这个小杂种肯定是穆斯林，我们把他宰了。’他怂恿说。

“‘不。宰了他太便宜他了。我们得把这个狗娘养的和这辆车一起烧了，好让穆斯林那伙人长点儿记性，叫他们以后见到我们就会腿软。’那个领头的说完哈哈大笑起来。另一个家伙打开一桶汽油，在公交车里到处泼洒。我过去很喜欢闻汽油味儿，但从那一天起，我闻到它就会联想起皮肉烧焦的味道。

“那个坐在我后面的人突然站起来。‘你们还没问我叫什么呢。我来告诉你们吧。我叫艾哈迈德·汗。而且我想看看，到底哪个狗娘养的敢动这个孩子。’他说。

“那些歹徒一下子愣住了，然后那个领头的说话了：‘噢，这么说你也是穆斯林，那就太好了，你就等着和这孩子一起被点着吧。’

“那个男人泰然自若。‘你们在烧我之前，最好看看这个。’他说着，就掏出了一把左轮手枪。他把枪对准了那些歹徒。

“你真应该看看那些乌合之众的样子，他们的眼珠子都要掉出来了。他们把刀剑和三叉戟丢在车上，没命地仓皇逃窜。我就这样活下来了，我感激地流下了眼泪。

“那人见我哭了，就问我：‘你叫什么名字？’

“‘萨利姆……萨利姆·伊利亚斯。’我一边哭一边回答。

“‘难道你都不知道怎么撒谎吗？’他说，‘不过，我很欣赏就是面对死亡也能说真话的人。’

“他对我说，他是一个进出口商人，一个人住在城南比库拉街区的一所大房子里。他说他需要有人帮他做饭和打扫卫生，另外就是在他出差时帮他照顾家。

“我确实很奇怪，为什么像他这样的商人会坐公交车，而且还带着一把枪，不过，他许诺给我的工资比我做午餐快递员多一倍，所以我立刻就答应给他当住家佣人。

“艾哈迈德有一个又大又宽敞的公寓，一共有三个卧室，一个很大的厨房和一个客厅，客厅里有一台36英寸的电视机。我负责做饭和打扫卫生，但我没有忘记成为一个演员的梦想。在某种意义上，为艾哈迈德干活是一件好事，因为他一天大部分时间都不在家，有时候甚至一出去就是一两个星期。我就在那个时间去了照相馆。我把胶卷洗出来了，拿到了8英寸乘6英寸的放大照片，效果非常好。我把照片交给穆克什·拉瓦尔，他又把照片拿给帕普先生，就是那个临时演员经纪人看。信不信由你，仅仅三个月，我就第一次得到了演电影的机会。”

“真的吗？”我惊呼起来，“你演的是什么角色，是哪部片子？”

“我演了个大学生，是阿巴斯·里兹维导演的电影《绝地战警》，主演是苏尼尔·梅拉。”

“那我们现在就去看看吧。我太想看看你在屏幕上的样子了，我想听听你的对白。”

“这个嘛……”萨利姆踌躇起来，他低头看着自己的脚，

“老实跟你说吧，我演的那段在最后被剪掉了。所以，你在银幕上能看见我的镜头只有3秒钟，我和其他30个学生坐在课堂上。在那场戏里，唯一的对话是男主角苏尼尔和课堂老师说的。”

“什么？”我失望地叫道，“才3秒啊！这算是什么角色啊？”

“临时演员本来就是演这类角色的，我们不是主角，我们只是陪衬。你记得电影里那些大型派对的场面吗？当男女主人公在舞池中间跳华尔兹的时候，临时演员就是站在一边喝饮料的围观者。当男主角追赶罪犯时，我们就是街道上的路人。当男女主人公在迪斯科舞厅的一次舞蹈比赛中获胜时，我们就是为他们鼓掌喝彩的人。不过我并不介意做临时演员，它能够让我有机会了解幕后制作，而且我也因此认识了那个制片人阿巴斯·里兹维。他喜欢我的长相，还答应在他的下部影片中给我更多的戏份。

“在接下来的6个月里，我对艾哈迈德有了更多的了解。总而言之，他是一个比较奇怪的人。他在生活中只对两件事感兴趣：吃美食和看电视。他看电视只看两个节目——板球比赛和《孟买犯罪观察》。他对板球很狂热。只要是板球比赛，不管有没有印度队参加，他都非看不可。如果在西印度群岛有比赛，他会在凌晨3点起床；如果在澳大利亚有比赛，他会在深更半夜起床。他甚至会看肯尼亚队和加拿大队这样的弱队之间的比赛。

“他有一个日记本，上面记着每一次板球比赛的统计数据。他能随口说出每个击球手的平均击球率，每个投球手的投球数，每个外野手的接球数，每个接球员持球撞柱的次数。他能够告诉你板球比赛有史以来的最高分和最低分，一轮比赛里进攻方的最高得分，获胜方取得的最大分差和最小分差。

“不过，他储存这些信息就是为了一个目的——对板球比赛下赌注，我是在印度和英格兰的系列比赛期间发现这一点的。艾哈迈德一边在电视上看比赛，一边用手机给别人打电话。所以我就问他：‘您在做什么，艾哈迈德先生？’

“‘我在赌球。’他回答说。

“‘赌球？那是什么？’

“‘就是一种非法投注，它是孟买实力雄厚的地下集团组织的，每天的资金周转量有好几百万卢比。每场板球比赛都会有数百万卢比的投注，每个球的赌注也有好几千卢比。我属于下注最多的人之一。你现在看到的这栋房子，这台昂贵的电视机，厨房里的微波炉，卧室里的空调，都是我赌球赚来的。3年前，我在印度队和澳大利亚队的一场比赛中大赚了一笔。你还记得在加尔各答伊甸园板球场的那场比赛吧？一开始印度队在四局里只得了232分，眼看着击球局又要没戏了，而且印度队的赔率是1000：1，赌印度队输，我把钱压在拉克斯曼率领的印度队身上，结果赢了100万卢比！’

“‘100万卢比！’我惊得眼珠子都要掉出来了。

“‘是的。今天我对印度队只投注1万卢比，我想问问我的赌球经纪人赔率是多少，可他的电话老是占线。’他好几次把电话摔在桌子上，不耐烦地看手表，然后再次猛按电话号码。他这次终于打通了。

“‘喂，萨拉德大哥吗？我是AK。代码是3563。这场比赛你怎么看？’我听见那个经纪人的声音从电话里传来，伴着大量静电噪声。我能够听到经纪人现场评论的背景音：‘印度队已经领先英国队175分。一旦领先分数超过250分，赔率就会大幅度向印度队倾斜。领先分小于250分，双方的胜算就会各占一半，但是超过250分，赌印度队赢球的赔率就会达到3∶1。’

“‘那么赌英国队赢球的赔率是多少？’艾哈迈德问他。

“‘你是不是疯了？’那个经纪人回答说，‘英国队不可能赢，他们充其量能打平就不错了。既然你问到赔率，赔率是8∶1。你现在想下注吗？’

“‘是的。我押1万卢比，赌印度队输球。’艾哈迈德说。我听到艾哈迈德这么下注非常惊讶，因为印度队领先那么多。但是，艾哈迈德显然比那个经纪人更在行，因为英国队最终赢了比赛，皇家板球场到处都是飘扬的英国国旗。艾哈迈德挥舞着拳头，高兴得简直要发狂：‘爽！爽！爽！’他又给经纪人打了电话：‘萨拉德大哥，我没说错吧？我赢了多少？8万？哈！花了几个钟头就捞了这么多，还不赖吧？’

“艾哈迈德出门了，带了一瓶冒着泡沫的饮料回来，那天晚上，我头一遭品尝了香槟酒。

“艾哈迈德在生活中的第二个爱好，就是看《孟买犯罪观察》。你看过那个节目吗？”

我摇摇头：“没有，德里的电视没播过这个节目。”

“哦，那个节目很无聊。就和新闻快报差不多，不过报道的不是水灾、暴乱、战争和政治。那个节目光讲暴力犯罪。谁被人谋杀了，谁被强奸了，哪家银行遭抢了，谁从监狱里逃走了，就是这一类事情。

“艾哈迈德会坐在电视机前，吃着一盘烤羊肉串，只要看到《孟买犯罪观察》的新闻就会哈哈大笑。不知道是什么原因，他就是觉得这个节目很好笑。

“艾哈迈德时不时地会收到快递过来的黄色大信封。他明确告诉过我不许动他的邮件，只要放在餐桌上就行。一天下午我正在喝茶，邮递员又送来了一个黄色大信封。我一不小心把茶水溅到信封上了，我当时吓坏了。我知道，要是艾哈迈德发现我把他的邮件弄湿了，就会发火。里面可能装着有价值的商业文件，说不定已经被我损坏了。所以我就坐下来，小心地打开了贴胶的封口。我把手指插进去，把那些文件扯出来……我当时就吃惊地吹了一声口哨。”

“怎么啦？里面装什么了？”

“也没什么。就是几张8英寸乘6英寸的亮光纸彩色照片，照的都是一个人的脸，还有半张打印纸，上面的几行字很工整，连我都认识。写的是：

姓名：维塔尔拜·高帕德。

年龄：56。

住址：马来德区，马尔夫路73/4号。

就这些。我以为这是艾哈迈德与之打交道的某个生意人的信息，所以也就没有多想。我又小心地把封口重新粘好，把信封放到餐桌上。晚上艾哈迈德回到家里，打开了那个信封。他不久就接到了一个电话。‘是的，东西我收到了。’他就说了这么一句话。

“大约两周后，艾哈迈德坐在电视机前看《孟买犯罪观察》。我在厨房切菜，但我能听到主持人说话。‘……在马来德又发生了一起可怕的事件：一个名叫维塔尔拜·高帕德的知名商人被人谋杀，尸体在他位于马尔夫路的家中被发现，警方正在寻找这起谋杀案的线索。’那个名字听起来很耳熟。我瞟了一眼电视机，吃惊得差点儿把自己的手指切掉，因为我从屏幕上看到的那个人，和那个黄信封照片上的是同一个人，主持人接着说：‘高帕德先生现年56岁，他是独自在家时被人近距离枪杀的。他还有一个妻子和一个儿子。根据马来德区警方提供的信息，抢劫似乎是罪犯的主要动机，因为房子被洗劫一空，许多贵重物品都不翼而飞。’

“我注意到艾哈迈德在听到这个报道后哈哈大笑。这也让我感到惊讶。为什么一个生意伙伴死了，艾哈迈德会这么高兴呢？

“一个月后，又收到了一个黄信封。艾哈迈德不在家，我怎么都忍不住想看看里面又装着什么。这次我用蒸汽把粘胶弄化，这样就不会留下任何痕迹了。我把封口打开，结果又掏出来一张亮光纸照片。这次我看到的是一个年轻男人的脸，长着浓密的胡须，脸上还有一道很长的疤痕，从左眼眼角延伸到鼻子底下。打印纸上的几行字是：

姓名：贾米尔·基德瓦伊。

年龄：28。

住址：格拉巴区，斯拉吉特公寓35号。

我记住了这个名字，又把照片放了回去。

“艾哈迈德当晚回到家，看到了那个信封。和上次一样，又有人打电话来，他确认收到了东西。过了整整一星期，我听见《孟买犯罪观察》的新闻报道说，一个叫贾米尔·基德瓦伊的年轻律师被人枪杀了，当时他刚刚从自己的汽车里出来，地点就在此人位于斯拉吉特公寓的住所附近。主持人说：‘警方怀疑这几起凶案的动机和黑帮有关，因为基德瓦伊先生在法庭上做过几个黑手党头目的辩护律师。警方已经对这起案件展开了调查，但目前尚未发现任何线索。’艾哈迈德坐在那里喝着一杯威士忌，当他听到这里时，又大笑起来。

“我现在非常担心。为什么艾哈迈德会收到装有那些人照片的信件，而且为什么那些人不久之后就被人杀了呢？这对我是一个谜。所以，在三星期以后，当邮递员又送来一个黄信封时，我不但偷看了照片并发现上面是一个老人，我还把地址抄了下来。那是科勒区总理路的一所房子。第二天，我开始跟踪艾哈迈德。他坐地铁到了科勒区，然后到了总理路。不过他并没有进入那所房子。他只是在门前转悠了三四趟，好像是在踩点儿一样。两星期后，《孟买犯罪观察》报道说，那个老人被人谋杀了，尸体是在他位于科勒区总理路的家中被发现的。

“我不是傻瓜。我当即就知道，是艾哈迈德谋杀了那个人，而我现在是和一个雇佣杀手住在一起，但我不知道该怎么做。艾哈迈德救过我的命，我从没想过把他出卖给警察。与此同时，阿巴斯·里兹维打电话对我说，他已经确定会让我在他的下一部影片中演一个配角。我听到这个消息后，一路跑到哈吉·阿里道堂。我把额头紧贴在那块覆盖陵墓的长布上，祈祷里兹维长命百岁。

“在接下来的两个月，我提心吊胆地过着双重生活。如果说艾哈迈德是一个伪装成商人的雇佣杀手，那我就是一个伪装成用人的演员。艾哈迈德现在可以随意杀人，但我知道终有一天，他自己也会被人杀掉。我只希望在交火时，我不会成为牺牲品。后来，一切都土崩瓦解了。”

“发生什么事了？”

“那是在4个月以前——准确地说是在2月20号。那一天我记得很清楚，因为印度队在和澳大利亚队进行系列赛最后一场比赛，艾哈迈德对这场比赛下了注。他对什么都喜欢下注：不仅下注赌哪个队赢，还会赌首先倒掉的三柱门，打倒三柱门的投球手，还有，在裁判员掷硬币时，哪个队的队长会赢得开球权，比赛过程中会不会下雨。有时候，他对比赛中的每一球都下注——是4分球、6分球还是1分球。那天上午，艾哈迈德又给他的经纪人打了电话。

"'萨拉德大哥，代码3563。你觉得这场比赛会怎么样？昨天打得可不怎么样，今天这场球印度队会有转机吗？天气预报是晴天，你觉得晚些时候会不会下雨？'然后他开始下注，'今天我押萨钦·马尔凡卡会拿到他的第37个100分。赔率是多少？'那个经纪人说：'他现在已经得了78分了，大家都觉得他拿到100分是手拿把攥的，所以赔率不大。我最多能给你做到13比1。'

"'好吧，'艾哈迈德说，'那我就押100万卢比。这样我至少可以赚个30万。'

"整个下午，艾哈迈德都坐在电视机前，看着马尔凡卡的表现，每得1分，他都会大声吹口哨。当马尔凡卡逐步接近他的又一个100分时，艾哈迈德也变得越来越兴奋。当马尔凡卡拿下90多分时，艾哈迈德紧张得不得了，他咬着指甲，为每一个球祈祷，只要马尔凡卡有任何失误，他就闷闷不乐。但是，马尔凡卡不愧是个击球高手。他一个漂亮的4分直接传球，把分数从91分增加到了95分。然后，他又靠着一个1分打，增加到了96分。又一个1分打，97分。接着吉莱斯皮投出一个短球，马尔凡卡很有大师风范地把球直接打到边界。海登追着球跑，要阻止球越过边界线。马尔凡卡和他的击球手搭档阿杰伊·米什拉快速冲到两个三柱门之间。第一跑，他们又得了1分，98分。然后他们又拿下了第二跑，99分。海登在离边界线区域几英尺的地方接住球，做了一个弧线投掷，没有投给防守员亚当·吉尔克里斯特，而是向投球手方向传过去。马尔凡卡看到球的飞行方向，急得向第三次朝他跑来的米什拉喊道：'不——'

"可是米什拉那个白痴还是继续顺着投球方向朝马尔凡卡冲来。在绝望中，马尔凡卡被迫开始完成第三跑。就在他马上就要跑到投球手那里时，海登投出的球直接击中了三柱门！马尔凡卡就在边界线外6英尺的地方惨遭截杀，被第三裁判直接宣布出局。99分。

"你可以想象艾哈迈德当时是什么反应。他押了100万，赌马尔凡卡能拿到第37个百分纪录，结果一把就输光了。他诅咒吉莱斯皮，他诅咒海登，而他诅咒最多的就是米什拉。'我要杀了那个浑蛋！'他咆哮着冲出家门，大概是去酒吧借酒消愁了。

"就在当天下午，又送来了一个黄色信封。我当时很担心，怕里面可能装着印度队哪个击球手的照片，但是，当我看到里面装的东西时，我差点儿快死过去了。"

"为什么？里面装什么了？快告诉我。"

"信封里装的是阿巴斯·里兹维的一张8英寸乘6英寸亮光纸相片。就是那个制片人，那张打印纸上也有他的住址。我知道他就是艾哈迈德下一个要杀的人，他要是死了，我当演员的梦想也就跟着死了。我必须去警告里兹维，不过要是叫艾哈迈德知道了，他也会毫不犹豫地杀了我，他毕竟是一个可以想杀谁就杀谁的职业杀手。"

"那你是怎么做的？"我喘着气问。

"我做了我必须做的。我立刻跑到里兹维那里，说有人雇杀手要杀他。他不信我说的话，所以，我就把邮递员送来的照片和地址拿给他看了。他一看到我手里的照片，所有的怀疑都消失了。他对我说，他会逃到迪拜躲个一年半载的。他觉得我有恩于他，就向我承诺等他回来以后，会让我在他的下部影片中演男主角，而且在此之前，他会让我接受培训。因此，这就是他资助我学习表演课程的原因，这也是我为什么每天都在数日子，等着18岁那一天早点到来。"

"老天爷，这个故事太惊险了，萨利姆。"我长长地出了一口气，"可是你把那些东西交给里兹维，你不就把自己暴露了吗？艾哈迈德当晚接到确认电话，就会知道信封丢失的事。"

"没有，我没有暴露自己，因为艾哈迈德当天晚上回家时，的确从餐桌上拿到了一个信封。"

"可是……那样的话，艾哈迈德就会杀掉里兹维。"

“没有，因为信封里装的是一张新照片和一个新地址，地址是我在附近一个打字室打的。”

“太帅了。你的意思是，你给了他一个假地址？可是你怎么给他一张假照片呢？”

“我不能那么做。所以，我没有给他假照片。我给艾哈迈德的是真实的照片和真实的地址，而且他也真的去了，把照片上的那个人杀了。不过，在他发现杀错了人之前，我就告诉他说，我有急事要去比哈尔邦，就辞掉了在他家里的工作。我东躲西藏，我不敢进入比库拉，我甚至不敢去就在对面的哈吉·阿里道堂。就在上一周我从《孟买犯罪观察》中看到，警方在教堂门火车站附近的一次枪战中，击毙了一个名叫艾哈迈德·汗的可怕的雇佣杀手。所以今天我就来到了哈吉·阿里道堂，感谢真主安拉，而且你瞧瞧，我碰见谁了？我刚出来，就碰到你了！”

“是的，这太巧了。不过我还有个问题，你把谁的照片和地址给了艾哈迈德？”

“只有一个人值得我这么做。我交给他的是巴布·皮莱也就是麻氓的一张8英寸乘6英寸亮光纸照片，还有那个家伙的地址！”

司蜜姐拍着双手：“太精彩了！我知道你是个聪明的家伙，但我没想到，萨利姆也是个天才。他找了个代理人替他杀人，而且选择的那个目标非常完美。那么后来呢？你把你参加竞猜的事告诉萨利姆了没有？”

“没有，我没有透露我来孟买的原因。我只是说，我现在暂时在德里做用人，我就是想来这个城市玩几天。”

“也就是说，萨利姆压根儿就不知道，你已经上了 W3B 这个节目的事？”

“不知道。我本来想要告诉他的，不过我还没来得及说，就被警察逮捕了。”

“我知道了。不管怎么说，我们现在还是先来看看，你和萨利姆的这次偶然相遇，给你在节目中带来了什么好运气。”

在演播室里，灯光被再次调暗。

普利姆·库马尔对着镜头说：“我们现在进入第9道题目，奖金100万卢比。”他转向我：“你准备好了吗？”

“准备好了。”我回答说。

“好的，现在是第9题。这道题和体育有关。告诉我，托马斯先生，你平时参加什么体育运动吗？”

“什么也不参加。”

“什么也不参加？那你的身材怎么保持得这么好？你看看我，我天天上午都去健身房，可还是有这么多赘肉。”

“你要是像我一样也是个服务生，每天都要坐30公里的车上下班，那么你的身材也会保持得很好的。”我回答说。

观众哧哧地发笑。普利姆·库马尔皱起了眉头:“好吧，现在是第9题，是板球方面的。印度最伟大的击球手萨钦·马尔凡卡创下了多少个百分记录？你的选择是：A. 34；B. 35；C. 36；D. 37。”

音乐响起。

“我能问一个问题吗？”

“可以，你说吧。”

“自从最近和澳大利亚队那次系列比赛以来，印度队还和其他国家队打过比赛吗？”

“据我所知，没有。”

“那么我就知道答案了。答案是C. 36个。”

“这是你最后的答案吗？记住，你的回答关系到100万卢比。”

“是的，答案是C. 36次。”

“你确定吗，百分之百确定吗？”

“确定。”

鼓点渐强。正确答案开始在大屏幕上闪烁。

“正确，百分之百正确！萨钦·马尔凡卡的确是创下了36个百分记录。你刚刚赢得了100万卢比！女士们、先生们，我们现在简短地插播一个广告。”

“停！”我说。

奖金1000万

悲情女王

一出有喜剧和动作片元素、最终以悲剧收场的家庭剧。我可以用这样的电影术语来描述我和倪丽玛·顾茉莉相处的时光。她曾经是一个演员。我在她位于珠湖维尔帕勒的公寓里工作了3年。

这一切都开始于我和萨利姆逃出麻氓及其爪牙魔窟的那天晚上。我们坐着当地火车来到珠湖，走到倪丽玛·顾茉莉的公寓门前，按了门铃等待着。

过了好一会儿，门打开了。“你们找谁？”一位女士站在我们面前。拉德利，就是那个瘸腿的小男孩没有说错。她高挑漂亮，就像一个电影女主角一样，只是年纪大了点儿。萨利姆跪倒在她脚下。“哎呀，”她匆忙后退一步，“你们两位是谁？这么晚了，你们到这里来干什么？”

“我们是拉德利的朋友。”我双手合十地回答说，“他告诉我们说，您需要用人。我们是来向您求职的。我们知道，您是一位善良的女士。我们非常需要有地方吃住，不管您让我们做什么，我们保证都能做好。”

“是的，我确实需要用人，但你们的年纪太小了。”

“夫人，我们只是看上去小而已。我们能干4个成年男人的活儿，我还能讲英语，让我们试试吧。”

“可是我不需要两个用人，我顶多只能雇一个。”

我和萨利姆看看对方。“那您就从我们两个当中选一个吧。”我说。

“你叫什么名字？”她问萨利姆。

“萨利姆。”

“哦，你是穆斯林对吗？”

萨利姆点点头。

“听我说，我很抱歉，我现在和我母亲住在一起，她年纪很大了，不吃穆斯林碰过的东西。我个人从不相信那种接触就会传染的鬼话，可是我还能怎么办呢？”

她耸耸肩，萨利姆看起来垂头丧气。

接着她又转向我：“那么你呢？你叫什么名字？”

“拉姆。”我对她说。

于是，我得到了那份工作，而且到那时我才发现，电影明星的生活不像表面看上去那样光鲜。你看到他们没有化妆的样子，就会发现他们和你我完全一样，他们也会被各种焦虑感和不安全感折磨。唯一的区别是，我们最关心的是钱，或者是否缺钱，而他们最关心的是名气，或者是否缺乏名气。他们活在一个鱼缸里，他们起初痛恨这种状态，但渐渐地，随着阿谀奉承的声音越来越多，他们开始爱上这种生活。而且当人们不再关注他们时，他们就会慢慢枯萎直至死亡。

倪丽玛·顾茉莉的公寓宽敞而现代，极具品位地装饰着昂贵的地毯和油画。她有五间卧室，倪丽玛本人住那个面积很大、带有浴室的主卧室，她母亲的卧室的规模紧随其后。就我所知，倪丽玛没有其他亲人。倪丽玛的卧室是公寓里最好的房间。房间中央摆放着一个铺着天鹅绒床罩的大床。墙壁镶着一块块玻璃，这样一来，你就能从无数小玻璃片当中看见自己的身影。梳妆台上摆满了各种香水和化妆品，梳妆台旁边有一台29英寸的索尼电视机，一台录像机和最新款的VCD播放机，天花板上挂着一只昂贵的水晶吊灯，一台静音空调使房间保持着舒适和凉爽，靠墙摆放着有各种奖状和奖杯的玻璃柜，还有一个玻璃橱装满了旧电影杂志。杂志封面人物都是倪丽玛·顾茉莉本人。看到这一切，我为能在这里工作深感荣幸，她当年一定是印度那种最著名的女演员。

倪丽玛的母亲叫人非常头痛，她虽然80多岁了，却精力充沛得像是一个40岁的人，而且总是一刻不停地支使我干这干那。我是这个家唯一的全职用人。每天下午，一个来自马哈拉施特拉邦的婆罗门女人会来家里做饭，有时也会洗刷碗碟，还有一个兼职女佣负责洗衣服。我做其他所有的事情。我要做打扫灰尘之类的清洁工作，熨烫衣服和准备晚茶，要去跑腿买牛奶和交水电费。可是倪丽玛的母亲总是对我不满意，尽管我时时刻刻都尊称她“奶奶”。“拉姆，你还没给我买牛奶。”她说，“拉姆，你没给我熨床单……拉姆，你没把房间的灰尘打扫干净……拉姆，你又在浪费时间了……拉姆，你没给我烫茶。”有时候，我对她的过分挑剔十分恼火，真想找个胶带把她的嘴封住。

倪丽玛虽然有时脾气古怪，但并不那么苛刻，她想让我成为一个住家用人。公寓里有很多空房间，我都可以住，可是，她母亲拒绝让“男性”住在这栋房子里。因此，我被“流放”到加特考帕尔的一个分租公寓，每天坐车到她的公寓上班。她替我支付我在分租公寓的房租。这在某种程度上倒也很适合我，因为萨利姆也能和我住同一个房间了。

我经常陪着倪丽玛外出购物。她没有汽车，所以我们会打出租车。我不喜欢陪她出门。她只买化妆品或衣服，而我不得不给她拎着沉重的大包小裹。她从来不去麦当劳或者必胜客，也从来不给我买任何东西。

今天，我们来到卡福商业街的一家昂贵的莎丽专卖店。她花了两个多钟头，看了好几百件莎丽，然后花了3万卢比买了三件，这几乎等于我两年的工资。当我们走出有空调的专卖店时，一群穿着校服的女孩走过来。她们看起来很兴奋。“对不起，请问您是倪丽玛·顾茉莉吗，那个女演员？”她们当中的一个问。

“是的。”倪丽玛说，看上去很高兴。

“瞧，”那个女孩冲她的朋友们大叫，“我告诉过你们她是倪丽玛。”然后，她再次转向我们：“倪丽玛阿姨，我们是您的头号粉丝。看到您就像做梦一样。我们没带签名本，能请您在我们的练习本上签个名吗？”

“没问题，非常乐意。”倪丽玛说完，从手提包里掏出钢笔。女孩们都把练习本递过来，一个个都激动不已。倪丽玛依次问了她们每一个人的名字，然后写下潦草的字迹：“爱莉图，倪丽玛。”“爱英杜，倪丽玛。”“爱马尔蒂，倪丽玛。”“爱罗斯尼，倪丽玛。”姑娘们读着签名题字，激动地尖叫起来。

倪丽玛因为这一奉承变得容光焕发。这是我第一次看到有人在大街上认出她，由此对她产生的影响也让我感到惊讶。她突然关切地看着满身大汗、拎着沉甸甸的购物袋的我。“拉姆，你现在一定饿了吧。走，咱们吃冰淇淋去。”她说道。我激动地尖叫起来。

倪丽玛时不时地教给我有关电影制作艺术的知识。她对我说起参与电影制作的各类技术人员。“人们都认为，拍电影只要演员和导演就够了。他们不了解成千上万的幕后工作人员，没有他们的努力，电影永远也拍不出来。只有在这些技术人员完成各自的工作之后，导演才能够打个响指，对他的演员们说：‘灯光，摄影，开始！’”她告诉我有关布景、道具、灯光、化妆、特技和现场工作人员的事情。然后，她又对我说起电影风格和类型。“我讨厌当今的电影把什么都一股脑儿地塞进去——悲剧、喜剧、动作片和闹剧。不，一部好电影必须尊重类型。我总是亲自挑选自己的电影，我首先一定要充分理解故事的内涵和我扮演的角色。你绝不会看到我在一个场景中又唱又跳，结果两卷胶片之后就死掉了。不，拉姆。一个角色必须前后一致。正如一个伟大的画家可以通过独特的风格被辨认出来一样，一个演员，也应当以特定的表演风格为人所知。那是一种属于自己的类型，一个伟大的艺术家不会盲从一种特定的类型，而是能够诠释这种类型。你看到《印度时报》对于《心灵之音》那部新片的影评了吗？那个评论家写道，波亚，那个女演员，把女主人公去世的那场戏演得一团糟。‘我多么希望倪丽玛·顾茉莉能够在这部影片中饰演这个角色。今天的年轻女演员，应该从她这样的传奇演员身上学习表演艺术。’读到这样的评价，真是让我的心里觉得舒畅。被作为一个榜样、一种类型的典范提出来，是一个演员所能得到的最大褒奖，我要把这篇评论用相框镶起来。”

“那么您的独特风格是什么呢？”

她笑了：“我知道你还太年轻，还不知道倪丽玛·顾茉莉被称为印度的悲情女王。来，我给你看点儿东西。”

她带我进入她的卧室，打开了一个金属柜。我目瞪口呆，因为金属柜里塞满了录像带。“你知道，所有这些录像带都是我演过的电影吗？”

“真的？那这里一共有多少部录像带？”

“144部，这是我20年职业生涯里演过的全部电影。”她指着第一排录像带，“这些都是我最早期的电影，大部分都是滑稽喜剧。我相信你一定知道什么是喜剧片，对吗？”

我使劲地点点头：“是的。就像葛文达演的那些电影。”

倪丽玛指着第二排：“这些是我中期的电影。大多数是家庭剧。不过我也拍了著名惊悚片《神秘凶手》和经典恐怖片《三十年后》。”

最后，她指着其余四排：“这些都是悲剧。你看到我这么多年得到的奖杯和奖状了吗？几乎都是因为我拍了这部分电影，我最喜欢的是这个。”她敲敲一盒录像带。我读着标签，上面写的是《泰姬陵》。

“在这部影片中，我扮演了一生中最重要的角色——沙杰汗大帝的妻子泰姬·玛哈尔，我的表演甚至为我赢得了国家奖。看到中间那个奖杯了吗？我是从印度总统手中接过这个奖项的。”

“那么，夫人，这是不是您扮演过的最好的角色？”

她叹了口气：“毫无疑问，这是一个很好的角色，它让我在情感表现方面发挥了很大潜力，但是我觉得，自己还没有演到一生中最好的角色。”

倪丽玛的母亲最近状况不太好，她老是咳嗽和呻吟，她的挑剔变得叫人更加难以忍受。她总在向人抱怨自己的健康状况，而且连倪丽玛也不放过。她不断提醒倪丽玛应当对那个把她带到这个世界上来的人多尽些义务。我觉得倪丽玛也开始有点儿恼火了。每天除了其他差事以外，我现在还必须花半天时间去为老太太买药，还要确保她准时服用药片和胶囊，以及使用各种滴剂。

今天公寓里人人都很兴奋。全印电视台，就是那个国家级电视频道，今晚将要播出倪丽玛主演的电影《最后的妻子》。这是她最著名的悲剧之一，她要求我们所有人都和她一起坐在客厅里看电视。到了晚上8点钟，我们都一个不落地坐在电视机前。

我和那个厨师还有那个女佣坐在地毯上，老太太挨着倪丽玛倚靠在沙发上。电影开始播放。不是我喜欢的那种片子。它讲的是一个不幸的中产阶层家庭面对的各种问题，里面有很多哭哭啼啼的场面，而且我们还不得不忍受坐在后面的老太太呜呜咽咽的背景噪音。这部电影展示的生活太写实了，我认为拍摄这样的影片很可笑，既然你从街对面邻居家中就能看到那个真实的故事，还有什么必要去看这样一部电影呢？不过，倪丽玛在电影中看起来既年轻又漂亮，而且演得真的很好。

你正在看一部电影，而它的女主人公就坐在你的身后，那是一种奇怪的感觉。我不知道她看着电视屏幕上的自己有什么感受。她还记得那些在幕后工作的现场工作人员、化妆师、灯光师和录音师吗？

倪丽玛在电影中发表了一通充满激情的演讲之后就死掉了。随着她的死亡，电影也跟着结束了。我们站起来活动活动腿脚，这时，我注意到倪丽玛在哭泣。“夫人，”我关切地问，“怎么啦？您为什么哭啊？”

“没什么，拉姆。我只是感觉我和我在银幕上的角色非常亲近。你瞧，我现在笑了。”

“你们演员怎么能一会儿哭，一会儿笑呢？”

“这就是一个伟大演员的标志。你知道他们为什么叫我悲情女王吗？”

“为什么，夫人？”

“因为我在我的任何电影中流泪时都不用甘油。我的眼泪可以招之即来，挥之即去。”

“这有什么了不起的？我也从不需要甘油就能让眼泪流下来。”我背着倪丽玛告诉那个女佣。

我对倪丽玛了解得越多，就越能够理解，她为什么会被称为悲情女王。

她的身上有一种忧郁的东西。即使在她的笑容中，我也能发现一种淡淡的忧伤。我想知道她过去的生活，她为什么从未结婚。她似乎没有真正的朋友，不过她有时离开家，深更半夜才回来。我不知道她是去和谁见面，但我并不认为她是去见一个男友或者情人，因为她从未在哪次回来时显得容光焕发。她回来时总是面色憔悴，神情沮丧，并且直接进入卧室。这是一个我很想弄清楚的谜团。

她对美的迷恋也让我感到吃惊，是那种外表美。她已经很好看了，可她仍然在镜子前一坐就是几个钟头，不厌其烦地化妆打扮，她的梳妆台上摆满了各种化妆品。有一天，我试着去读上面的标签。有抗皱霜、去脂霜和抗老化乳液，有青春美容霜和养颜保湿霜，还有活力晚霜和紧肤凝胶。她的浴室里全是各种味道奇特、据说能让人变得年轻的香皂、洗涤剂和面膜。她的药柜里的药品和老太太的药品一样多，有生长激素和丰胸霜、专业褪黑激素和抗氧化剂。

有一天，我终于忍不住问她："夫人，如果您不介意我这么问的话，我想知道，您为什么需要这些化妆品？您现在已经不再演戏了。"

她看着我的眼睛："我们这些演电影的人会变得非常虚荣。我们看惯了自己在电影中化妆的样子，所以，我们一旦上了年纪，甚至不再有勇气照镜子，看到我们真实的面孔。记住，一日做演员，终生做演员。电影可以结束，但演出还得继续。"

我不知道她说这些话是发自内心的肺腑之言，还是仅仅在背某部影片的几句台词。

今天发生了一件真正的好事，老太太在睡梦中死去了，享年81岁。

倪丽玛掉了几滴眼泪，然后着手安排葬礼事宜。

似乎整个电影界的人都来到家里吊唁。她带着坚忍的表情坐在客厅的一张沙发上，穿着白色莎丽，脸上化着淡妆。我认出了许多来宾。他们当中有演员、导演、制片人、歌手和词曲作家。客厅被挤得水泄不通，我伸长脖子，瞥见了我在《星光》杂志和在电影院看到的那些著名影星。我真希望萨利姆也能来这里看看，但他一定会感到失望，因为这些所谓的明星不像我们在银幕上看到的那样有魅力。他们没有化妆，也没有穿华丽的衣服。他们都穿着洁白的丧服，表情看上去忧伤而严肃，连那些以擅长演喜剧著称的人也是如此。

我不知道倪丽玛怎样看待她母亲的去世，不过对我来说，老太太离开这个世界，让人感觉就像是在看完了一部使人压抑的电影之后，突然令人愉快地获得了某种解脱一样。

老太太死去不到一个月，倪丽玛就让我成了住家用人。她知道我和萨利姆一起住分租公寓，所以，她便继续为萨利姆支付房租。我搬到了她的公寓。但是，我并没有被安排住进那四个卧室当中的任何一个，我得到的是那个小小的熨衣间。

我注意到自从老太太死后，倪丽玛外出更加频繁了，有时甚至夜不归宿。我确信她是去见什么人了，说不定她很快就会结婚吧。

我被从客厅传来的响声惊醒了。声音很微弱，但足以惊扰我的睡眠。我揉着眼睛，看看放在旁边的闹钟。凌晨两点半。我不知道倪丽玛这个时候还在客厅里鼓捣什么。

我突然意识到，大概是她的情人来与她幽会了，这个念头立刻让我兴奋起来。我蹑手蹑脚地走出房间，朝客厅走去。

客厅一片漆黑，但有一个男人站在那里。他看起来可不像一个情人。他脸上蒙着黑色面罩，只露出两只眼睛。他的左手提着一个黑色袋子，右手的手电筒对准了录像机。他迅速拔出插线，把录像机拿起来，塞进他的黑色口袋。我于是知道，他不是什么情人，而是一个窃贼。我开始尖叫起来。我刺耳的叫声像子弹一样划破了夜晚的寂静，并惊醒了倪丽玛·顾茉莉。她赶快跑到客厅。我的叫声也把那个窃贼吓傻了，他丢掉口袋和手电筒，两只手捂住耳朵。我的叫声还震倒了放在电视柜边缘的一尊造型优美的玻璃小雕像，它掉在地上跌了个粉碎。

“这是怎么回事？”倪丽玛气喘吁吁地问。她打开客厅电灯，然后，她看到了那个小偷，也失声尖叫起来。此时，小偷几乎都快被震聋了。他跪倒在地，开始恳求我们：“求求您了，夫人，我不是小偷。我就是想来看看您的家。”

“拉姆，把电话拿给我。我要马上报警。”倪丽玛对我说，我动作麻利地把无绳电话递给她。

那个窃贼摘下面罩，是一个留着山羊胡子的年轻人："拜托您了，夫人，请不要报警，我求求您。我不是小偷。我是圣萨维尔大学大四的学生。我是您最忠诚的影迷之一。我到您家里来，只是想看看您是怎样生活的。"

我注意到倪丽玛听到影迷这句话以后，面部表情明显变得柔和了。"您别听他的，夫人。"我警告她说，"这家伙就是一个贼。如果他是您的影迷，那他为什么要偷我们的录像机？"

"我来告诉您为什么，尊敬的倪丽玛。我买了您演过的所有电影的录像带。一共144部。我每天至少要看一部您的电影。由于使用过度，我自己的录像机出了问题。我刚刚送去修理了。可是一天不看您的电影我就受不了。所以我就想，我还是把您的录像机拿回去用用吧。我心里想的是，假如我能够在您的录像机上欣赏您的电影，那该是一种多么叫人难忘的体验啊。只要我自己的修好了，我马上会把您的录像机送回来。请相信我，夫人，我以我去世的父亲的名义发誓，我绝对没有撒谎。"

"这完全是一个谎言，夫人。"我叫起来，"您最好报警。"

"不，拉姆，"倪丽玛说，"让我先测试一下，看看这个人说的到底是不是实话。如果他真的看了我的144部影片，那么他就能够回答几个问题。好了，先生，你告诉我，我在哪部电影里演了一个叫山德尼的村姑？"

"噢，亲爱的倪丽玛，我怎么能忘呢？那是我最喜欢的片子之一。是《返乡》，对吗？”

“对。不过这道题也太简单了。你告诉我，我凭借哪部影片获得了1982年的印度电影观众奖？”

“这更容易，当然是《黑暗之夜》。”

“我的上帝，你说对了。好，你告诉我，我在哪部影片里和马努基·库马尔搭档？”

“是那部爱国影片，《国家使命》。”

“啊，你连这个都看过？”

“我都告诉您了，亲爱的倪丽玛，我是您目前还在世的最忠诚的影迷。请告诉我，您当初为什么会答应在《永恒的爱》里演那个微不足道的小角色呢？我一直觉得，那个导演小看了您。”

“你能够问起《永恒的爱》真叫我吃惊。我也觉得当初不该接那个角色。那部电影的成功，最后都算在了莎米拉头上，这对我很不公平。”

“但是您在《孟买风雨情》里的表现太棒了。我觉得，您在您父亲过世后，在庙里的那段独白是整部影片最叫人难忘的一幕。您真的应该凭着这部影片获得印度电影观众奖，可他们却把这个奖项颁给了演《女人》中的您。”

“是的。如果要让我在《女人》和《孟买风雨情》之间进行选择，我也很可能选择后者。我必须说，你对我的电影非常了解。你叫什么名字？”

“我叫兰吉特·米斯特里。我今年24岁。我早就想问问您关于《泰姬陵》的事，我觉得它是有史以来最伟大的电影。就是分娩那一段，在您临终之际，扮演皇帝的狄利普先生坐在您的床边，您让他做出承诺，然后您摘下金手镯——但自始至终都没有交给他。您为什么会那样做呢？”

“我真是不敢相信。你把那部电影研究得这么透彻，连这个细节都记得这么清楚。我来告诉你答案。对了，你干吗还坐在地上？来，坐到沙发上。拉姆，你还抱着电话傻站在那里干吗呀？你没看见我们家里有客人吗？去，倒两杯茶，再拿些饼干来。我想告诉你的是，《泰姬陵》长期以来被概念化了……”

当我端着两杯茶返回时，倪丽玛和那个窃贼就像两个久违的朋友一样说说笑笑。我难以置信地摇摇头。这个家伙本来是要偷她的东西的，仅仅因为看了她的几部电影，她就用饼干和茶招待此人。

原本是一部惊悚片，到头来却变成了一幕家庭剧。

一天晚上，她给我打电话：“拉姆，我想让你明天回分租公寓住，就一天。我明天想一个人待在家里。”

“可是为什么，夫人？”

“别问那么多了，”她有些恼火地说，“你照我说的做就行了。”

在接下来的3个月，我三次接到了这样的指令。我知道当我不在时，她会在家里接待她的情人，而且不想让我知道。所以，当她又一次让我留宿加特考帕尔并在次日返回时，我没有完全按要求做。我当晚回到了加特考帕尔，但第二天早晨，我不是在7点钟返回，而是5点钟就回来了，并且在公寓附近转悠监视。果不其然，公寓的门在6点钟开了，一个男人走了出来。他个头很高，长相端正，不过那双充血的眼睛和蓬乱的头发破坏了他的形象。他穿着蓝色牛仔裤和一件白衬衫，握着一大把钞票，左手夹着一支点燃的香烟，手指还旋转着一串车钥匙。他似乎有些眼熟，可我想不起来他究竟是谁。他看都没看我一眼，就径直走下台阶。我到了7点钟才准时走进公寓。

当我看到客厅的景象时，不由得大吃一惊。到处都是烟头和烟灰的痕迹。中间的茶几上放着一个倒扣的茶杯，还有一个威士忌空瓶子。地板上散落着花生。房间里散发着浓烈的酒精气味。

另外让我感到震惊的，就是倪丽玛·顾茉莉的样子。她的脸上全是瘀伤，眼睛也青肿了。“啊，天哪，夫人，您这是怎么了呀？”我叫了起来。

“没什么，拉姆。我不小心从床上掉下来，把自己摔伤了。没什么好担心的。”

我知道她在撒谎。这都是那个离开公寓的男人干的。而且作为回报，她给了对方香烟、威士忌酒还有钱。我感到痛苦而愤怒，也为自己无力保护她深感遗憾。

从那一天起，倪丽玛身上发生了一种微妙的变化。她变得更加内向而封闭。我觉得她开始酗酒了，因为我经常可以从她的呼吸闻得出来。

一天早上，我又发现她眼睛青肿，胳膊上还有烟头的烫伤。我再也无法忍受了。“夫人，看到您这个样子我感到很难过。是谁这样对待您的？”我问她。

她本来可以说“这不关你的事”，不过她那天早晨似乎心事重重。

“你知道吗拉姆，有人说，爱过却又失去爱，比从未爱过要好。我有时很想知道，这是不是真的。我也爱过。我不知道我是不是已经失去了爱，但我的确经受了很多痛苦。我的生命中有一个男人，有时候我觉得他爱我，有时候我觉得他恨我。他慢慢地、一点一点地折磨我。”

“那您为什么不离开他？”我叫起来。

“没那么简单。即便在痛苦中也有一些乐趣，一种甜蜜的欢悦。有时候我觉得，既然痛苦都能够这样甜蜜，那么死亡一定是一种令人愉快的享受。当他用烟头折磨我时，我不想喊叫。我想背诵我的电影《女人》里那些令人难忘的台词，尤其是关于死亡的那一段。‘啊，生命，你是多么变幻莫测。死亡才是我真正的爱人，我永恒的伴侣。来吧，死亡，将我揽入你的怀中，在我的耳边低诉甜美的静寂之声，用你的竹筏，将我送到永恒之爱的彼岸。’”

“可那只是一部电影啊，夫人。”我恳求她。

“嘘！你忘了我对你说的‘一日做演员，终生做演员’了吗？不要忘了，我永远会被称为悲情女王。而且我能够成为悲情女王，绝不只是因为背诵了编剧给我写的几句台词。我就生活在我自己扮演的角色里。伽利布[1]绝不是靠着写在一本书里的几行诗，就成了一个伟大的悲剧诗人，绝不是。我必须感受痛苦，体验痛苦，在日常生活中与痛苦为伴，这样才能成为真正的悲情女王。”

“如果这就是标准，那我是不是可以成为一个悲情国王呢？”我睁大眼睛，带着一个12岁孩子的天真问道。

她没有回答。

倪丽玛正在客厅里接受《星光》杂志一个记者的采访。我端着一盘玫瑰奶球和萨莫萨油酥卷走进来。

“好的，尊敬的倪丽玛，我们已经讨论了过去，现在让我们来谈谈现在吧。您为什么不演电影了呢？”我仔细观察着，看见那个提问的女记者正在摆弄一个磁带录音机。她很年轻，相貌出众，有着白皙的皮肤和齐肩的黑发。她穿着时髦的黑裤子、印花库尔蒂[2]和黑色高跟鞋。

1　米尔扎·伽利布（1797–1869），印度乌尔都语和波斯语诗人。作品包括各种诗体，以抒情诗最为著名。

2　一种常见的南亚服饰，是一种宽松的短袖背心，通常套于衬衣外面。

“因为他们不再像过去那样拍电影了，激情、投入已经消失了。今天的演员，就像是生产线上的产品，他们的表演都很雷同，只会鹦鹉学舌一样地背台词，毫无深度可言。我们过去在同一时间只拍一部电影，我发现现在的演员每天就像赶场一样，能同时应付三部电影，这真是荒谬。”倪丽玛做着手势说。

“哦，请原谅我这么说，不过我听说，您息影的部分原因，是没有人给您角色演了。”

她的脸上露出愤怒之色：“是谁这么告诉你的？这是彻头彻尾的谎言。我过去接到过好几个角色，但我把它们都拒掉了。这些角色的表现力不够。而且那些片子都不是围绕女主角展开的。”

“您的意思是说，他们都不再让您演女主角了，而是让您扮演老大姐或者姑妈这样的角色？”

“你怎么敢这么轻视我，还有我的工作？我不得不说，就连今天的记者都和过去没法比了，一点儿礼貌也没有。你看不到架子上那些奖杯吗？你觉得它们不是靠我的演技得来的吗？你觉得我得到悲情女王这个绰号，仅仅是因为我当初就像今天那些不入流的女主角那样，在树林里又蹦又跳地唱了几首歌吗？你觉得我得到今天这一切，就是因为我扮演了那些只比龙套角色强点儿的小角色吗？”

“可是……可是我们现在是在说您过去的演艺——”

“我完全清楚你在说什么。请你马上离开。拉姆，把这位女士送出去，永远不要再让她进我的家门。”她站起来，怒气冲冲地走出了房间。我把那个迷惑不解的记者送到门口。

我无法弄清楚这是一幕喜剧、闹剧还是悲剧。

在倪丽玛的公寓里，有许多框起来的照片，几乎都是她本人的照片。倪丽玛在领奖，倪丽玛在剪彩，倪丽玛在看演出，倪丽玛在颁奖。只是卧室里有两张别人的照片。她们长得都很漂亮，一个是白人，另一个是印度人。

“这两个女人是谁？”我有一天问她。

“左边的是玛丽莲·梦露，右边那个是玛杜芭拉[1]。”

“她们是谁？”

“她们都是非常有名的女演员，而且都在很年轻时就死去了。”

“那您为什么要留着她们的照片？”

“因为我也想在年轻时死去。我不想在又老又丑的时候死去。你看过这周的《读者文摘》上莎克拉的照片吗？她在20世纪50年代很走红，现在一定有90岁了。你看她现在有多老，多干瘪。这就是她死后人们将会记住的样子，老朽、憔悴、满脸皱纹。但人们永远会记住玛丽莲·梦露和玛杜芭拉年轻时的样子，因为她们是在年轻时死去的。你死时的样子，就是你给人

1 印度女演员（1933–1969），被誉为“印度电影的维纳斯”，主演过一系列不朽的经典电影。

们留下的最后印象。就像玛杜芭拉一样，我也想留下年轻而美丽的形象，没有受过岁月摧残的形象，具有永恒的优雅和魅力的形象。我不希望在90岁时才死去。有时候，我多么希望世界上所有的时钟都在这一刻停止运转，我多么想打破每一面镜子，让我年轻的容颜在瞬间凝固起来啊。”

我听到这些话，内心不由得涌起哀伤之情。在某种程度上，倪丽玛和我一样是个孤儿。然而，她又和我不同，她有一个大家庭——她的影迷、制片人和导演。而且她愿意为了他们做出最大的牺牲。这样一来，每当他们想起她时，脑海里浮现的都是那个年轻的女人。

我第一次感到自己很幸运，因为我不是一个电影明星。

一位著名制片人将要登门。倪丽玛十分兴奋，她相信对方会给她一个角色，她也将再次面对摄影机。她一整天都在化妆，试穿了各种各样的衣服。

那个制片人在晚上过来了。他五短身材而且秃顶，长着一个过于明显的啤酒肚。女主人让我端来了玫瑰奶球、萨莫萨油酥卷和冰镇果子露。

“……是一个非常适合您的角色，亲爱的倪丽玛。”那个制片人说，“我一直是您的影迷。《女人》我整整看了15遍。死亡那一幕，噢，我的上帝，那一幕真是要了我的命。这就是我下决心要让您重新出山的原因。这部电影——我已经为它选定了一个顶尖的导演——是以女人为中心的影片。我为您安排的是一个很有价值的角色。”

“您签约的这个导演是谁？”

“是奇普·达旺。”

“可他不是喜剧片导演吗？”

“那又怎么样？不管怎么说，这部片子也有喜剧元素。主角我已经签下了沙鲁克·汗和塔布。”

“我不明白。您已经签了一个女主角，难道您的电影有两个女主角吗？”

“不是，当然不是。”

“那塔布是怎么回事？”

“她是女主角呀。”

“那您给我提供的是什么角色？”

“哦，您还不明白吗？我想让您扮演沙鲁克的母亲。”

倪丽玛立刻就把他赶出了家门。

那个制片人在离开时不停地低声嘟哝着：“被宠坏的婊子，她以为自己是谁？她还幻想自个儿是女主角呢，也不照照镜子看看自己？我没让她演祖母，她就已经够幸运的了。哼！”

我想，这是一幕很精彩的喜剧。

她的情人再次来看望她。但是这一次会面，让事态变得更加严重。她后来躺在床上，左边眼眉处有一道深深的伤口，她的脸颊也肿了起来，她连说话都很费劲。

“我们必须报警，夫人，把那个猪猡抓起来。”我一边怂恿她，一边给她的伤口涂抹防腐剂软膏。

“不，拉姆。我没事的。”

“您至少可以告诉我他的名字。”

她声音嘶哑地笑了起来：“这有什么用呢？别担心，那个人以后不会再来了。我终于和他一刀两断了，所以他才会这么对我。他要是敢再来，我就朝他脸上吐唾沫。”

“可是，您还要这么一声不响地忍多久呀？您看看，他把您的脸都弄成什么样子了。”

“默默忍受就是一个女人的命运。他对我的脸所做的事，和他对我的身体所做的事相比根本不算什么。你想看看吗？看吧。”她松开衬衫扣子，解下胸罩。在我的生命中，我第一次看到一个女人赤裸的乳房。它们硕大而下垂，有如母牛的乳房一样耷拉着。我惊恐地抽搐了一下，因为我看到她的胸口处布满香烟的烧痕，仿佛是在光滑而白皙的皮肉上出现的一个个小小的黑色火山口。我开始哭了起来。

她也哭了。“我不想再戴着面具生活了。我受够了去皱手术，受够了那些美容品。我想在我的生命中做一次真正的女人。到我这里来，我的孩子。”说完，她把我的脸按在她的胸脯上。

我不知道，在把我拉到她怀里的那一刻，倪丽玛·顾茉莉的内心是怎么想的。我不知道她把我看成是一个儿子还是一个情人，她这样做是为了忘记痛苦，还是为了体验一种廉价的快感。但是，当我的脸埋在她的乳峰之间时，对于外面世界的所有意识，都在我的脑海里停止了，我有生以来第一次觉得自己不再是孤儿。我有了一个真正的母亲，一个我能够看清她的脸、触摸她的皮肉的母亲。我的泪水的咸味与她身体的汗水和气味混合在一起，这是我13年生命中最为刻骨铭心的体验。我多年来所有的痛苦和忧愁，所有的伤害和屈辱，都在那一刻消失了。我想让全世界的所有时钟都在这一刻停止转动，让这一刻永远凝固。尽管这一刻太过短暂，但无论怎样，就在这短暂的时间跨度内，它带给我的感受是那样真实，再多的表演也休想将它复制。

这就是为什么我不会尝试把这一幕定义为一般意义的戏剧、惊悚片或悲剧。它超越了所有的类型。

我和倪丽玛再也没有提起过那天上午的事情。而且过去的已经成为过去。然而我们都意识到，我们的感受都不可逆转地发生了改变。

她想除掉自己的面具，却没有足够的精神力量做到这一点。她拒绝接受我的帮助。一个悲情女王无法逃避的命运，越来越紧迫地撕扯着她。她变得更加忧郁，酗酒越来越严重，乃至很难意识到周围世界的存在。她辞退了女佣和厨师，我是唯一留在她公寓里的人。然后，她开始为其生命中最伟大的角色做准备。

倪丽玛·顾茉莉让我把将她作为封面人物的所有电影杂志整齐地堆在一起。她亲自整理了所有的奖杯和奖状，把白金奖杯放在前面，后面依次是黄金奖杯和白银奖杯。她穿着她最昂贵的莎丽，戴上她最精美的首饰。她坐在镜子前，花了三个多钟头梳妆打扮，呈现出她最迷人的形象。然后，她把全部美容用品都倒进马桶，并且放水冲走了。她打开药柜，扔掉了所有的美容药品。接着，她又打开一个药瓶，那里面装着原本是为她母亲开的止痛药。我不知道她一共吞下去多少颗药片。

最后，她走进卧室，把她主演的电影《泰姬陵》的录像带插进录像机。她坐在床上，按下遥控器的播放键。电影开始在电视屏幕上上演，她把我打发到市场去买菜，自己坐下来静静地等待。

当天晚上，当我从市场回来时，发现她像一个漂亮的新娘一样睡在床上。但是，我不必触摸她已经冰冷的皮肤就知道，她已经死了。她的手里握着一个奖杯。上面写着："最佳女演员国家奖。授予倪丽玛·顾茉莉女士，以表彰她在影片《泰姬陵》中的出色表演，1985年。"

我所看到的这一幕，只能被描述为戏剧的高潮。

我凝视着倪丽玛·顾茉莉的尸首，不知道该怎么办。我唯一确定的事情就是不能去报警。他们完全有可能将责任归咎于我，并以谋杀罪将我逮捕。所以，我做了唯一合乎逻辑的事情——我跑回了加特考帕尔的那个分租公寓。

“你怎么回来了？”萨利姆问我。

“就跟那个用人和厨师一样，我也被夫人解雇了。”

“我们以后怎么办呢？我们怎么交公寓的房租呢？”

“别担心，她已经预付了后两个月的租金。我相信，我到时候会找到一份新工作的。”

在分租公寓的每一天我都提心吊胆，我害怕一辆红灯闪烁的吉普车会赶来将我带走，但什么也没发生。报上也没有任何有关倪丽玛·顾茉莉死亡的新闻。与此同时，我得到了在铸造厂的一份工作。

他们在一个月后发现了她的尸体，而且是因为一个邻居老在抱怨气味难闻。因此，他们破门而入。他们在客厅和前四个卧室一无所获。然后，他们在主卧室发现了一具腐烂的尸体。莎丽看起来很是簇新，珠宝首饰闪烁着光泽，但脸部和身体已经腐烂得无法辨认了。

他们脸上蒙着白口罩，把尸体拉走了，还把那个奖杯扔进了垃圾箱。

他们通过她的牙齿记录才确定她的身份。当他们发现死者是谁时，便将她腐烂躯体的照片发布在各大报纸的头版：“倪丽玛·顾茉莉——昔日著名的悲情女王——自杀身亡。时年44岁。她严重腐烂的尸体在一个月后才在她的公寓被发现。”

现在，我可以将它称为一幕真正的悲剧。

司蜜妲长出了一口气："难怪电影明星都那么神经质呢！你知道吗，我看过《泰姬陵》，而且我也一直想知道那个金手镯背后的秘密。我很想知道，倪丽玛·顾茉莉对那个窃贼是怎么说的。"

"很不幸，这将永远是一个谜。我们现在是继续讨论倪丽玛·顾茉莉呢，还是看看在那个竞猜节目中接下来发生了什么呢？"

司蜜妲带着不情愿的表情，按下了播放键。

演播室里一阵忙乱，这是一段相对较长的插播广告时间。这个节目的制片人，一个个子很高、留着像女人——或者像一个摇滚明星——一样的长发的男人，正在角落里和普利姆·库马尔商量着什么。当他离开后，普利姆·库马尔招手叫我过去。

"你瞧，托马斯先生，"普利姆·库马尔对我说，"你在这个节目中表现得棒极了。你已经稳稳当当地赚到了100万卢比。告诉我，你现在有什么打算？"

"你是什么意思？"

"我的意思是，你是要直接离开，还是要继续挑战10亿卢比的奖金？记住，现在到了要么继续挑战，要么前功尽弃的环节。"

"既然这样，我还是直接离开好了。在这之前我一直都很走运，但我的运气很可能用完了。”

“那真是太遗憾了，托马斯先生。我们觉得，如果你能够坚持下去，并在这个竞猜节目中获胜的话，你就能够成为我国青年最大的榜样。所以，我们 W3B 节目已经决定让你赢得更容易些。你还记得我在第2道题上是怎么帮助你的吗？要是我当时没有为你更换题目，你可能早就出局了，口袋里可能连一个子儿都剩不下。接下来的3个问题，我打算继续像之前那样帮你。我答应你，只要你同意进入‘要么继续挑战，要么前功尽弃’环节，我们就会帮助你获胜，因为我们想让你赢，这是我们的节目最想要的结果。”

“你们准备提出什么类型的问题？”

“这其实不重要，因为我会提前把答案偷偷告诉你。如果你可以在第2道题目上信任我，我相信你也可以在第10个、第11个和第12个问题上信任我。那么，我们成交？”

“好吧，只要你能确保我获胜，我没有理由拒绝。那就告诉我吧，下一个问题是什么？”

“好极了！”普利姆·库马尔拍着手掌。“比利，”他告诉那个制片人，“托马斯先生决定进入‘要么继续挑战，要么前功尽弃’环节。”他转向我并低声说：“好了，让我告诉你下一个问题。我会问你，印度和斯里兰卡之间的保克海峡有多长？选项将是：A. 64公里；B. 94公里；C. 137公里；和 D. 209公里。正确答案是C. 137公里。你明白了吗？”

“明白了。可是我怎么能肯定它就是正确答案呢？”

“噢，你不信任我们是吗，托马斯先生？好吧，我不怪你。这毕竟关系到10亿卢比。因此，我会证明给你看。瞧，看看这个本子。我相信数字你是认识的。”他拿出一个日记本，每一页都写满了问题和答案，像一本知识问答手册一样。他的手指向一个问题，和他刚才问我的是同一个问题。答案也是一样的：137公里。

“你瞧，我没有骗你，这下你该满意了吧？”

我点点头。

“好的。你还是先回到座位上，我马上就来。”

信号曲响起，演播室提示牌变成了“掌声”。普利姆·库马尔面向观众。“女士们、先生们，我们的节目来到了历史的十字路口。我们的选手已经不可思议地赢得了100万卢比。现在他必须决定是要竞争最高奖金，还是退出比赛。关键时刻已经到来了，托马斯先生。你的决定是什么？你是继续挑战，还是选择退出？不过你要记住，如果你继续挑战，可能会失去已经赢到手的钱。你会怎么选择？”他鼓励地对我微笑着。

“我会继续挑战。”我小声地说。

“你说什么？我听不见。”普利姆·库马尔说，“请你说大声点儿可以吗？”

“我会继续挑战！”我大声而自信地说。

从观众席上传来一阵惊叹声。有人说："噢，天哪！"还有人说："真是个傻瓜！"

"这是你最终的、不可更改的决定吗？"普利姆·库马尔说。他再次微笑地看着我。

"是的。"我说。

"我们已经创造了历史，女士们、先生们！"普利姆·库马尔声音欢悦地说，"我们的选手愿意冒险继续闯关。我们之前有过这样一位选手，不过最后失败了。今天，我们将看到托马斯先生能否创造历史，成为有史以来最高奖金的赢家。好了，我们准备进入'要么继续挑战，要么前功尽弃'环节的最后3道题目。请向他报以热烈的掌声。"

鼓点渐强。屏幕上打出"要么继续挑战，要么前功尽弃"的字样。观众从座位上站起来，热烈鼓掌。

音乐渐渐平息下来，普利姆·库马尔转向我。

"好的，托马斯先生，你已经赢得了100万卢比，你现在进入了突然死亡环节，我们将它称为'要么继续挑战，要么前功尽弃'。也就是说，你要么会赢到10亿卢比，要么会失去你已经到手的全部奖金。第10个问题奖金1000万卢比，是的，1000万卢比的机会来了。听好题。倪丽玛·顾茉莉，那个悲情女王，获得国家奖是在——"

"可这不是那个——"

"托马斯先生，请别在我提问题时打断我。让我把问题说完！”他严厉地说，“就像我刚才说的，这个问题是，倪丽玛·顾茉莉，那个悲情女王，获得国家奖是在哪一年？它是：A. 1984年；B. 1988年；C. 1986年；D. 1985年。”

我盯着普利姆·库马尔。他得意地窃笑着，我现在看清他的意图了。他在休息时对我说的话是一种伎俩，引诱我进入到这一轮。只是他低估了我的运气，我的运气还在。

“我知道答案。答案是D. 1985年。”

“什么？”普利姆·库马尔像遭到了雷击一般。他是那样惊讶，甚至忘了问我是否百分之百确定。他机械地按下按钮，正确答案显示出来。答案是D。

普利姆·库马尔看起来好像见了鬼一样。“托马斯……托马斯先生……刚刚……赢得了1000万卢比……”他结结巴巴地说，整个人变得惊慌失措。

观众们发狂了。每个人都站起来欢呼。有些人开始在过道上跳舞。

普利姆·库马尔擦拭着额头的汗水，灌下了一大口柠檬水。

原本是一幕悲剧，最终却变成了闹剧。

奖金1亿

焚心之爱

食物。这是我在拥挤而嘈杂的火车站所能看到、听到、想到和闻到的唯一的东西。我穿着棉布衬衫和李维斯牛仔裤，已经在这里站了两个钟头了。如果你在一段时间内没吃东西，饥饿感只是逐渐减弱以至消失。但是，倘若你很长时间没吃任何东西——而我就是从昨天下午到现在一顿饭也没吃——你的大脑内部就会变得匪夷所思。我在周围所看到的景象，只有人们正在如何吃吃喝喝。我的鼻子嗅到的只有食物的踪迹，就像一条狗在嗅探骨头一样。新鲜出炉的炸糖圈、普里糕和卡丘里[1]的香味，让我头晕目眩。就连我不爱吃的普普通通的煮鸡蛋，都让我垂涎三尺。但是当我把手伸进口袋时，我发现里面只有那枚1卢比的硬币，而且在我昨晚失去了那5万卢比以后，它似乎

1　一种麻辣小吃，在印度北方邦、拉贾斯坦邦等多个地区和巴基斯坦卡拉奇很受欢迎。

也不再给我带来好运了。所以，我只能舔着焦渴的嘴唇，想着怎样填饱饥肠辘辘的肚子。

我正准备用我的卡西欧数字手表去换一盘豆沙香辣丸，就在这时，我的目光落在火车站小卖部旁边的一块广告牌上。上面就简单地写了几个字："麦当劳——离此仅1公里。"我立刻便知道可以到哪里弄到食物了，而且是免费食物。

我离开阿格拉火车站，开始寻找那个大大的红色"M"标志。我转错了一两个弯，询问了几个店铺店主，最终在一家豪华商场中间找到了目标。

那些穿着漂亮的麦当劳制服的服务生怀疑地看着我，但并没有把我驱走。他们不会拒绝一个穿李维斯牛仔裤的顾客，不管此人看上去有多么邋遢。我谨慎地蹭到那个有翻盖的木制垃圾箱跟前。趁没人注意，我飞快地把手伸到里面，尽胳膊长度之所及，快速掏出了几个完整的灰色牛皮纸袋，到卫生间洗净脸上的灰尘和污垢就走了出来。

我的第一次觅食行动相当成功。我坐在外面的一条绿色木椅上，心满意足地享用着半个蔬菜汉堡包，一些鸡块儿，两袋几乎没动过的薯条和半杯"七喜"。"打野食"是流浪少年必备的生存技巧之一。我知道有些孩子就是靠"首都特快"空调车车厢里的剩菜剩饭过活的，还有些孩子钟爱必胜客的辣香肠比萨，每天晚上都能设法从其门口的垃圾桶里弄出七八块来。不过他们都同意一点：吃到免费饭食的最简单办法，就是混入婚礼现场。萨利姆就曾是这方面的行家，唯一的要求就是衣服鞋帽要穿戴整齐。你要和宾客混在一起，排队站在自助餐台前。新娘一方会以为你是新郎家那边的人，而新郎一方会以为你是新娘家那边的人。你可以痛饮10瓶或15瓶软饮料，吃上一顿豪华大餐并可享用各种甜点。你甚至有机会偷偷带走一些漂亮的不锈钢餐具。萨利姆几乎凑齐了一整套餐具。不过自从在纳瑞曼区有了一次倒霉经历之后，他就放弃了这个习惯：他当时混进了一个婚礼现场，赶上新娘和新郎双方家庭彼此对骂，最后变成了你死我活的肉搏战，萨利姆被双方人马揍了个半死。

我填饱了肚子，便决定探访一下这个陌生的城市。我开始穿过挤满人力车、行人和母牛的街巷。我欣赏着老式民居精美的格子细工，嗅着路边烤肉店和纯素食餐馆散发的香味，并对露天下水道和皮革厂飘来的臭气皱起眉头。我读着见缝插针地安放在每一处空间的大幅海报，它们都在鼓励人们去看最新电影或者给老资格政客投票。我看见衰老而干瘪的手艺人坐在冷冷清清的店铺里，制作精美的大理石工艺品。我也看见性急的年轻推销员在有空调的专卖店里推销手机。我发现阿格拉的富人与德里和孟买的富人并无不同，他们都住在有警卫和警报系统、用大理石和有机玻璃盖造的房子里。阿格拉的贫民窟也并无特殊之处：屋顶同样是用瓦楞铁片搭建而成的；那些肚皮鼓胀的小男孩同样光着屁股，在泥浆中和老母猪嬉戏，而他们的母亲则在下水道沟渠里清洗器具。

我沿着一条蜿蜒的泥泞小路前进，突然看见了一条河流。它呈现出黄绿色而且十分浑浊。后退的水位表明雨季尚未到来。一块块浮木和塑料碎片在它的旋涡处打转。如果是在其他地方，我的目光就会追踪弯曲的河道，弯下腰去察看它在河岸上留下的高水位标记，或者伸长脖子去看一眼河面上漂浮的一具尸体。不过在此时此地，我没有那样做。我的目光完全被我在对岸看到的东西吸引住了。那是一个闪闪发光的白色建筑，它有着尖尖的拱门和凹陷的分隔间，像火山穹丘一般从一个方形基座上拔地而起。它的四面被矛状尖塔所包围。在青绿色的天空背景下，像乳白色的月亮一样在阳光下闪闪发光，它的美让我无比震撼。

过了很长时间以后，我求助于我看到的第一个路人——一个拿着午餐盒饭的中年男人。“打扰一下，您能告诉我，这条河对面的那个建筑物是什么吗？”

他看着我，仿佛我是一个白痴：“哼，你要是连那个都不知道，那你还来阿格拉干吗？那是泰姬陵，傻瓜。”

泰姬陵。世界第八大奇迹。我听说过它，但从未见过它的照片。

我站在那里，完全被这个历史遗迹迷住了：天空中飘过的云彩，在它的圆穹顶上投下阴影，光线的渐次变化，把光滑的大理石从淡黄色变成赭色又变成雪白色。我那5万卢比的可怕损失，下顿饭该如何解决和去哪里过夜的焦虑感，以及对遭到警察逮捕的恐惧，在这至纯至美的景象面前，刹那间全都变得不值一提了。我当即决定，今天一定要去看看泰姬陵，而且是从近距离观看。

经过30分钟的沿堤疾行，我来到一个巨大的红砂岩入口大门跟前。一块白色大牌子上写着："泰姬陵门票费：印度游客20卢比，外国游客20美元。周一休息，周五免费。"我看看手腕上那块能显示星期和日期的卡西欧手表。它显示的是6月12日，星期五。看来今天是我的幸运日。

我通过了金属探测器的安检，穿过带有拱门的红砂岩铺就的前院。就在那里，外形美丽而高贵、通体闪耀着午后光晕的泰姬陵就矗立在我的眼前。我尽情饱览拥有喷泉和宽阔小径的景色优美的花园，泛着涟漪的池水反射出泰姬陵婀娜的倒影。然后，我才开始注意熙熙攘攘的人群。泰姬陵挤满了八方游客：年轻人和老人，富人和穷人，印度人和外国人。

到处都是咔嚓作响的闪光灯，庭院里人声鼎沸，表情严肃、挥舞着警棍的警察努力维持着秩序。

我漫无目的地转悠了半个钟头。我注意到一群带着摄像机和望远镜的富有的西方游客，正在穹顶下面倾听一个上了年岁的导游讲解。我悄悄地加入他们当中。那个导游指着大理石穹顶，用沙哑的嗓音说："我已经解释了我们刚刚经过的红砂岩前院的建筑特色。现在，我要给你们讲一点儿泰姬陵的历史。

“1607年的一天，莫卧儿王朝的胡拉姆王子漫步在德里的米纳集市，一眼瞥见了一个在小摊位前卖丝绸和玻璃珠的姑娘。他被姑娘的美貌所吸引，立刻就坠入了情网。不过他花了5年时间，才最终迎娶到这个女孩。她原名叫阿珠蔓·芭奴，王子给她起了个新称号：穆妃。她当时19岁，而王子是20岁。穆妃是杰汗吉尔大帝[1]第20位妻子努尔·杰汗的侄女，努尔·杰汗则是阿克巴大帝的波斯裔皇后碧姬丝的侄女。穆妃和胡拉姆在1612年结婚，并在接下来的18年里生养了14个孩子。穆妃是丈夫在所有旅行和军事远征中形影不离的伴侣，是他的知音和谋士，引导他行侠仗义，济贫扶弱。1630年6月7日，她在布尔汉普尔难产而死，此时胡拉姆登上莫卧儿王朝宝座，成为沙杰汗大帝仅有三年。穆妃在临终时从丈夫那里得到了四个承诺：第一，她的丈夫会建一座能与她的美貌相匹配的纪念物；第二，他不会再婚；第三，他会善待他们的孩子；第四，他会在妻子的每个忌日到墓前探望。穆妃的去世让大帝悲痛欲绝，据说他一夜之间就白了头。

“大帝是那样深爱着自己的妻子，并下令要为她建造地球上最美丽的陵墓。工程开始于1631年，用了22年时间，凝结了来自波斯、奥斯曼帝国甚至欧洲的两万个工匠和建筑大师的辛苦

1　莫卧儿王朝共17帝，开国者为巴布尔，末世有巴哈杜尔·沙、巴布尔、胡马雍、阿克巴、杰汗吉尔、沙杰汗、奥朗则布六帝。自奥朗则布之后，莫卧儿王朝再无大帝，从此走向衰微。

劳动，于是就有了你们现在看到的这个世界奇迹：泰姬陵。它也被罗宾德拉纳特·泰戈尔描述为‘时光面影中的一滴泪’。”

一个穿着紧身短裤的年轻女孩举起手：“对不起，泰戈尔是谁？”

“哦，他是一个非常著名的印度诗人，获得过诺贝尔文学奖。他可以和——比如说——威廉·华兹华斯相提并论。”那个导游回答。

“威廉什么？”

“没关系。就像我刚才说的，泰姬陵的建筑群包括五个主要部分：主通道、花园、清真寺、驿舍和主墓。真正的坟墓在泰姬陵内部，我们过一会儿就能看到。到了那儿，你们会看到泰姬墓上铭刻的99个名字，以及放在沙杰汗大帝墓里的笔盒，笔盒是男性统治者独特身份的象征。根据莫卧儿王朝的传统，这些衣冠冢只是真棺的替身，真棺其实是放在正下方朴素而潮湿的地下室里。主墓设计占地57平方米。中央内穹高24.5米，直径17.7米，被将近61米高的外壳所围裹。四周的尖塔高40米。你们可以看到当时的工艺是多么发达，甚至连3厘米见方的装饰物上都能镶嵌五十多颗宝石。还要注意一下：不管它们各自高度如何，拱门附近那些《古兰经》经文刻字，看起来都是同样大小。

“作为一座象征着忠贞不渝的爱情的丰碑，泰姬陵会向那些懂得欣赏的人展示其微妙之美。你们会发现，泰姬陵的长方形地基本身，就象征着我们从不同角度欣赏一个美丽的女子。正门就像是蒙在一个女子脸上的面纱，需要在新婚之夜轻柔缓慢地掀起。当那些镶嵌在主墓白色大理石中的半宝石沐浴在月光下时，泰姬陵就会像宝石那样闪闪发光。泰姬陵在早晨略带粉红色，在傍晚时是乳白色，在月光下又呈现出金色。这些变化据说可以描绘女人的不同情绪变化。现在，我要带你们到主墓内部去参观。请脱掉你们的鞋子，存放在这里。”

游客纷纷脱下鞋进入主陵。我留在外面，想看看穹顶的颜色变化与我当初见过的倪丽玛·顾茉莉的情绪变化是否一致。

有人轻轻地拍拍我的肩膀。我转过身，看见一个戴眼镜的外国男人和他的妻子以及两个孩子在注视着我。从数字摄录一体机到迷你光盘播放机，他身上挂满了各种各样的小玩意儿。“打扰一下，您会说英语吗？”他问我。

“会。”我回答说。

“能不能请您给我们讲点儿泰姬陵的情况。我们是游客，从日本来的。我们是第一次来到你们这个城市，今天才到的。”

我很想告诉他，我也是外地人，也是今天刚到这个城市的，不过他好奇的表情吸引了我。我模仿着那个导游严肃的口吻，开始把自己能想起来的都告诉他。

“泰姬陵是在1531年，胡拉姆大帝为他妻子努尔·杰汗，也就是那个被叫作泰姬的女人建造的。当泰姬在花园里卖手镯时，胡拉姆大帝遇见了她，便爱上了她，但过了19年才娶她过门。从此以后，她就和大帝并肩参加了所有的战斗，而且在14年里给他生了18个孩子。”

那个日本人打断我。“14年生了18个孩子？你确定吗？”他怯生生地问。

“当然。”我有些不快地对他说，“你知道的，有些一定是双胞胎。后来，在生第19个孩子的时候，泰姬于6月16日在苏尔坦普尔死了。但是她在临死前让国王为她做四件事。一是修建泰姬陵，二是不许打孩子，三是让他的头发变白了，四是……我不记得了，不过这并不重要。对了，就像你们看到的，泰姬陵包括一个大门，一个花园，一个客栈和一个坟墓。”

那个日本人频频点头：“对，对，我们已经看到了大门和花园，现在我们看到了坟墓，可是客栈在哪里呢？”

我对他皱起眉头：“我没告诉过你真正的坟墓在地下吗？所以地面以上的都是客栈。你们进入坟墓以后，就会看见泰姬和大帝的墓。别忘了看看那支笔，上面有99颗宝石，而且每隔3厘米，你们就会看到刻在墙壁上的50个真主的名字。墙上那些诗句的意思都是一样的，不管组成它们的字母有多么不同。这是不是很奇妙呢？记住，那个穹顶高160米，尖塔高17米。还有，你们要是从不同角度看泰姬陵，就会看到一个女人在新婚之夜戴着不同的面纱。你们进去看看吧。趁着我还没忘，我还必须告诉你们，泰戈尔，我们印度的著名诗人，获得过诺贝尔文学奖，因为他写了一首诗歌赞美泰姬陵，诗歌的名字叫‘打在威廉·华兹华斯脸颊上的一巴掌。’”

“真的吗？哇！这太有趣了！导游手册上可从没讲这些细节。”他转向他的妻子，叽里呱啦地用日语飞快地说了一通，然后他又翻译给我听，“我告诉我的妻子说，幸亏我们没有花钱去请什么专业导游。你给我们讲解得太好了。”他对我露出笑容：“我们非常感谢您。谢谢。”他对我深鞠一躬，又往我的手里塞了什么东西。我也鞠躬还礼。他走开以后，我伸开手掌，看到了一张崭新的、折叠得很整齐的50卢比钞票。这是给我的小费，是仅仅5分钟的工作报酬！

我现在知道了两件事：首先，我要留在这座有泰姬陵的城市，另外，我不介意做一个导游。

暮色降临，当那个大理石纪念物开始罩上一层微红的光晕时，我离开了那里，准备找一个地方过夜。我和街道上的一个小男孩搭话。他和我年龄相仿，穿着白色T恤衫、灰裤子和蓝色人字拖。他一动不动地站在那里，看着街上有人在发生口角。

我轻拍一下他的肩膀。“不好意思。”我说。他转过身来，我看到了自己所见过的最善良的眼睛。在这双仿佛会说话的棕色眼睛里，我感觉到了友谊、好奇、温暖和友善。“不好意思，”我重复了一遍，“我是外地人。你能告诉我哪里可以过夜吗？。

男孩点了点头，说：“Uzo Q Fiks X Ckka Lgxyz。”

“你说什么？”我问。

“Ykhz Sqpd Hz. Q Fiks X Ckka Lgxyz。”他拍着双手重复说。

“不好意思，我听不懂你的话。我很抱歉，打扰你了。我再去问问别人吧。”

“Ejop Bkggks Hz。”他说，又拽住我的胳膊，开始拉着我向市场方向走。我想挣脱，但他的表情是那样友善，所以，我就任凭他带着我走。他的步态很特别，几乎是在踮着脚尖走。他带我穿过迷宫一样的狭窄过道和弯弯曲曲的小巷。一刻钟以后，我们来到一座大型洋房前面。金属大门旁边的黄铜铭牌上写着“斯瓦普娜公馆”。他打开门，我们走到里面。我看见了一条弯曲的车道，一块巨大的草坪，草坪中间有一个涂着油漆的“古吉拉特”牌秋千和一座喷泉。两个园丁正在草坪上辛苦劳作。住宅前的车道上停着一辆老式日本“伯爵夫人”牌汽车，一个穿制服的司机正在擦拭车身。我的朋友显然和住在这里的人很熟，因为当他带我经过车道，一路走到装饰华丽的木制房门那里并按响门铃时，没有任何人拦住我们。一个相貌姣好的黑皮肤年轻女佣打开门。她一看见我的这位朋友就说：“哦，是你啊，祥哥儿。你干吗老来这里呢？你知道夫人不希望你到这边来的。”

祥哥儿指着我：“Dz Izzao X Nkkh。”

那个女佣把我上下打量了一下：“哦，你是祥哥儿带过来的新房客吧？我不知道外屋还有没有空房间了，我去问问夫人。”她又返身回到屋内。

很快，一个中年女人出现在门口。她穿着昂贵的丝绸莎丽，身上缀满了黄金首饰。她的脸上化着浓妆。她年轻时可能很漂亮，但是和倪丽玛·顾茉莉不同，她的面孔已经失去了昔日的风采。而且她紧抿嘴唇，这让她看上去显得很严厉。我对她产生了一种本能的反感。

祥哥儿看到这个女人，就变得异常兴奋。“Q Gkrz Ukj Hjhhu。”他咧开嘴笑着说，可是这个女人连看都没看他一眼。“你是谁？”她问我，并审视着我的穿着，“你为什么会跟祥哥儿来这儿？”

她的质问让我不知所措。

“我叫拉杜·沙玛。”我说。在这座城市里，我绝不能使用真名实姓，尤其是在火车上杀了一个陌生男人以后。

“哦，那你就是一个婆罗门了？”她问道，似乎觉得我更加可疑了。我本该想到，一个皮肤黝黑的婆罗门在这个地方绝对是一种新奇事物。

“是的。我是头一回来阿格拉，我来是想问问，您这里是否有地方给我住呢？”

“本府的外屋是用来出租的。”我注意到她用皇室才说的“本府”代替了“我们”，“现在没有闲房，不过你要是能等上一周，本府就可以为你安排一个房间。每月租金400卢比，每月月初一次性付清。如果你接受的话，拉迦梵娣可以带你到外屋看看，但在此之前，你就不得不先另找地方凑合一周了。”

“谢谢您，夫人。”我用英语回答说，“我要一个房间，我下周就付给您400卢比。”

当我开口讲英语时，那位夫人目光锐利地看着我。她严厉的表情变得柔和了一点儿。

“也许你可以和祥哥儿待一星期。拉迦梵娣，带他到外屋去看看。”

在门口进行的这场面试就这样结束了。

拉迦梵娣带我来到就在公馆后面的外屋，我发现它和印度北方的分租公寓十分类似。它有一个很大的鹅卵石庭院，四周是彼此连接的房屋。可以用于出租的房间至少有30个。祥哥儿差不多就住东厢房的正中间。他把门打开，我们走了进去。房间里只有一张床和一个嵌入墙壁的壁橱，还有一个小小的厨房，这种布局和我们在加特考帕尔的公寓房间完全一样。公用厕所在西厢房尽头处。盥洗只能在所有租户众目睽睽之下的庭院中央进行——那里有一个公用水龙头。拉迦梵娣把她自己的房间指给我看。是祥哥儿前面的第八个房间，而我一周后将要住进祥哥儿后面第四个房间。

在拉迦梵娣回到公馆之前，我赶紧问了她一个问题：“不好意思，我想知道祥哥儿这个男孩是谁？我是刚才在泰姬陵前面见到他的。”

她叹了口气：“他是住在这儿的一个孤儿。我们都非常喜欢他，这个可怜的孩子脑子有些问题，讲话不清楚，只能说出一些乱七八糟的东西。他整天在市里瞎转悠，要不是夫人好心，给了他一个房间让他免费住，还给钱让他买东西吃，他早就被送进精神病院了。”

我很震惊。我原以为祥哥儿是一个聪明的孩子，只是有语言障碍罢了。也许我对那个夫人的判断有误，既然她那样善待祥哥儿，那她就不可能像看上去的那样刻薄。“还有夫人。你给我说说她的情况吧。”我请求拉迦梵娣。

就像一个宫廷史官讲述一个女王的家谱一样，拉迦梵娣解释了她的雇主那令人印象深刻的血统：“她的真名是斯瓦普娜·提毗，是个王妃。不过我们都叫她夫人或者女王阁下。她的父亲是拉索王朝亚姆加尔公国的国王。她的外公是离阿格拉不远的达莱拉公国的国王，也是这座老房子原来的主人。斯瓦普娜·提毗刚到20岁，就嫁给了高塔姆王朝巴多伊公国的王子，后来搬到了贝拿勒斯的一所豪宅里。不幸的是她的丈夫，那个年轻的王子，在结婚两年后就去世了，但她没有再婚。她在贝拿勒斯又住了12年。她的外公拉贾拉维·普拉塔普·辛格去世以后，就把这座房子留给她了。所以她就搬回了阿格拉，在这里已经住了10年了。”

“她有孩子吗？”我问。

拉迦梵娣摇摇头：“没有。她一个孩子也没有，所以，她天天忙于慈善活动和社交事业。她恐怕是阿格拉最富有的女人，而且人脉广泛。警察局局长和县长每周都会来这儿吃饭，因此你最好不要抱有任何想法，以为可以不交房租免费在这里住。你头一天不交房租，第二天就会被赶走，你最好明白这一点。”

当晚，祥哥儿给我煮饭吃，还坚持让我睡他的床，他自己睡在坚硬的石头地板上。他的好心让我的眼里流下了泪水。他和我一样是个孤儿，这使我们之间有了一种深厚的不解之缘。我们的这种联系超越了友谊，超越了交情，也超越了语言。那天晚上，阿格拉下起雨来。

我必须在七天内把400卢比交给那位夫人，所以我没有浪费时间，开始学习和我选择的职业有关的知识。身上的50卢比可以让我在泰姬陵逗留两天，第三天，祥哥儿借给了我10卢比。我在一群群西方游客跟前转悠，聆听讲英语的导游现场讲解，尽可能多记一些他们提到的事实和数字。这并不是很难，部分是因为我喜欢泰姬陵，就像扒手喜欢拥挤的公交车一样。也许泰姬陵就在我的血液里流淌，泰姬可能是我母亲的一个先祖，我的父亲也许是莫卧儿王朝的后裔。不管怎样，到了第四天，我已经掌握了足够多的有关泰姬陵的知识，以至于热切盼望当即就加入阿格拉数以百计无照经营的野导游行列。我在红砂岩大门口四处转悠着，主动为那些顶着令人窒息的六月酷暑天气来瞻仰泰姬陵的外国游客提供服务。我的第一批客户是一群英国的年轻女大学生，她们脸上长着雀斑，被太阳晒得黑黢黪的，随身携带旅行支票，穿着薄薄的衣服。她们认真地听我讲解，没有提出任何难以回答的问题，还拍了很多照片，并给了我10英镑钞票作为小费。我到外汇局兑换这张钞票时，才惊喜地意识到，尽管扣除了3%的兑换手续费，但我竟然赚到了750卢比。差不多快够我支付接下来两个月的房租了！

一周后，我搬到了外屋我自己的房间，不过在和祥哥儿共同居住的几天里，我对他有了更多的了解。我发现他说的话并不是毫无意义的胡言乱语，尽管在外人听起来那些话显得很荒谬，但对于他自己来说，它们具有一种特定的内在含义。我还了解到，祥哥儿最喜欢的食物是薄煎饼和扁豆，他最不爱吃的是茄子和白菜，他对玩具没有兴趣，他具有出色的绘画天赋，仅凭记忆就能够把一个人画得细致入微。而且和我一样，他也会梦见他的母亲。曾经有两天晚上，我听见他在睡梦里哭喊着“妈咪，妈咪”。而且我知道，他的内心深处想要表达的东西，要多于他说出来的那些看似无意义的音节。

和他住在一起，一定对我的心理产生了某种影响，我再次梦见了一个穿着白莎丽、怀抱婴儿的高个子年轻女人。狂风在她身后呼啸而来，把乌黑的头发吹拂到她的脸上，遮住了她的容颜。婴儿注视着她的眼睛，发出悦耳的咯咯的叫声：“妈妈……妈妈。”母亲张开嘴想要回应，但从她的唇边溜出的却只是“Q Gkrz Ukj Hu Wxwu”。婴儿惊叫起来，从她的怀抱里跌落下来。我惊醒了，赶忙检查我的舌头是否还健在。

在接下来的一年里，我在阿格拉汲取了有关泰姬陵的大量信息。我了解了泰姬·玛哈尔一生中隐秘的细节，比如让她难产而死的第十四个孩子名叫加瓦拉尔。我记住了有关泰姬陵建设的详细情况，比如从国库拨出了466.55公斤的纯金（在1631年相当于60万卢比），总建筑成本达到了41848826卢比7安纳6派沙。我还深入研究了有关泰姬陵真正建造者的争论，以及意大利金匠杰洛尼摩·佛罗尼欧似是而非的结论。我调查了有关第二个泰姬陵的传说，关于地下宫殿和可能存在的第三坟墓之谜。我可以滔滔不绝地讲述泰姬陵墙壁花卉图案采用的佛罗伦萨马赛克饰面艺术，以及仿照波斯风格建造的泰姬陵花园。能够说一口流利英语这一优势，立刻就让我这个导游界后起之秀占了先机。蜂拥而至的外国游客抢着让我给他们做导游，不久，“拉杜导游”的名头就在附近地区传开了。不过，这并不意味着我由此成了研究泰姬陵的权威人士。我掌握的是信息而不是真知灼见。拉杜导游无非是鹦鹉学舌而已，他能够如实地复述自己所听到的东西，却不能真正理解其间吉光片羽的深意。

久而久之，我学会了对日本游客说“Konichiwa”（你好），对俄罗斯游客说“Dasvedanya”（再见），对给我小费的西班牙游客说“Muchas gracias”（非常感谢），对美国乡下人说“Howdy”（您好）。但是，让我颇为遗憾的是，从来没有哪个澳大利亚客户可以让我拍着他的后背说：“恁（你）好老兄，我可以对你向西（详细）说说这个粉末（坟墓）的拉拢全麦（来龙去脉）！”

我渐渐从游客身上赚到了不少钱。我并没有发财，但肯定足以支付房租。我偶尔也会带着祥哥儿到麦当劳或必胜客打打牙祭，我也未雨绸缪地攒下了一些钱。只是雨季对于在一个大部分时间都被季风云团笼罩的天空下奔波忙碌的人而言，其实已不再有多少意义。我已经历了太多不幸，在我的潜意识中总是有一种恐惧：我担心迟早有一天，一辆红灯闪烁的吉普车会赶来将我逮捕，因为我谋杀了一个无名劫匪，还有桑特拉姆，甚至还有倪丽玛·顾茉莉，我看不出为未来制定长期计划的必要性。因此，我对待金钱就像对待我的生命一样——它们都是一种消耗性的日用品。来得容易，去得也快。因此，我很快就成了外屋的一个冤大头，这并不奇怪。

外屋的住户构成了一个五花八门的大杂烩：来自偏远农村的贫困大学生，以宰人的价格非法出租公家房屋的政府办事员，还有货车司机、洗衣工、园艺工、厨师、清洁工、管道工、木匠，甚至还有一个留着大胡子的诗人。他们当中许多人成了我的朋友，生活在他们中间让我开始意识到，沙杰汗大帝和泰姬的故事，绝非这个缺乏生气的小城唯一的故事。

拉迦梵娣是外屋的官方消息通报员。她眼观六路，耳听八方，对街坊之间的大事小情了如指掌。她知道谁打了妻子，谁和谁通奸，谁是酒鬼和守财奴，谁赖着房租不交，谁收取贿赂。虽然她对雇主的忠诚是显而易见的，可她不反对与我们分享和这座公馆的主人有关的传言。正是从她那里，我知道了斯瓦普娜·提毗多姿多彩的往昔生活。有传言说，她和已故丈夫的兄弟昆瓦尔·马亨德拉亲王有过一段热烈的感情，但最终与其反目成仇并将他毒死。我还听说，这段私情使她在贝拿勒斯有了一个私生女。她的女儿命运如何没人知道，似乎也没人关心。

萨基尔，住在外屋的一个贫困大学生，有一天晚上找到我。

“拉杜兄弟，如果你不介意的话，可以帮我一个忙吗？”他面带羞惭地问。

“可以，萨基尔，帮什么忙？”我已经猜到了他的来意。

“是这么回事，我爹这个月不能给我汇钱了，因为我们老家农村遭了旱灾。除非我下周一前能把学费交上去，不然我就得回乡下种地了。你能借我150卢比吗？我保证下个月收到钱就还你。”

“没问题，萨基尔。我们伟大的诗人纳赫米已经管我借了50卢比，戈帕尔管我借了100卢比，我留着100卢比本来想给自己买件新衬衫。但是你比我更需要这笔钱，所以把它们都拿去吧。”

拉迦梵娣邀请我和祥哥儿到她的房间吃晚饭。她是单身，一个人住在外屋。她有一个妹妹，住在离阿格拉大约30公里的一个乡村。拉迦梵娣的房间留给我的第一印象，就是它过于整洁了。这是我见过的最干净的房间。石头地板被打磨得闪闪发亮。屋里没有一丝灰尘。床上收拾得非常整洁，棉布床罩上连一丝褶痕也没有。壁炉架上用几何精度摆放着各种小装饰品。一切都整洁得要命，就连厨房看起来都清洁无比，乃至我几乎可以想象得出来，从她的烟囱里冒出的一定是白烟而不是黑烟。我和祥哥儿坐在椅子上；穿着粉红色莎丽的拉迦梵娣坐在床上。她似乎很兴奋，告诉我们说，她正在为19岁的妹妹拉克希米物色一个合适的新郎。

“那么你呢？”我问她，“难道不应该是姐姐先成家吗？”

“是的，应该。”她回答说，“可我不光是拉克希米的姐姐。自从我爸妈5年前就不在了以后，我就一直又当爹又当妈。这就是我不能太自私，只为我自己考虑的原因。等我把妹妹嫁出去了，我就尽了自己的责任，到了那个时候，我就可以寻觅我自己的白马王子了。”

“那你怎么给她物色合适的新郎呢？”

“我两个月前在《光明时报》，就是那个印地文报纸上登了一个广告，感谢杜尔迦女神的赐福，反响很不错。你们看看我收到了多少信。”她拿出了厚厚一沓信纸和信封。她从里面取出六张照片拿给我们看，“你们帮我看看，哪个小伙子适合拉克希米？”

我和祥哥儿仔细审视着这些准新郎。我们几乎对所有的人都看不上眼。这个太老，那个笑起来太邪恶，这个太丑了，那个脸上有疤痕。这张照片怎么看都像是警方拍摄的犯人脸部照片。最后只剩下一张照片，照片上是一个年轻英俊的小伙子，有着帅气的发型和浓密的胡子。“嗯，这个不错，他是这里面最好的。”我对拉迦梵娣说。祥哥儿也热切地点点头表示赞同。“Q Gqfz Pdz Wku。”他说。

拉迦梵娣对我们的选择很开心。“我选的也是他。他除了长相好，家庭条件也好。他们家在当地很有名望。你们知道吗？他还是个职位很高的政府官员呢。”

“真的吗？他是做什么的？”

“他是他们县里的助理甘蔗官。拉克希米要是和他结婚，肯定会过得像个王后。那我是不是该和他的家人谈一谈呢？借着杜尔迦女神的赐福早点儿把婚事办了，你们说呢？”

“当然，这种事不能拖。”

拉迦梵娣当晚给我们备办了一顿丰盛的晚餐：普里糕、豆沙香辣丸、马铃薯、扁豆和印度奶酪，使用的钢制餐盘是那样整洁，简直可以当镜子用。我用她一尘不染的陶器吃东西，近乎体验到一种罪恶感。我很担心一不小心就会给陶器造成划痕。我忍不住问她：“拉迦梵娣，你的房间是怎么收拾得这么干净的呢？你有女佣吗？”

她很感激我的赏识。“别跟我开玩笑了。一个女佣怎么还会雇女佣呢？我是那种喜欢把什么都收拾得利利索索的人。我从小就养成了这种习惯，我不能住不干净的房子，我只要看到地上有灰、桌上有饭粒或者床单上有皱褶，我的手指头就会发痒。我妈过去常说：‘拉迦梵娣就连树上一片叶子长歪了都受不了。’这就是为什么女王阁下爱和我待在一起的原因。前两天我偷听到她和局长先生的妻子说，拉迦梵娣是她见过的最好的用人，所以，她永远都不会放我走的。”她自豪地微笑着。

“是的，我也这么认为，你一定是全世界最能干的女佣。但你最好别去我的房间，不然你一定会呕吐的。”

祥哥儿也认同拉迦梵娣是最棒的女佣这一结论。“Q Gkrz Gxesxipq。”他高兴地露齿而笑。

我今天的最后一批客户，是来自德里的四个富有的大学生。他们年龄都不大，穿名牌牛仔裤，戴进口太阳镜，一个个都闹哄哄的，轻率地评点泰姬陵，不停地互相疯闹，开着过分粗俗的玩笑。我完成导游任务以后，他们不但给了我导游费，还额外给了我一笔可观的小费。他们甚至邀我晚上坐上他们的专职司机开的小面包车，和他们一起出去玩。“拉杜导游，和我们一起出去玩吧，今晚一定会让你终生难忘的。”他们恳求道。我起初谢绝了他们的好意，但由于他们一再要求，另外，他们慷慨的小费也让我心怀感激，因此也就没法拒绝他们的好意了。我跳上他们的车。

首先，我们去了皇宫酒店。这是我第一次光顾一家五星级酒店。我坐在有空调的餐厅里，感受着枝形吊灯发出的柔和光晕和轻柔的背景音乐，注视着穿制服的服务生，以及有钱有势者的气派。男宾客在低声密谈，女宾客就像是精致的玩偶，一张张餐桌上的食物令人垂涎欲滴。

一个男孩把菜谱递给我：“给，拉杜。点你爱吃的。”我瞅了一眼菜单，一看到上面的价格，我差点儿背过气去。一盘黄油烤鸡就要600卢比！在外屋附近的路边摊位那里，我花55卢比就能买到同样的东西。但是我也知道，你在这里购买的不只是食物，你购买的也是环境和气氛。男孩们几乎点了菜单上所有的东西，又要了两瓶苏格兰威士忌。

这种挥金如土的场面让我感到不适。在孟买，我和萨利姆为了填饱肚子，有时的确会偷偷混进有钱人家的婚宴享用免费食物，可我们从不妒忌他们的财富。但是看到这些富有的大学生花钱如流水的做派，我心里感觉颇不是滋味。这与我自己的艰辛生活形成了极其强烈的对比，也让我感觉身体隐隐作痛。所以，尽管我面前的餐桌上摆满了诱人的菜肴，我的饥饿感却逐渐减退直至消失殆尽。于是我意识到，我已经不是以前那个我了。而且我也很想知道，当一切欲望都可以满足，甚至早在欲望之火开始燃烧之前，就能用金钱将其闷熄扑灭，从而导致一个人毫无欲望可言，这到底是一种什么样的感觉。那种没有欲望的生活真的值得追求吗？欲望的匮乏比物质匮乏本身更可取吗？我思考着这些问题，却无法得到满意的答案。

那几个男孩酒足饭饱以后，再次让我坐进那辆小面包车。

“我们现在去哪儿？”我问。

“你过会儿就知道了。”他们大笑着说。

司机带我们穿过狭窄的街道和拥挤的市场驶向阿格拉郊区。我们的小面包车最终进入了国道附近一处叫作巴塞莫拉的陌生街区。入口处的一个广告牌上写着：“进入红灯区风险自负。牢记使用安全套。预防艾滋病，珍惜生命。”我不知道广告牌上提到的红灯区是什么意思。就目力所及，我没有看到哪栋房屋前面亮着红灯。路边至少停放着十多辆汽车。一些赤脚的孩子在街道上游荡——看不到他们的母亲就在附近的迹象。淡淡的音乐声和舞女脚踝的铃铛声在夜空中浮动。在远处的月光下，我能够看到熠熠生辉的泰姬陵的圆穹顶和尖塔。月亮的光晕和那个大理石纪念物的美景，甚至也为这片蒙尘而肮脏的单间棚屋和二层建筑带来了一种神秘气息。

大学生们从车上下来，走向一片低矮的建筑物。我迟疑不决，但他们拉着我往前走。我现在才注意到，这里聚集着不少人。穿着库尔塔宽松裤、形象猥琐的男人在房前闲逛，嘴里不停地嚼着槟榔包。我看见不同年龄的女孩坐在台阶上，只穿着裙子和薄衫，一个个浓妆艳抹，戴着珠宝首饰。其中一些人向我们抛媚眼，用手指做出淫秽和下流的手势。我现在明白红灯区为何物了，就是妓女工作的地方。我听说过孟买的法克兰大街和德里的GB大街有这种地方，但我以前从未踏入真正的红灯区。我甚至都不知道阿格拉也有红灯区。这个夜晚对我而言，的确是一种全新的体验。那几个男孩走进了一栋面积很大、看上去不像其他地方那样破旧的二层楼房，还不时回过头来，确保我紧跟在他们后面。我们走进门厅，从这里延伸出几条狭窄的走廊，通向一个个小房间。

一个男人出来接待我们。他很年轻，长着一张疤瘌脸和一双贼溜溜的眼睛。“先生们，欢迎欢迎，你们来对地方了。我们这里有阿格拉最年轻、最漂亮的姑娘。”他说。

男孩们和他聚在一起商讨价格。他们交给他一大把钞票。

“我们也帮你付过钱了，拉杜。去享受吧，我们请客。”他们说，然后各自带着一个女孩进了房间。我独自留在门厅里。一会儿，一个嚼着槟榔的老女人走过来，让我跟着她走。我跟着她走上一段楼梯。她在一扇绿色木门门口停下来，并示意我进去。接着，她又迈着疲惫的步伐走下楼梯。

我不知道该走进房间还是该回到车上。我的半边大脑告诉我应该立刻离开。可是，受到一种近乎狂躁的好奇心的驱使，另一半大脑却怂恿我留下来。

在我看过的印度电影里，扮演妓女的女主角必然是心地善良的女孩，只是被迫无奈才从事这个行业。在电影结尾，妓女差不多总要服毒自杀。我不知道是否有一种使命将我带到了这个妓院。在这扇门后面，是否有个女主角正在等待我的到来？我是不是一个有责任将她救出火坑的英雄？还有，我是否能够改变结局，阻止她走上绝路？

我推门走进了房间。

房间很小，仅中间有一张床。不知为什么，我丝毫没有注意到房间的环境。我的目光完全被坐在床边的那个穿粉红色莎丽的女孩吸引住了。她皮肤黝黑，形容俊俏，有着一双迷人的涂着眼影的眼睛，两片性感的抹着口红的嘴唇。在她长长的黑头发上，插着几朵芳香的白色花朵。她的妆化得很浓，胳膊和脖子上佩戴着首饰。

“嘿，”她说，“过来，坐到我旁边来。”她说起话来，就像钢琴的音符一样动听。

我迟疑地靠近她，她感觉到我的羞涩，就笑起来：“别担心，我又不会吃人。”我在她旁边坐下来。我注意到床单很脏，上面有奇怪的斑点和污渍。

“你是第一次来，”她说，“你叫什么名字？”

“拉姆·穆罕默德·托马——不，不……拉杜·沙玛。”我回答说，好在及时地打住了。

“你对自己的名字好像记得不怎么清楚呀。”

“不——不是的。你叫什么名字？”

“尼塔。”

“什么尼塔？”

“你说什么？”

“我是想问你的全名。你的全名是什么？你难道没有姓吗？”

她轻声笑起来：“你到的是妓院，先生，不是婚姻介绍所，妓女没有姓氏。我们就像猫狗一样，他们只叫我们的名字。尼塔、丽塔、阿萨、恰姆巴、米娜、莱娜，你们随便挑。”她用一种满不在乎的语气说，既无敌意也无愧意。

“哦，那你就是一个妓女了？”

她又笑了：“你真是个奇怪的人。小哥哥啊，你来巴塞莫拉只能遇到妓女。在阿格拉的这个地方，你不可能遇到你的妈妈和姐妹！”

“你多大了？”

“终于问到有点儿关系的问题了。我17岁，别告诉我，你想要个比我更年轻的。我觉得，你也不过是个孩子，顶多16岁。”

“我也是17岁。告诉我，你干这行有多久了？”

“这有什么区别吗？你需要知道的，就是我还是不是处女。老实说，我不是。你要是想找处女，就得支付四倍的价儿。不过你还是先试试我吧，我比处女还要好哩。你一定不会失望的。”

“你就不怕得病吗？我都看见入口处广告牌的警告了，说要小心得艾滋病。”

她又笑了起来，笑声很是空洞：“听着，对我来说这就是一个职业，不是什么爱好。它能让我和全家吃饱不饿。我要是不做这个，我的家人可能早就饿死了。我们做妓女的都知道艾滋病。但是明天病死了，总比今天就饿死了强吧，你觉得我说得不对吗？你现在还想继续问问题，还是想做点儿什么呢？一会儿时间可就到了，西亚姆就会领下一个顾客来，到时候你可别怪我呀。我的生意好着哩。”

"谁是西亚姆？"

"他是我的皮条客，你的钱就是给的他。来吧，我要把莎丽脱掉了。"

"先别，你先等等，我还想再问你几个问题。"

"啊呀，你来这儿是想干我呢，还是想和我唠嗑呀？你和以前那个白人记者一个样儿。他是带着磁带录音机和照相机来的，开始还说他对我不感兴趣，就是想做点儿调查。可是我刚把外衣解开，他就把他的调查忘得没影儿了。到最后你猜怎么样？他的录音机里录的全是他自己的叫唤声儿。我今儿就想看看，你和他是不是一样的。"

她说完，便一下子脱掉上衣。她没戴乳罩。两只造型别致的乳房赫然入目，就像是棕色的泰姬陵的穹顶。它们圆润光滑，红润的乳头就和泰姬陵那精美的尖塔一样突出。我的嘴唇开始发干，呼吸变得急促，心脏开始怦怦直跳。她的手顺着我的胸部一路下滑，感受到了我的亢奋，她笑了起来。

"我就说嘛，你们男人都是一个样儿。一看到女人的乳房，你们就把理智丢到窗外去了。来吧。"她拉着我进入她的身体，我体验到了一种纯粹的无杂念的狂喜。一股电流掠过我的身体，它带给我的快感多于震惊。我欢悦得浑身战栗。

当我们并肩躺在那个摇晃的天花板吊扇下面时，我嗅着她的黑发散发出的花香，笨拙地亲吻着她。

"你干吗不早告诉我，这是你的第一次呢？"她说，"那样我就会更温柔一点儿。不过时间到了，你现在该走了。”她突然从床上坐起来，开始穿衣服。

这一突如其来的举动让我颇为沮丧。5分钟前，我还是她的情人，但现在我只是一个客人，而且她的时间已经到了。我于是意识到，那个美妙的时刻已经结束了。魔力消失了，现在我不再被欲望所蒙蔽，我又从窗外捡回了理智，方才注意到房间的真面目。我看到靠墙的桌子上有一台陈旧的卡式录音机，连着一条脏兮兮的黑色电源线。我看到发霉的墙皮已经剥落。我看到窗口处挂着破损而且褪色的红色窗帘。我看到床单上的污渍和床垫上的破洞。我感觉到轻微的瘙痒，那恐怕是因为床上的螨虫所致。我闻到房间里腐败、发霉的气味。现在，周遭的一切都似乎变得肮脏龌龊。躺在污秽的床上，我感觉自己受了玷污，因而不再纯洁。我也站起来，匆忙收拾衣服。

“我的小费呢？”她问，一边拉好她的上衣。

我从钱包里拿出50卢比递给她。她感激地塞进衣兜里。

“你喜欢这个吗？以后还来吗？”她问。

我没有回答，匆忙离去。

后来，坐在回城里的小面包车里，我回想起她的问题。我喜欢那个吗？喜欢。我会再来吗？会的。一种新奇的感觉撕扯我的心灵，让我感到头晕。这是爱吗？我问自己。我不知道，可我知道一点——我冒险进入了红灯区。我遇到一个妓女，第一次发生了性关系。现在我被她迷住了。

城市里弥漫着对狂犬病的恐慌。许多孩子在被受到感染的狗咬伤后死去了。

卫生部门要求市民格外警惕，采取必要的预防措施。我警告祥哥儿："你到外面去要小心，不要靠近狗，明白吗？"

祥哥儿点点头。

今天轮到比哈尔，那个鞋匠上门了。他是迄今唯一还没有向我借过钱的人。"拉杜，我儿子南伊病得很重，现在被送到了阿戈瓦医生的私人诊所。医生说我必须抓紧时间买药，那些药很贵。我现在已经凑齐了400卢比，你能再借我一点儿吗？我求你了。"

我拿给比哈尔200卢比，我知道永远别再指望把这笔钱拿回来了。但是，他还是无力购买那些药品。两天后，6岁大的南伊死在诊所。

那天晚上，比哈尔抱着用白布裹着的儿子回到外屋。他显然是喝醉了，走起路来摇摇晃晃。他把儿子的尸体放在铺满鹅卵石的庭院中间，就在公用水龙头附近。他把外屋每一个人都叫出来。然后，他滔滔不绝地破口大骂。他没有特别针对哪一个人，不过他把所有的人都骂了。他咒骂那些住在豪宅里，对为他们服务的穷人漠不关心的富人。他咒骂那些欺诈病人，将大把钞票塞进自己腰包的医生。他咒骂只会凭空许诺，却从不兑现的政府。他咒骂我们每一个人，说我们只会一声不吭地做旁观者。他咒骂自己还活在这个世上。他咒骂上帝创造了一个不公平的人间。他咒骂这个世界，咒骂泰姬陵，咒骂沙杰汗大帝。他连挂在他的屋外、曾经电击过南伊的电灯泡也不放过，那个公用水龙头也未能逃过他的怒火。“你这个没用的破玩意儿，我们需要你时，你一滴水也滴不下来，可是我儿子一靠近你的边儿，你就让他玩了两个钟头，害他得了肺炎。我诅咒你很快就被连根拔起，我诅咒你在地狱里烂掉！”他咒骂着并狠踢那个水龙头。在半个钟头的愤怒咆哮和胡言乱语之后，他终于瘫倒在地，开始放声大哭。他把儿子的尸体搂在怀里，直哭到嗓音嘶哑，肝肠寸断。

在我自己的房间里，我躺在床上，思考着生活的种种不公正。小南伊在外屋嬉戏玩耍的画面，不时地在我的脑海里掠过。我有一种哭泣的冲动，但眼泪却拒绝从眼睛里流出来。我已经看到过太多的尸体。所以，我把洁白的床单拉上来蒙住头，让自己沉沉睡去。我梦见笼罩在棕色阴影中的泰姬陵。我看见了那两个造型别致的圆穹顶。

一周后我又去找尼塔。这一次我不得不把足额的费用交给西亚姆，她的皮条客。300卢比。我躺在脏兮兮的床上，和她做爱，听她说脏话。

“你喜欢做妓女吗？”我事后问她。

"怎么啦？这有什么错吗？这就是一种职业，和其他职业一样。"

"可是，你真的喜欢你的职业吗？"

"是的。我爱和陌生人睡觉，比如你。它能让我赚更多的钱养家，而且我每周五还能去电影院看一场电影，一个女孩家有这些还不够吗？"

我注视着她母鹿一般纯洁的眼睛，我知道她在说谎。她是一个演员，她在演一种角色。就像倪丽玛·顾茉莉一样，只是她的表演不会赢得任何奖项罢了。

尼塔似乎是一个谜，这也使我渴望更多地了解她。她唤起了我从未体验过的一种饥饿感。我也许进入了她的身体，但更想进入她的内心。所以，我开始在每个星期一去找她——每逢这天泰姬陵正好关门。经过四五次接触之后，我终于攻破了她的心理防线。

她告诉我，她是中央邦宾得县的一个贝迪亚种姓的女孩。她的父母依然健在，还有一个哥哥，以及一个婚姻幸福的姐姐。在他们这个种姓当中，每家出一个女孩做妓女是一种传统，这样的女孩叫作贝德尼。这个女孩要赚钱养家，而家中的男性可以整天喝酒打牌。"所以在我们那儿，谁家生了女孩就会庆祝。这不是因为将来会有新郎上门。生男孩其实就是一种债务，在发廊、卡车站、旅店和路边餐馆，你都会看见我们村出来的贝德尼，她们都在为了赚钱养家卖身。"

“可是，你妈妈为什么选择你呢？她也可以选择你的姐姐呀。”

尼塔发出一声冷笑：“因为我的美貌成了祸根。我妈妈有权决定她的两个女儿谁出嫁，谁当妓女。她选择了我当贝德尼。我要是长得相貌平平，就像我姐姐一样，也许就不会被送到这儿了。我大概也会去上学、结婚、生子。现在我却在这个妓院里。这就是美貌让我付出的代价。所以，你别再夸我长得好看了。”

“那你做这行多久了？”

“从十几岁就开始了。举行完拆鼻环和盖头巾的仪式，以后你就是个女人了。因此在12岁那年，我的初夜就给了那个出价最高的男人，接着，我就被送进了这家妓院。”

“但是，如果你哪天不想再干这行，想找个男人嫁了，也是可以的，对吗？”

她摊开双手：“谁会娶一个妓女呢？我们只能这么做下去，直到肌肉松弛了，或者哪天得病死了才能停下来，谁知道哪样来得更快呢！”

“我知道，你将来一定会找到自己的白马王子的。”我含着眼泪告诉她。从那天起，她没再向我要过小费。

我后来回顾起和尼塔的对话，我不知道为什么要对她撒谎。我其实不希望她找到什么白马王子。我甚至没有意识到，我已经爱上她了。

在此之前，我对爱情的概念，完全基于自己看过的印度电影。在电影中，男女主人公深情对视，然后仿佛是电光石火一般，某种奇特的化学反应让他们心头鹿撞，嗓子发紧，接下来，你就会看到他们在瑞士乡村和美国购物商场放声歌唱。我原以为，当我在那节火车车厢里遇到那个穿着蓝色谢尔瓦格米兹的女孩时，我感受到的就是爱情炫目的光芒。然而，真爱的降临却是在阿格拉的这个冬季。我再次意识到，人类真正的生活，与电影里描绘的生活有着很大的不同。真正的爱情不是在瞬间发生的，它会悄悄地向你逼近，继而将你的生活整个儿颠倒过来。它会让你在清醒时感受五彩斑斓，让你在入睡时体验美梦成真。你飘飘欲仙，犹如在云端里漫步；你如痴如醉，仿佛生活闪烁着辉煌的色彩。但是，它也带来了一种甜蜜的痛苦，一种怡人的折磨。我每天都在狂热地渴望与尼塔会面，无时无刻不在对她倍感思念，我陷在这种情感之间不能自拔。她那曼妙的身影，总是在最不可思议的时间和空间翩然而至。当我给一个形容枯槁的80岁游客讲解时，脑海里会想象出她那张美丽的面孔。我坐在卫生间马桶座圈上，也能够闻到她的秀发的芳香。当我到蔬菜市场买土豆和西红柿时，我也会因想到和她亲热的情景而感到战栗。我从内心深处知道，她就是我的公主。

我强烈地渴望有一天能够娶她为妻，这已成为我的一种人生梦想。我最担心的就是当我说出这种心愿时，她也许不会答应。

一辆闪着红灯的警车开到外屋前面，一个督察和两名警员从车上下来。我的心不由得一沉。我突然感到不寒而栗。我的罪行终于找上门来了。看吧，这就是我的人生模式。就在我自以为乌云散尽，我那运乖时蹇的人生已不复再来之际，命运却要让我再次栽个大跟头。当我刚刚找到自己的真爱之时，我却要被关进监狱。就像沙杰汗大帝一样，我也将被孤零零地长期幽禁，徒劳地思念着尼塔——属于我自己的泰姬。[1]

督察从吉普车上拿下一个扩音器开始讲话。我以为他会说："请拉姆·穆罕默德·托马斯，化名拉杜·沙玛的那个人举起双手走出来！"可他说的却是："请这里所有的住户走出来好吗？阿格拉银行发生了一宗抢劫案，我们有理由相信劫匪就藏在这里。我们要对每一个房间进行搜查。"我听到这句话，顿时感觉有个沉重的负担从心口卸了下来。我太高兴了，我真想走出去拥抱那个督察。

警员依次进入各个房间，并进行彻底搜查。他们来到我的房间，询问我的名字、年龄和职业，我在这一带是否见过可疑人员。我没有告诉他们，说我是一个无照经营的野导游。我说自己是一个大学生，刚刚搬到这里住。他们相信了我的话。他们察看了我的床下。他们走进厨房，翻检了坛坛罐罐，掀翻了

1　1657年，沙杰汗大帝卧病，四子夺嫡。1658年，三皇子奥朗则布在权力斗争中得胜，宣布称帝，将沙杰汗禁闭在阿格拉城堡。沙杰汗通过镜子反射眺望远处的泰姬陵、诵读《古兰经》并祈祷而度过余生。

床垫，然后走到下一个房间。这时督察也跟着警员走了进去。

他们走进祥哥儿的房间。“喂，你叫什么名字？”那个督察粗鲁地问祥哥儿。

“Hu Ixhz Qo Odxifxn。”祥哥儿回答说，他有点儿困惑。

“什么？你能再重复一遍吗？”

“Odxifxn。”

“该死的杂种，你是在耍我吗？”督察愤怒地说，扬起警棍就要打祥哥儿。我赶快拦住他：“督察先生，祥哥儿的智力有问题。他不能说话。”

“那你怎么不早说？”他转向他的警员，“我们到下一家吧，我们从一个白痴嘴里什么也问不出来。”

在接下来的三个钟头，他们搜查了所有30个房间，并最终在那个大胡子诗人、自称是宝莱坞词曲作者的纳赫米的房间发现了一个藏满纸币的地窖。我们那位年轻的诗人竟然兼职抢劫银行，这让我们困惑不解。这充分说明人不可貌相。其实，我也没资格多说什么。要是住在外屋的人们发现我那不可告人的过去，也一样会跟着震惊和蒙羞的！

拉迦梵娣来到我的房间，给我带来了一些新鲜的玫瑰奶球。她刚刚从附近的杜尔迦寺庙祈祷回来，她今天准备了很多玫瑰奶球，其中一部分作为供品献给了杜尔迦女神。她看起来很兴奋。

“拉迦梵娣，这些奶球是怎么回事？是你的女王阁下给你涨工钱了吗？”我问她。

“今天是我最幸福的日子。感谢杜尔迦女神的赐福，那个甘蔗官终于答应娶拉克希米了。以后，我妹妹就会过得像一个女王了。我准备办一个最好的婚礼。”

“可是嫁妆怎么办？新郎那边没提要求吗？”

“没提，没提什么要求。人家是一个非常体面的家庭。他们一分钱现金也不要。他们只想要一些小东西。”

“什么小东西？”

“比如一辆‘巴贾杰’牌摩托车，一台‘苏米特’牌搅拌器，五套‘雷蒙德’牌西装和一些黄金首饰。其实，我本来就想要送这些给拉克希米的。”

我感到愤慨：“可是拉迦梵娣，这会让你搭进去很多钱的——至少要10万卢比。你到哪儿弄这么多钱呢？”

“这些年，我一直在为拉克希米的婚礼攒钱。我都攒了快到5万卢比了。剩下的5万，我会向女王阁下去借。”

“你确定她会借给你这么一大笔钱吗？”

“当然了。我是她见过的最好的女佣嘛。”

“那好吧，我祝你好运。”

我继续去见尼塔，但妓院内的气氛让我感到窒息。而且，我讨厌和那个长着贼溜溜的眼睛的皮条客西亚姆打交道，所以在尼塔的建议下，我们开始在外面见面。她每周五都会独自出来看电影。我就跟着她一块儿去。她喜欢吃爆米花，我总会给她买一大包。我们坐在漆黑而肮脏的阿卡什电影院后排。当我把手伸进她那件薄纱做的连衣裙里抚摩她柔软的乳房时，她会一边吃爆米花，一边发出咯咯的笑声。电影散场后，走出大厅的我浑身燥热，满脸通红，完全想不起刚才看的是家庭剧、喜剧还是惊悚片。

因为此时此刻，在我的眼里只有尼塔一个人，我希望我们自己的故事能够像爱情电影那样逐渐展开，最终变成一部史诗般的罗曼史。

祥哥儿哭着走进我的房间。

“出什么事了？”我问。

他指着膝盖，上面有划痕和擦伤。我立刻担心起来：“你是怎么受伤的，祥哥儿？你跌倒了吗？”

祥哥儿摇摇头。“X Akc Wqp Hz。”他说。

我第一次希望我能听懂他的话。“对不起，我不明白。你干吗不带我出去看看，告诉我你是怎么伤的呢？”

祥哥儿带我走出去，指着鹅卵石铺就的庭院和马路相连的地方。角落处有一小截低矮挡墙，外屋的孩子经常在这儿跳上跳下。

“Yxi Ukj Ozz Pdxp Akc？Dq Wqp Hz Dznz。”祥哥儿指着他的膝盖说。

我看看他指的方向，便点点头，表示知道是怎么回事了。我估计他一定是从墙上跳下来时，把自己摔伤了。“跟我来，拉迦梵娣的房间里有药箱。我让她给你包扎一下伤口。”

我没有看到那只长着黑斑点、患疥癣的小流浪狗，它在矮墙下面的鹅卵石人行道上喘着气，口涎顺着白色的尖牙流下来。

新的一年已经来临，带来了新的希望和新的梦想。我和尼塔都到了18岁——法定的结婚年龄。我第一次开始思考未来，并相信我也可以有自己的未来，有尼塔与我一生相守的未来。我不再借钱给外屋的人，我现在需要每一个卢比。

今天是星期五，而且也是一个满月之夜，这确实是一个罕见的组合。我说服尼塔不去电影院，而是跟我一起去泰姬陵。深夜时分，我们坐在大理石基座上，等待月亮从喷泉和暗绿色的松柏后面升起。当那轮月亮努力挣脱出那些低矮的建筑物和茂密的树叶的遮挡时，我们首先看见，一缕银辉缓缓穿过右侧高大的树木，然后继续爬升，最终悬在我们的正上方，庄严地从天空中俯瞰人间。夜幕徐徐拉起，泰姬陵沐浴清辉，风华绝代。我和尼塔肃然起敬。泰姬陵犹如一座人间天堂，一个从亚穆纳河升起的银色幽灵。我们十指相扣，对那些花了50卢比，只为有机会目睹月光下的泰姬陵的外国游客视而不见。

我凝视着泰姬陵，我又凝视着尼塔。与尼塔完美无瑕的面孔相比，泰姬陵那缺乏生气的至善至美，开始变得黯然失色。

当我那被囚禁了18年的爱情突然喷薄而出时，我不禁潸然泪下。我感觉到了如洪水决堤般的情感释放，也第一次体验到了沙杰汗大帝对泰姬·玛哈尔怀有的深情。

这是我一生等待的时刻，而且我也为此做过精心排练。纳赫米，那个大胡子诗人，在入狱前留给我一本乌尔都语诗集，我也记住了一些浪漫的诗句。纳赫米甚至一时间灵感迸发，为我创作出一首赞美尼塔的短诗。内容大致是这样的：

你的美是仙丹妙药，
让我这个孤儿由哭转笑。
若你拒绝成为我的妻子，
我将死于相思，
并在坟墓中哭泣。

我还记得很多著名的爱情故事片中的不朽对白。可是和尼塔一起坐在月光下的泰姬陵这里，我就把那首诗歌和电影的世界全丢到了脑后。我只是注视着她的眼睛，并且问她："你爱我吗？"她的回答只有一个字："爱。"对我来说，这个字比所有诗集和有关阿格拉的旅游手册都有更多的意义。当我听到它时，我感觉心花怒放。我那非凡的爱仿佛挣脱了地球的束缚，它像风筝一样插翅飞升，直抵云天。于是，我第一次感觉泰姬陵是生者的居所而非逝者的陵墓，头上那轮满月只为我们照耀。在这属于我们自己的天堂里，我们感觉到了沐浴在它那神光中的至福。

祥哥儿跑进我的房间。“Ykhz Mjqyfgu, Gxesqipq qo ynuqic。”说完，他把我带到拉迦梵娣的房间。

拉迦梵娣正趴在床上哭泣。她的眼泪如断线之珠，打湿了那没有一丝褶皱的床单，这和她房间的过度整洁似乎很不相配。“你怎么啦，拉迦梵娣？你为什么哭呢？”我问她。

“因为斯瓦普娜·提毗那个婊子，她拒绝借钱给我，现在我妹妹的嫁妆怎么办呀？”她一边说，一边又痛哭起来。

“是啊，外屋谁也没有这么多钱。你不能从银行贷款吗？”

“哼，会有哪家银行肯贷款给我这样的穷鬼女佣呢？没有。现在我只有一个选择了。”

“什么？取消你妹妹的婚礼？”

她的眼里冒火：“不，我绝不会那么做。也许我只能像我们的诗人纳赫米那样做了，去偷钱。”

我从椅子上跳起来：“你疯了吗，拉迦梵娣？你连想都不要想。你没看见警察是怎么把纳赫米带走的吗？”

“那是因为纳赫米是个傻瓜，我有一个天衣无缝的计划。你就像我的弟弟一样，所以我可以把这个计划告诉你。不要对任何人说，哪怕是祥哥儿。你知道吗？斯瓦普娜有一个保险箱，她把最值钱的东西都放在那里了。她的卧室左边墙上有一个很大的油画框。油画后面有一个墙洞，那个保险箱就在里面，她把保险箱钥匙放在床垫左下角。有一次，我偷偷见过她打开了那个保险箱。里面全是钱，还有珠宝首饰。我不打算偷钱，那很容易被发现，不过我正在考虑偷一条项链。她的保险箱里有很多项链，她可能根本不会注意到。你觉得怎么样？”

“拉迦梵娣啊，拉迦梵娣，你听我说，你要是把我当弟弟看，那就听我的建议。千万不要动这种念头。相信我，犯法的事不要去做，我自己就有过许多亲身经历，而且我知道，你犯的罪早晚有一天会找上门的。那样的话，你不但不能去参加你妹妹的婚礼，还要天天在监狱里受折磨。”

“哼，你们男人都是胆小鬼。”她不屑一顾地说，“我不管你怎么说，该做的事我就一定要去做。”

无奈之下，我只能求助于我信任的那枚旧硬币。“听着，拉迦梵娣，如果你不相信我，那无所谓。但是你得相信这枚神奇的硬币。它会告诉你该怎么做。所以，我们还是听听它的意见吧。我来掷它。如果正面朝上，你就放弃你的计划，如果背面朝上，你想怎么做都可以。你看行吗？”

“行。”

我掷出了硬币。是正面。拉迦梵娣叹了口气。“看来运气都在和我作对。好吧，我还是回乡下吧，看看能不能从村长那里借到钱，他了解我这个人。把我今天说的话都忘了吧。”

三天后，拉迦梵娣锁上了房门，请了一星期的假，回到她的农村老家。

“我希望你以后别再做妓女这一行了。”我对尼塔说。

尼塔同意了：“我也不想和拉达一样，还不到20岁就死掉了。带我离开这里，拉杜。”

“我会的，我需要和西亚姆谈谈这件事吧？”

“是的，我们必须得到他的同意。”

当晚，我找到那个皮条客：“听我说，西亚姆，我爱上了尼塔，我想娶她为妻。她以后就不在妓院工作了。”

西亚姆把我上下打量了一番，好像我是一条虫子一般。“我明白了，原来是你让她有了那些愚蠢的想法。听着，你这个混蛋，谁也别想让尼塔停止工作。只有我可以决定她怎么做。而且我不想让她停止工作。她是一只能下金蛋的鸡，我还指望她继续给我下金蛋呢！”

“这就是说，你永远都不允许她嫁人？”

“我可以让她嫁人，但有一个条件：谁想娶她，就得同意补偿我的损失。”

“那你估计一下，得赔偿你多少损失？”

“让我想想……40万卢比。你能给我这么多钱吗？”他哈哈大笑，并把我轰走了。

那天晚上，我数了一下我攒的钱。一共480卢比。

我感到很愤怒，恨不能马上就去掐死那个皮条客。“西亚姆绝不会同意你嫁给我的。”我第二天对尼塔说，“我们唯一的选择就是逃跑。”

“不！”尼塔恐惧地说，“妓院的人肯定会找到我们的，去年恰姆巴想跟一个男人跑，他们找到了她，把那个男人的腿打断了，还饿了她10天。”

“那样的话，我就只能杀了西亚姆。”我说，我的眼里杀气腾腾。

“不。”尼塔激烈地摇着头说，“答应我，你永远都不要这么做。”

我很吃惊：“可是为什么呀？”

“因为西亚姆是我哥哥。”

一辆红灯闪烁的吉普车开到了外屋前面。车上走下来四个警员。这次来了一个新督察。我们再次被叫出来。“听着，你们这些没出息的废物，这里发生了一件很严重的事情。有人从斯瓦普娜·提毗的屋里偷走了一条很贵重的绿宝石项链。我非常非常怀疑，小偷就出在你们这些混蛋中间。所以现在我给你们一个机会，早点儿主动坦白，不然的话，等我把那个小偷揪出来，我非把他打个半死不可。”

我立刻担心地想到拉迦梵娣，不过，当我看到她紧锁的房门，并且想起她现在是在乡下时，便如释重负地吐出了一口气。幸亏她丢掉了那个偷项链的荒谬念头。她以为斯瓦普娜·提毗不会发现丢了东西，可实际上，警察眨眼间就找上门来了。

我们被逐个盘问。轮到祥哥儿时，同样的一幕又上演了。

“姓名？”那个督察问。

“Odxifxn。”祥哥儿回答说。

“你说什么？”

“Q Oxqa Hu Ixhz Qo Odxifxn。”

“混蛋，想和我耍小聪明……”督察咬牙切齿地说。我再次作了解释，督察的脸色才缓和下来。他摆摆手，打发走了祥哥儿。这一次，警察空手而去，没找到项链，也没发现任何嫌疑人。

当天晚上，一只长着黑斑点、患疥癣的小流浪狗死在泰姬陵附近。没有人在意这件事。

第二天，拉迦梵娣刚从乡下回来就被逮捕了。一个警员满身是汗地把她从屋里拖到红灯闪烁的吉普车上，她无法自制地大哭着。

我无助地看着这一场面。我和在斯瓦普娜公馆做园丁的阿卜杜勒站在一起。

“阿卜杜勒，警察为什么要带走拉迦梵娣？为什么女王阁下不想想办法呢？不管怎么说，拉迦梵娣毕竟是她见过的最好的女佣呀。”

阿卜杜勒咧开嘴笑起来："是夫人自己打电话给警察，叫他们把拉迦梵娣抓走的。"

"可这是为什么？"

"因为拉迦梵娣偷了她保险箱里的项链，警察今天从她在乡下的家里搜出来了。"

"那斯瓦普娜·提毗怎么知道是拉迦梵娣偷了项链？丢东西时她都不在这里。"

"因为她留下了蛛丝马迹。你知道吗，她并没有直接回乡下。她当时留在阿格拉，趁人不注意时就溜进来了。当夫人出去参加宴会时，她就进了卧室偷走了项链。但巧的是，夫人在去参加宴会前，就坐在床上梳头，把几个胸针和发夹丢在缎子面床单上。夫人夜里回来后，发现她的发夹和胸针都整整齐齐地摆在梳妆台上。这立刻就让她起了疑心。她检查了保险箱，发现少了一条项链。所以，她立刻就知道，这件事除了拉迦梵娣，不可能是别人干的。"

我重重地拍打了一下额头。拉迦梵娣始终无法拒绝成为那个完美女佣的诱惑——哪怕是在履行偷窃这一使命的时候！

我试图为拉迦梵娣向斯瓦普娜·提毗说情，但她态度冷淡，对我不屑一顾。"我是出租房子的，不是开救济院的。她为什么非要为她妹妹搞那么排场的婚礼呢？你们这些穷人干吗不称称自己到底几斤几两呢？别自不量力，否则惹上麻烦也是活该。"

我那天恨透了她。不过也许她是对的，拉迦梵娣最大的错误，就是不该试图跨越穷人和富人之间的那条界线。而且，她犯了一个致命的错误：她的梦想超出了能力所限。梦想越大，失望也就越大。这就是为什么我只有那些小小的、容易实现的梦想的原因。比如只要付给那个坏心眼的皮条客一笔钱，就能把他那个做妓女的妹妹娶回家。而且只要40万卢比就够了——真是小菜一碟。

我还没有从拉迦梵娣被逮捕的打击中恢复过来，又一个悲剧让我挨了当头一棒。

祥哥儿咳嗽着来到我的房间，一头趴倒在床上。他看上去很疲惫，还抱怨胳膊和膝盖疼痛。“Q Xh Oqyf。”他说，一边机械地甩动着手。

我检查他的额头，发现他有点儿发烧。“你感冒了，祥哥儿。”我告诉他，“回房间休息休息，我这就拿点儿药给你吃。”他从床上站起来，踮着脚回到自己的房间。他显得烦躁不安。

那天夜里，我让他吃了几片止痛药，但他的病情继续恶化。第二天，他的状况更加糟糕。他的胳膊无法动弹，而且我一打开灯他就尖叫。我花了好大力气才量出他的体温，我震惊地发现，他已经烧到了华氏103度，我立即去请医生。那个公立医院的医生说什么也不跟我走，所以我被迫去找了一个私人医生。他向我收了80卢比上门费。他检查了祥哥儿的情况，问我是否注意到他最近身上有划伤或瘀伤。我告诉他祥哥儿的膝盖受过伤的事情。医生点了点头，说出了诊断结果：祥哥儿得了狂犬病——可能是被一条疯狗咬了。他被感染以后，本该立刻注射一系列狂犬病疫苗和免疫球蛋白，但现在已经太迟了。他的情况极其严重。他很快就会开始怕水。他可能会出现心情焦虑、思维混乱的迹象，甚至出现幻觉。他会发生肌肉痉挛和癫痫，也可能因为声带麻痹而无法讲话。最后，他将陷入昏迷状态并停止呼吸，说得简单些，他就要死了，而且不会超过48小时。

医生正儿八经地解释了种种可怕的症状，我彻底崩溃了。仅仅是想到祥哥儿即将离开这个世界，就让我泪如雨下。“大夫，真的没有任何办法可以救祥哥儿吗？”我恳求他。

“这个嘛！”医生踌躇了一下，“一个月前还没有，不过我听说美国有一种最新实验性疫苗刚刚进口到印度。它叫‘狂犬灵’，而且只能在古普塔药店买到。”

“拉卡勃甘赫大街的那家？”

“是的。但是我不认为你买得起。”

“要多少钱？”我的心猛然一沉。

“大约40万卢比。”

多么具有讽刺意味！祥哥儿的治疗需要40万卢比，尼塔的那个皮条客向我索要的补偿费也恰好是这个数字，而我目前拥有的金钱总额高达400卢比。

我不知道去哪里弄钱救治祥哥儿，但我知道不能把他一个人丢在这里，因此，我决定把他带到我的房间。我伸出胳膊把他抱起来。尽管他几乎和我同龄，可身体轻得像一片羽毛。他的手脚无力地下垂着，我感觉自己抱的不是一个活人，而是一小袋马铃薯。我将祥哥儿放到我的床上，自己躺在地板上，这就和他大约两年前——虽然现在看起来仿佛过了20年——为我所做的一样，只不过位置恰好颠倒过来。

祥哥儿在床上辗转反侧，半梦半醒。我也很难入睡，而且总是被噩梦惊醒。我梦见了疯狗和只会说出无意义音节的婴儿。在深更半夜时，我似乎突然听见人在大喊“妈咪，妈咪”。

我惊醒了，发现祥哥儿睡得很安静。我揉揉眼睛，不晓得是不是祥哥儿的梦和我的梦不可思议地穿插到了一起。

第二天，祥哥儿一整天都躺在床上，变得越来越虚弱。我知道他被判了死刑，但我假装他一切正常，只不过得了轻微的流感。想到以后再也看不到他那张温柔的面孔，我就感到肝肠寸断。就连他发出的那些模糊不清的音节在今天看起来，都像是一种值得牢记的含义深刻的陈述。

到了夜里，祥哥儿的胳膊开始痉挛。他喝不下水，就吃了少许他最喜欢吃的薄煎饼和扁豆，他的额头烧得很厉害。我给他量了体温，已经到了华氏105度。“Q Akip Sxip Pk Aqe, Nxej。”说完，他开始哭泣。我尽最大努力去安慰他，但是，当你对现状无能为力时，就很难给别人带来真正强大的力量。

我又一次睡得时断时续，被想象中的各种恶魔折磨着。后半夜将近两点钟，我听见从祥哥儿的床上传来声音，就像是有人在呻吟一样。我慢慢起身，仍然感觉整个人迷迷糊糊的。我看着祥哥儿的脸。他的眼睛闭着，但他的嘴唇在动。我使劲去听他在嘟哝什么，却惊恐得几乎鬼魂出窍。因为我发誓，我听到祥哥儿正在说："别打我，妈咪。"

"祥哥儿！祥哥儿！"我匆忙爬到床上，"你刚才说了些什么对吗？"

可是祥哥儿完全无视我的存在，他沉浸在个人世界里。他的眼珠向上翻着，而且显然神志不清。他的胸脯似乎因为痉挛而不停地起伏，一些黏液顺着嘴角流下来。"你干吗要把我赶出去呀，妈咪？"他含糊地说，"对不起，我应该敲门的。我怎么会知道你和叔叔在里边呢？我爱你，妈咪。我给你画了好多画。我的蓝日记本里全是画。你的画。我爱你，妈咪。我非常爱你。别打我，妈咪。我保证，我不会告诉别人的，妈咪，妈咪，妈咪。"

祥哥儿用一个6岁孩子的嗓音说着话。他回到了很久很久以前。那时候，他有一个妈妈。那时候，他的生活乃至他的语言都很正常。我不知道，他为什么能够突然把话说得这么清晰而有条理，而医生却说他可能无法讲话。我并不想寻找原因，一个人是不需要怀疑奇迹的。

那天晚上，我从祥哥儿嘴里就听到了这么多，当他次日早上醒来时，他又变成了那个只会说模糊不清的音节的16岁少年。但我记得他提到过一个蓝皮日记本。我在他的房间搜了个遍，最后发现藏在他的床下。里面是一些活页绘图纸，都是一些漂亮的铅笔画，而且画的是一个女人。画得非常逼真，连每一个最小的细节都不放过。但是，让我呆若木鸡的不是这些画画得多么出色，而是画中人物的身份。因为画里的那个女人就是斯瓦普娜·提毗。

“我知道你一直在对我隐瞒什么了，祥哥儿。我现在知道，斯瓦普娜·提毗就是你的妈妈。”我高举着那个蓝色日记本，对祥哥儿说。

他惊恐地睁大眼睛，试图把日记本从我手里抢走。“Cqrz Hz Wxyf Hu Aqynu！”他尖叫起来。

“我知道这是事实，祥哥儿。我认为你当初发现了她的丑事，所以她就把你赶出了家门。而且也就是在那个时候，你失去了像正常孩子那样讲话的能力。我认为，你的母亲一直活在内疚感中。也许就是因为这个原因，她才给你付房租，还给你零花钱。但我现在就要去找你的妈咪，我要让她拿钱给你治病。”

“Ik，Ik，Ik，Lgzxoz Akip Ck Pk Hu Hjhhu。”他哭叫起来。但是我已经走向斯瓦普娜公馆，我要和女王阁下推心置腹地谈一谈。

女王阁下起初拒绝见我，说她只见有预约的人。我在她的门口等了两个钟头，她才最终同意见我。

“说吧，你为什么非要来烦我呢？”她粗鲁地说。

“我知道你的秘密，斯瓦普娜·提毗。”我开门见山地对她说，“我已经发现，祥哥儿就是你的儿子。”

她脸上那张皇室面具立刻滑落下来，她的脸变得煞白，不过她迅速地恢复了镇静，也恢复了对我的傲慢和蔑视。“你这个卑鄙的孩子，你怎么敢对我说出如此下流的话？我和祥哥儿没有任何关系。仅仅因为我对那个孩子表现出一点儿同情心，你就说他是我的儿子吗？你马上离开这里，不然我就叫人把你踢出去。”

“我会走的，”我对她说，“但前提是你要给我40万卢比，我需要钱给祥哥儿治病。他得了狂犬病。”

“你是不是疯了？你认为我会给你40万卢比？”她高声惊叫起来。

“可是，假如我拿不到钱，祥哥儿在24小时内就会死于狂犬病。”

“你做什么我管不着，但你不要打扰我。”接着，她又说出了一个母亲所能说出的最恶毒的话，“也许他死了最好。那个可怜的孩子也该从他的痛苦中解脱了。还有，我不准你再对别人扯谎，说他是我的儿子。”

她关上了门。

我站在她的门口，泪水在眼圈里打转。相比之下，我至少还算幸运，因为我一出生就被我的母亲遗弃了，但可怜的祥哥儿却是在人生中途被他的母亲抛弃的，而且现在，那个女人拒绝做出哪怕是一丁点儿的努力，去阻止她的儿子即将到来的死亡。

我心情沉重地回到祥哥儿的房间。斯瓦普娜·提毗的话在我的耳边回响，让我感觉犹如锤击一般，她宁愿祥哥儿像疯狗一样死掉。贫穷从未像现在这样让我感到愤怒。我希望我能够告诉那条疯狗，它在咬祥哥儿之前，应该先弄清楚它攻击的那个人能否买得起解毒剂。

第二天，我做了过去10年来未曾做过的事：我开始祈祷。我去了杜尔迦寺庙并敬献了鲜花，祈祷祥哥儿能够康复。我去了圣约翰教堂，并且为祥哥儿点燃了一支蜡烛。我去了迦梨[1]神庙，在迦梨女神面前跪拜，请求她对祥哥儿发发慈悲。然而，就连祈祷也似乎没有任何作用。祥哥儿整整一天都在经受着极大的痛苦，几乎身体每一部分都疼痛不已，呼吸变得更不规则。

夜幕降临了。这是一个无月之夜，但是，在外屋的居住者看来却并非如此，因为将斯瓦普娜公馆照亮的上千盏灯火反射的光芒，俨然将它变成了一只巨大的蜡烛，使之堪与月亮媲美。那个公馆里正在举行一场宴会。警察局长来了，本地法官也来了，还有一大堆商人、社会名流、记者和作家。轻柔的音

1　印度神话中湿婆神妃、雪山神女婆婆蒂的化身，她的额头和湿婆一样有第三只眼睛，四只手臂分持武器，戴着蛇和骷髅的项链。根据印度神话，婆婆蒂—迦梨女神—杜尔迦女神，都是湿婆的同一名妻子，是同一人在不同时间与场合的三重化身。

乐和笑声飘到了外屋这边。我们听见了觥筹交错的声音，嗡嗡交谈的声音，金钱碰撞的声音。我的房间却是一片可怕的寂静，只是偶尔会被祥哥儿艰难的呼吸打断。每隔半个钟头，他的身体就被剧烈的痉挛所折磨。最让他痛苦的是喉咙的挤压感，有一口硬硬的黏痰卡在那里出不来，使他感到很不舒服。事实上，他现在连看到一杯水都会痉挛，哪怕再小的微风吹过也是如此。

在所有可以致人死亡的疾病中，恐水症也许是最残酷的，被认为是生命之源的水竟然成为死亡的原因，这实在是匪夷所思。甚至就连一个癌症患者也能够怀有某些希望，而一个狂犬病病人却毫无希望可言。

看着奄奄一息的祥哥儿，我只能推想斯瓦普娜·提毗是何等薄情寡义，她在自己的家里举行宴会，却任凭亲生骨肉如此凄惨地死去。幸亏我将那把柯尔特左轮手枪扔进了河里，否则我今晚一定会制造另一起凶杀案。

随着夜晚的推移，祥哥儿的痉挛变得越来越频繁，他痛苦地喊叫，而且开始口吐白沫。我知道他的生命到了尽头。

祥哥儿死于夜里12点47分。就在临死前，他又有过短暂清醒的时刻。他抓住我的手，说出了我的名字：“拉杜。”然后他又抓住自己的蓝皮日记本，哭着说：“妈咪，妈咪！”随即便永远地闭上了眼睛。

阿格拉成了一座死亡之城。我的房间有一具尸体，我的手里有一个蓝皮日记本。我盲目地快速翻阅每一页，盯着一个身为母亲的无情女子的铅笔素描画。不，我不会称她是“母亲”，因为那将是对所有母亲的侮辱。

我不知道我要对祥哥儿的死作何反应。我能够像比哈尔一样狂呼大叫。我能够诅咒天上所有的神灵和人间所有的权势。我能够捣毁一扇门，掷出一些家具，踢坏一个路灯柱。然后我会颓然倒地并大声哭泣。但是今天，我的眼泪却拒绝流下来。一股缓慢燃烧但却无比炽热的愤怒之火，在我的五脏六腑间开始熊熊燃起。我扯下日记本上的那些绘图纸，把它们撕成无数个细小的碎片。然后，我一下子抱起祥哥儿，朝那个灯火通明的公馆走去。

穿制服的门卫拦住我的去路，但他们一看见我怀抱的尸体，就急忙打开门。我经过弯曲的车道，那里成排地停放着客人们开来的昂贵进口汽车。我来到华丽的入口处，门是开着的，还写着“欢迎光临”的字样。我穿过大理石门厅走进餐厅，里面的客人正准备品尝甜点。在他们看到我的那一刻，所有的谈话都停止了。

我走到餐桌跟前，将祥哥儿的尸体轻轻地放在中央，放在奶油香草蛋糕和一大碗玫瑰奶球之间。侍者如雕像一般站在那里。衣冠楚楚的商人们发出咳嗽声，在座位上不安地扭动着身体。女人们瞪着眼睛，抓紧了脖子上的项链。本地法官和警察局长皱着眉头注视着我。

坐在餐桌上首位置、穿着一件沉甸甸的丝绸莎丽并戴满珠宝首饰的斯瓦普娜·提毗，看起来仿佛要窒息一样。她张开嘴试图说点儿什么，却发现声带已经不好使了。我以极度蔑视的目光直直地盯住她，开口说道："斯瓦普娜·提毗太太，如果这是你的宫殿，而你是这里的女王，那就请你承认这个王子。我现在把你儿子昆瓦尔·祥哥儿王子的遗体交给你。他在半个钟头前死了，死在你把他藏了那么多年的外屋里。你没有出钱为他治病，你没有履行一个母亲的责任，现在就请你履行你作为一个房东的义务吧：请你出钱安葬这个身无分文的房客。"我说完这些，朝那些呆若木鸡的宾客点了一下头，就走出了这个令人窒息的公馆，走进了寒气彻骨的夜色中。我后来听说，当晚没有人享用甜点。

祥哥儿的死对我影响很大。我睡醒了就哭，哭累了就睡，周而复始。我不去泰姬陵。我不再去见尼塔。我不再去看电影。我按下了生活的"暂停"键。在祥哥儿死后大约两星期里，我像发疯的动物一样在阿格拉游荡。萨基尔，那个大学生，一天晚上发现我站在祥哥儿的房门外，眼睛直勾勾地盯着门锁，就如一个酒鬼盯着一瓶威士忌。比哈尔，那个补鞋匠，看见我坐在公用水龙头跟前，水不是从水龙头而是从我眼里向外流淌。阿卜杜勒，斯瓦普娜公馆的那个园丁，碰见我像祥哥儿过去那样在外屋周围踮着脚尖转悠。在这个最寒冷的冬日里，对我而言，这座城市已然变成了一片炎热而孤寂的沙漠。我想让自己迷失在它那杂乱无章的生活状态中。在它那喋喋不休的聒噪之声里，我想变成一个无意义的音节，我甚至近乎成功地让自己陷入一场永恒的昏睡中。

一个从当地公用电话亭打来的电话将我惊醒了。那天萨基尔跑来告诉我："拉杜，拉杜，一个叫尼塔的人给你打电话。她让你马上去辛哈尼亚医院急诊室。"

我听到这个，心脏都要从嗓子眼儿里蹦出来了，我跑了整整3英里赶到辛哈尼亚医院。我差点儿就挤倒了一个医生，险些撞翻了一副担架床，我像一个冲进持械抢劫案现场的督察那样冲进急诊室。"尼塔在哪里？"我问一个感到困惑的护士。

"我在这儿，拉杜。"传来尼塔微弱的声音。她躺在一块挡着遮帘的担架床后面。

我一看见她，震惊得差点儿晕了过去。她脸上全是青灰色的瘀伤，嘴唇古怪地扭曲着，下巴似乎已经脱臼了。她的两颗牙齿渗出鲜血，她的左眼变成了熊猫眼。

"这……这是谁干的？"我几乎听不出自己的声音了。

她说话很困难："是孟买过来的一个人。西亚姆将我送到他在皇宫酒店的房间。他把我绑起来，然后就把我弄成了现在这个样子。你在我脸上看到的不算什么。你看看他是怎么摧残我的身体的。"

尼塔侧过身去，我看到了她单薄的背部上的深红色鞭痕，好像是被人用马鞭抽打了似的。接着她掀开内衣，我差点儿就要死过去。她的胸口遍布香烟烧伤的痕迹，就像是她那光滑的棕色乳房上长出丑陋的麻子一样。我以前见过这样的景象。

我的血液开始沸腾："我知道这是谁对你干的了。他说过他叫什么名字了吗？我要杀了他。"

"我不知道他的名字，不过他个子很高，而且——"

西亚姆恰在这时走进房间，手里攥着一包药。他一见我就立刻发狂了。"你这个混蛋！"他大叫着抓住我的衣领，"你怎么还敢来这里？就是因为你尼塔才变成这个样子的。"

"你疯了吗，西亚姆？"我叫道。

"我没疯，是你疯了。你以为尼塔是你的个人财产，还怂恿她退出这个行业，不让她再接客了。你知道这个盂买来的人给她多少钱吗？5000卢比。可是我妹妹相信了你，她当时一定是反抗了，你看看结果怎么样。现在让我来告诉你：你以后再想见尼塔，就带着40万卢比来找我。你要是拿不出这笔钱，那就别再想见尼塔了。你以后要是再敢到医院来，我就会找人把你做了，明白吗？你马上给我滚！"

有那么一瞬间，我很想杀了西亚姆，我想活活掐死他，或者用我的手指甲把他的眼珠子剜出来。但是我想起了我对尼塔的承诺，就竭力抑制住内心酝酿的怒火。我不忍心再看尼塔的面孔，便离开了急诊室。我只知道一件事：我必须想办法弄到

40万卢比。可是，我要去哪里弄到这笔钱呢？

我制定了计划，并等待斯瓦普娜·提毗离家外出的机会。两天后，我看到女王阁下坐着她的“伯爵夫人”汽车去城里参加另一个宴会，于是我通过边界墙的一个洞口进入斯瓦普娜公馆地面。拉迦梵娣对我描述过这里的详细地形，所以，我毫不费力地就找到了进入斯瓦普娜·提毗卧室的窗户。我撬开窗户，跳进她奢华的卧室里。我无暇欣赏她的核桃木雕花大床或柚木梳妆台。我只顾寻找一个大油画框，发现它挂在左边的墙上，上面用明亮的色彩绘着马群，署名是一个叫侯赛因的人。我急速地将这幅油画从挂钩上取下来，随即发现了一个墙洞，里面牢牢地嵌着一个保险箱。我找了床垫左下角，却没有在那里发现钥匙。我一时间慌了神，但还是在右下角找到了它，这让我如释重负。钥匙正好可以插进锁孔，沉重的金属拉门缓缓打开了。我看着保险箱里面，又吓了一跳：里面几乎是空的。没有任何绿宝石项链和金手镯，只有四沓很薄的现金，一些法律文件和一个初学走路的孩子的黑白照片。我不用仔细看就知道，那是祥哥儿的照片。我丝毫没有因为偷窃这个保险箱而感觉良心不安。我把这四沓现金装进衣兜，关上保险箱，将油画框和钥匙放回到原来的位置，又顺着原路退了出来。

我跑回我在外屋的房间，把门从里面插紧，开始坐下来清点我的战利品。四沓总共是399844卢比。我翻遍了衣兜，找出了156卢比。它们加在一起正好是40万卢比。看起来就连杜尔迦女神都在保佑我。

我把钱塞进一个牛皮纸袋，紧紧地用右手攥住并冲向医院。

我正要进入急诊室，一个戴着眼镜、胡子拉碴而且头发蓬乱的中年男子撞在我的身上。我跌倒在瓷砖地板上，手里的牛皮纸袋脱落了，纸币也从袋子里散落出来。那个男子看到这么多钞票，眼睛里闪过一阵狂喜的光芒。他像一个兴奋的小孩一样开始捡拾钞票。我霎时间浑身发冷，我仿佛看见在火车上遭到抢劫的那一幕又在重演。不过在收拾起所有钞票以后，那个男人又把它们交还给我，然后又合掌对我说："这些钱是你的，可是老弟啊，我请求你把钱借给我，救救我的儿子。他才16岁，我不能眼看着他死啊！"他像一个乞丐那样乞求我。

我急忙将钞票放回到牛皮纸袋里，并试图摆脱他："你儿子怎么了？"

"他叫一条疯狗咬了。他现在得了狂犬病。医生说，除非我能买来一种叫'狂犬灵'的疫苗——而且只能在古普塔药店买到——不然他今晚就会死的。可是那种疫苗卖40万卢比，像我这样一个中学教师，到哪里去弄这么多钱呢？老弟呀，我知道你有这些钱。我求求你，我就这么一个儿子，救救他吧，我这辈子做牛做马也要报答你。"他说，又像婴儿似的哭了起来。

"有一个对我很重要的人治病需要这笔钱。我很抱歉，我不能帮助你。"我一边说，一边穿过那道玻璃门。

那个男人跟上我，抱住了我的腿："请等一下，老弟。你看一眼这张照片吧，这就是我儿子。你告诉我，如果他今晚死了，我还能活下去吗？”他拿出一张彩色照片，照片上是一个长相英俊的少年。他长着一双会说话的黑眼睛，唇边露出善良的微笑。他让我想起了祥哥儿，我急忙把目光移开。“我都对你说了，我很抱歉，请别再烦我。”我把我的腿从他的胳膊里挣脱出来。

我没有回头去看他是否还跟在后面，而是快步赶到尼塔的病床那里。西亚姆和妓院的另一个男人坐在椅子上，仿佛是守护尼塔的两个保镖一样。他们正在吃着用潮湿的报纸裹着的萨莫萨油酥卷。尼塔似乎正在熟睡，她的脸上缠着厚厚的绷带。

“呃？”正在大声咀嚼着一块萨莫萨油酥卷的西亚姆说，“你怎么又来了，混蛋？”

“我给你带来了你要的钱，正好40万卢比。你看一下。”我把那几沓钞票拿给他看。西亚姆吹了一声口哨。

“这些钱你是从哪儿偷的？”

“这不关你的事。我来是要带尼塔走。”

“尼塔哪儿也不去。医生说了，她要4个月才能复原。另外，因为你要对她的伤负责，你最好把她的治疗费也付了。她需要做整容手术。真是他妈的贵，我还得拿出将近20万卢比。所以嘛，你要是真想领走尼塔，你就带60万卢比过来，不然我的这位哥们会好好修理修理你。”

坐在西亚姆旁边的那个男人，从口袋里掏出一把弹簧小折刀，在他的手指间转动着，就好像是一个理发师准备给客户刮胡子似的。他邪恶地咧嘴一笑，露出了槟榔浸染过的牙齿。

我于是知道，尼塔不可能属于我了。西亚姆是永远不会让她走的。就算我能设法弄来60万，西亚姆也会把这笔金额增加到100万。我的大脑似乎变得麻木，觉得眼前开始发黑。我感觉胃里一阵作呕。当我恢复正常时，我看见地上有一张湿乎乎的报纸。上面刊有一则广告，一个男人面带微笑，手里握着几张1000卢比面额的钞票。在图片下面有这样的标题："欢迎参加最受欢迎的电视节目。欢迎来到 W3B —— 谁将赢得10个亿？请随时拨打热线电话。现在就打电话或给我们写信，看看你能否成为那个幸运的大赢家——赢得地球上最大的奖项！"我看了看广告上留下的地址，上面写着："孟买，卡尔大街，普利姆演播室。"就在那一刻，我知道我将要去孟买。

我有些恍惚地走出急诊室。医院防腐剂的气味再也不能刺激我的感官了。那个戴眼镜的男子仍坐在过道里。他带着充满希望的目光看着我，但这次并未试图上前和我搭话。或许他已经认命了，他知道他的儿子无法逃过这一劫。我的手里还提着那个牛皮纸袋，朝他做了个手势。他拖曳着步子慢慢走到我跟前，仿佛一条狗巴望着吃到一块骨头似的。"给你，拿去吧。"我把那个纸袋交给他，"里面有40万卢比，去救你儿子的命吧。"

那个男子接过纸袋，扑倒在我脚边，哭道："你不是凡人，你是神。"

我苦笑了一下。“如果我是神，我就用不着来医院了。不，我只是个有着大梦想的小导游而已。”我说着并准备离开，但是他再次拦住我，从口袋里掏出一只破旧的皮革钱包，取出了一张名片。“你给我的这些钱是我欠你的。这是我的名片。我一有钱就马上还你，不过从现在起，我就是你的仆人。”

“我不认为我需要仆人。实际上，我不认为我在阿格拉会用到什么人，我要去孟买了。”我心不在焉地对他说，把那张名片随手塞进衬衣口袋。那个男子再次眼含热泪地看着我，然后就冲出医院，跑向拉卡勃甘赫大街，跑向24小时营业的古普塔药店。

我刚要走出医院大门，只见一辆红灯闪烁的吉普车尖声呼啸着停了下来。一个督察和两个警员从车上跳下，还有两个男人从后座走出来。我认识他们，一个是斯瓦普娜公馆的门卫，另一个是阿卜杜勒，那个园丁。那个门卫指着我："督察先生，那小子就是拉杜，就是他偷了女王阁下的钱。”督察命令他的警员："既然我们在他的房间什么也没发现，那么现金肯定在他身上。搜搜这个狗娘养的口袋。”警员翻遍了我的衬衫和裤子。他们找到了一小袋泡泡糖，一些玉米粒，以及一枚再也不能给我带来幸运的1卢比硬币。

“他是清白的，长官，他身上没有钱。”一个警员回答说。

“真的吗？不管怎么样，我们还是得把他带回去审问审问。我们得弄清楚，这混球儿傍晚都去哪儿了。”那个督察粗鲁地说。

“Ztyjoz Hz？”我回答说，我的嘴唇怪异地扭曲着。

“你刚才说什么？我听不懂。”那个督察说，他有点儿迷惑。

“Q Oxqa Ukj Xnz Xi Qaqkp。”

“这是什么鬼话？”督察生气地说，“狗杂种，你是要拿我开心吗？看我怎么教训你。”他举起警棍要打我，但阿卜杜勒拦住了他。“请别打他，督察先生。自从他的朋友祥哥儿死后，拉杜精神就变得有点儿不正常了，祥哥儿过去也这么说话。”

“哦，是这样吗？那你们怎么还把他当嫌疑犯呢？我们从一个傻子口中是问不出什么东西来的。算了，咱们走吧。”他向他的警员做了个手势。然后他又看着我：“抱歉给你添麻烦了，你现在可以回家了。”

“Pdxi fUkj，”我说，“Pdxif Ukj Rznu Hjyd。”

我坐在司蜜姐的床上，泪流满面。司蜜姐抓住我的手，安慰地轻轻挤压了一下。我注意到她的眼睛也溢满了泪水。“可怜的祥哥儿。”她说，“从你刚才说的情况来看，他似乎是个有自闭症的孩子。他死得真可怜！你也遭受了太多的磨难，托马斯。你不该吃这么多苦的。”

“可是我吃的苦和尼塔比起来不算什么，你能想象她从12岁起，就不得不忍受的那些痛苦吗？”

司蜜姐点点头：“是的，我完全想象得出来。她还在阿格拉吗？”

“应该还在那儿，不过我不确定。过去的4个月，我没有她的任何消息。我不知道还能不能再见到她。”

“我相信一定能。现在，我们来看看倒数第2个问题吧。”

演播室提示牌打出了“肃静”的字样，但观众并未理会。他们对我指指点点，颇为兴奋地低声议论着，我这个白痴服务生，竟然要把1亿卢比压在一个问题上。

普利姆·库马尔面向镜头：“我们现在进入奖金1亿卢比的第11道题。说实话，一想到这么多钱，我就浑身起鸡皮疙瘩。所以，托马斯先生，你紧张吗？”

“不。”

“难以置信。你瞧瞧，你押上了你刚赢到手的1000万卢比，可你却一点儿也不感到紧张。记住，你要是答错了，你就会输掉所有的钱。但如果你答对了，1亿卢比就是你的了。还没有人赢到过这么多钱，就连玩彩票的人也没有。因此，让我们来看看历史是否会被创造——就在这里，就在此时。好的，第11个问题出来了，它是关于……”普利姆·库马尔极富戏剧效果地故意停顿了一下，然后才说完这句话，“英国文学！”

演播室提示牌变成了“掌声”。

“告诉我，托马斯先生，你有没有英语文学方面的知识？你读过英语书籍、戏剧或诗歌吗？”

“哦，我能背出‘黑羊黑羊咩咩叫’，如果这就是你说的英语诗歌的话。”观众大笑起来。

“我必须承认，我脑子里的概念要比这个稍微复杂一点儿，不过没关系。你一定听说过莎士比亚吧？”

“莎士什么？”

“你不知道英国埃文河畔的那个吟游诗人，最伟大的英语剧作家？噢，我多么希望我还能回到我的大学时代，那个时候，我把所有时间都花在演莎士比亚的戏剧上了。你们有谁还记得哈姆雷特说过的话吗？‘生存还是毁灭，这是一个问题；哪一种选择更加高贵：是默默忍受命运的毒箭，还是反抗无边的苦难，将它们统统击退？’总之，我就不多说了，托马斯先生才是需要回答下一道题的人——问题来了，奖金1个亿这个天文数字的问题来了。考斯塔德这个角色出自莎士比亚的哪部戏剧？它是：A.《李尔王》；B.《威尼斯商人》；C.《爱的徒劳》；D.《奥赛罗》。”

音乐响起。我茫然地看着普利姆·库马尔。“告诉我，托马斯先生，你对我们刚才的问题有什么概念吗？”

“没有。”

“没有？那你准备怎么办？你必须给出一个答案，哪怕是用抛硬币来做决定。谁知道呢，如果你的运气还在，你就有可能碰巧答对，赢得1亿卢比。所以，你的决定是？”

我的大脑一片空白。我知道自己无路可退了。我考虑了半分钟，然后作出了决定：“我要使用救生筏。”

普利姆·库马尔疑惑地看着我，似乎已经忘了这个游戏还有某种叫救生筏的东西。他终于醒悟过来了。“救生筏？对对，当然，你有两种救生筏可以用。告诉我，你想使用哪一种？你可以选择‘一半一半’，我就帮你去掉两个错误答案，你也可以选择‘友情提示’，向某个朋友打电话求助。”

我又一次陷入了迷惑。这个问题的答案我能问谁呢？萨利姆会和我一样一无所知。吉米酒吧餐厅老板对于莎士比亚的感觉，和醉鬼对于方向的感觉并无二致。而且文学远离达拉维的居民，就像诚信远离印度警察一样。只有蒂莫西神父能在这个问题上帮助我，可他已经不在人世了。

我应该要求使用“一半一半”吗？我把手伸进衬衫口袋里，想要掏出我信任的那枚旧硬币，却吃惊地碰到了一张卡片的边缘。我把它拿出来。是一张名片，上面写着，“阿格拉，圣约翰学院，英语教师，乌特帕尔·查特吉”，下面还有一个电话号码。我起初不明白是怎么回事，我想不起有谁叫这个名字，我连这张名片是怎么进入我的口袋都不记得了。接着，我突然想起了在那家医院的情景：那个戴眼镜的蓬头垢面的男人，他16岁的儿子即将死于狂犬病，我情不自禁地叫出声来。

普利姆·库马尔听到了，目光锐利地看着我：“对不起，你说什么？”

“我说，你可以帮我打电话给这位先生吗？”我把那张名片递给普利姆·库马尔，“我要用‘友情提示救生筏’。”

普利姆·库马尔把名片在手指间翻弄着：“我明白了。看来你认识一个能帮你回答这个问题的人。”他的脸上露出一丝焦虑之色。他和那个制片人对视了一下。制片人摊开双手。屏幕上打出了“救生筏”的字样。我们看到了一个动画镜头：一艘小船在海上行进，一个游泳者在喊救命，船上的人扔给他一只红色救生圈。

普利姆·库马尔从他的桌子下面拿起一部无绳电话递给我。“给你电话。你可以打给任何你认为能够帮助你的人。不过时间只有两分钟，现在准备计时，”他看着他的手表，“……开始！”

我拿起话筒，拨打了名片上的那个号码。电话通了，从阿格拉的那头传来电话铃音。但是，我听到的只是电话铃音一遍一遍地空响，却没有人拿起电话。半分钟过去了。演播室的紧张气氛凝重到仿佛可以用刀子切割似的。观众屏住呼吸注视着我。在他们看来，我和一个在高空荡秋千，而下面却没有安全网的马戏团杂技演员没什么不同。稍有闪失，这个杂技演员就会掉下来摔死。再有90秒钟，我就很可能会失去1亿卢比。

就在我准备挂上电话时，有人接听了电话。我只剩1分钟了。“喂？”

“您好，我找乌特帕尔·查特吉先生。”我紧张地说。

“我就是。”

“查特吉先生，我是拉姆·穆罕默德·托马斯。”

“拉姆·穆罕默德……什么？”

“托马斯。您可能不知道我的名字，不过我在辛哈尼亚医院帮助过您，您的儿子当时在住院。您还记得吗？”

“啊，我的上帝。”他的语调突然完全变了，“这4个月来我一直都在拼命地寻找你。谢天谢地你打来了电话。你救了我儿子的命，你不知道我有多么——”

我打断了他：“查特吉先生，我没有多少时间了。我正在参加一个竞猜节目，我需要你马上帮我回答一个问题。”

“一个问题？是的，当然，你让我做什么都行。”现在还剩下不到30秒了。所有的眼睛都注视着墙上的钟，时间在滴答声中一秒一秒地过去。

“请马上告诉我，一个叫作考斯塔德的角色是出自莎士比亚的哪部戏剧？它是：A.《李尔王》；B.《威尼斯商人》；C.《爱的徒劳》；D.《奥赛罗》。”

钟表声滴答作响，查特吉那头却一直在沉默着。

“查特吉先生，您能告诉我答案吗？”

查特吉回答时，时间只剩15秒了：“我不知道。”

我愣住了：“什么？”

“我很抱歉，我不知道答案。实际上，我不确定。我不记得这个人物在《威尼斯商人》和《奥赛罗》出现过。他不是《李尔王》里的，就是《爱的徒劳》里的——我不确定是哪一个。”

“但我只能给一个答案。”

“那就选《爱的徒劳》。但是就像我说的，我也不太确定。对不起，我不能给你更多的帮——”

普利姆·库马尔掐断了通话:“很抱歉，托马斯先生。两分钟到了。我需要你现在回答我。”

背景音乐听上去不再那样令人紧张，却叫人不寒而栗。我陷入了深思。

“托马斯先生，你和这个查特吉先生很熟悉吗？”普利姆·库马尔问我。

“我就见过他一次。”

“他是个很优秀的英语教师吗？”

“我不清楚。”

“所以，你是信任他的答案呢，还是宁可跟着你自己的直觉走？”

我下定了决心:“我要跟着我的直觉走，而且直觉告诉我，我可以信任查特吉先生给我的答案。答案是C.《爱的徒劳》。”

“你再想想。记住，你要是答错了，你不但赢不了1亿卢比，连已经到手的1000万卢比也要输掉。”

“我的最终答案仍然是C。”

“你确定吗，百分之百确定吗？”

“确定。”

“我再问你一遍。你确定吗，真的确定吗，真的百分之百确定吗？”

“确定。”

鼓点渐强。正确答案开始在大屏幕上闪烁。

"噢，我的上帝，答案是C。回答正确，百分之百正确！"普利姆·库马尔站起身来。"拉姆·穆罕默德·托马斯，你是这个节目第一个赢得1亿卢比的人。女士们、先生们，历史已经被创造了！现在我们休息一下！"

观众们发狂了。每个人都起立鼓掌，足足持续了一分多钟。普利姆·库马尔脸色通红，大汗淋漓。

"那么，你现在感觉如何？"他问我。

"Q Bzzg Cnzxp！"我说。

普利姆·库马尔面露疑惑："对不起，你刚才说什么？"

"我说感觉好极了。"回答完，我抬头仰望天空，我看见祥哥儿从天空中对我微笑。今晚，杜尔迦女神似乎真的对我格外眷顾。

奖金10亿

第十三个问题

我们仍在插播广告的休息阶段。在一个角落处，普利姆·库马尔和那个长头发制片人商量着什么。我环顾演播室，看着漂亮的镶板、聚光灯、多功能摄像机和高科技音响系统，而许多观众都在看着我，也许是在好奇我的脑袋里到底装着什么。

普利姆·库马尔结束了磋商，走到我跟前，脸上挂着阴险的笑容。

“托马斯，我们不知道，你到底是怎么答对了前面11个问题，但是，你不可能答出最后一道题目。”

“走着瞧吧。”

“不，用不着了，你就准备输掉所有的钱吧！”普利姆·库马尔说完，就坐到他的座位上。

演播室提示牌变成了“掌声”，信号曲响起，观众席发出雷鸣般的掌声。

普利姆·库马尔看着镜头："女士们、先生们，我们即将迎来历史性的一刻，这不仅仅关系到我们这个节目，可能也关系到我们的后代。拉姆·穆罕默德·托马斯，一个来自孟买的18岁服务生，已经遥遥领先于其他任何参赛选手。他现在将要创造另一个里程碑。如果他能够答对最后一道题，他将成为有史以来最大的赢家——赢得10亿卢比。他要是答错了，就将在60秒内失去一个人所能失去的最大单笔金额——1亿卢比。总之，历史即将被创造。所以，请各位排除杂念，再次和我一道，为我们今晚的选手拉姆·穆罕默德·托马斯先生热烈鼓掌！"

演播室提示牌变成了"掌声"。每一个观众甚至包括普利姆·库马尔都站了起来，大厅里响起长时间的掌声。

我不能不佩服W3B的策略。在我分文未得地被这个节目淘汰之前，他们首先让我享受了充分的礼遇。就像对待一只羔羊一样，他们先用夸张的赞美将我喂肥，再用下一个问题把我送上屠宰场。我等待已久而又感到恐惧的那个时刻终于到来了。我深吸了一口气，准备面对我的命运。

"女士们、先生们，我即将公布第12题，最后一道题，奖金10亿卢比，这个星球有史以来最大一笔奖金。而且请记住，我们现在仍在'要么继续挑战，要么前功尽弃'阶段，所以选手要么赢得全部奖金，要么输掉全部奖金。好了，我们不再啰嗦了，听好你的最后一道题目，托马斯先生，这是一道……历史题！我们都知道，泰姬是沙杰汗大帝的妻子，后者为纪念她，建造了举世闻名的泰姬陵，那么，泰姬的父亲叫什么名字呢？这是价值10亿卢比的问题。托马斯先生，你的选择有：A. 米尔扎·阿里·库利·拜格；B. 西拉杜·多拉；C. 阿萨夫·贾赫；D. 阿卜杜·拉希姆·汗·卡南。慎重选择你的答案，托马斯先生。记住，你是站在一个历史性的十字路口。我知道你需要时间考虑答案，为了让你有时间思考，我们现在再休息一会儿，插播一段广告。女士们、先生们，请不要走开。”

演播室提示牌变成了“掌声”。信号曲再次响起。

普利姆·库马尔对我咧开嘴笑着，面露得意之色。“我把你难倒了，对吗？除非你拿过中世纪史硕士学位，否则你不可能知道答案。所以，和你刚赢到手的1亿卢比说再见吧，准备好回去继续当你的服务生吧。谁知道呢，说不定我明天恰好想去吉米酒吧喝两杯。你准备拿什么招待我呢？黄油烤鸡还是咖喱羊肉呢？”他大笑起来。

我也以笑声回敬：“哈！我没拿过历史硕士学位，但我的确知道这道题的答案。”

“什么？你肯定是在开玩笑，我没说错吧？”

“我没开玩笑，答案是阿萨夫·贾赫。”

普利姆·库马尔看起来吓呆了：“你……你怎么会知道？”

“我知道，是因为我在泰姬陵做过两年导游。”

普利姆·库马尔霎时间面如土色。他第一次带着一种恐怖的表情看着我。“你……你一定会某种魔法，我敢保证！”他说，并疾步走到制片人那里。他们交头接耳地低声谈着什么。普利姆·库马尔朝我这个方向做了几个手势。接着就有人送去一本厚厚的书，他们开始翻阅研究。10分钟过去了。观众开始变得烦躁不安。

普利姆·库马尔终于回到了座位上。他面无表情，但我确定他的内心此时十分忐忑。

演播室提示牌变成了“掌声”，信号曲响起。

“女士们、先生们，在我们刚才休息之前，我问了一个问题：泰姬的父亲叫什么名字？我相信，你们所有人都以为这是最后一道题，但其实不是。”

观众们都惊住了，我目瞪口呆。他们是要另出一道题吗？空气紧张得令人窒息。

普利姆·库马尔接着说：“那不但不是最后一个问题，而且根本就不是一道题目。我们刚才只是在为泰姬茶叶公司录制一个广告，它是这个节目的赞助商之一。出于这个原因，我们不得不提出一个虚拟的问题。”

观众开始窃窃私语，并发出一阵抑制的笑声。

有人喊道：“您这不是在拿我们开涮吗，库马尔先生！”紧张气氛消失了。演播室提示牌再次变成了“掌声”。

我是唯一没有笑的人。我现在知道，这个节目其实是由一群骗子操纵的。

演播室提示牌又变成了“肃静”，信号曲随之响起。普利姆·库马尔对着摄像机镜头讲话。“女士们、先生们，我现在即将公布第12道题目，奖金10亿卢比，这个星球有史以来提供的最高奖金。请记住，我们现在仍在‘要么继续挑战，要么前功尽弃’阶段，所以选手要么赢得全部奖金，要么输掉全部奖金。好了，我们不再啰唆了，听好你的最后一道题目，托马斯先生，这个题目是关于……西方古典音乐！贝多芬的第二十九钢琴奏鸣曲106号，也称为‘槌子键盘奏鸣曲’，使用的是什么调？它是：A. B大调；B. G小调；C. 降E大调；D. C小调。

“慎重选择你的答案，托马斯先生。记住，你是站在一个历史性的十字路口。这是你一生中最重大的决定。我知道你需要时间考虑答案，为了让你有时间思考，我们现在再休息一会儿，插播一段广告。女士们、先生们，请不要走开。”

演播室提示牌变成了“掌声”。普利姆·库马尔看着我，露出狡猾的笑容。观众开始窃窃私语。

普利姆·库马尔站起身来：“我就在边上走走，马上就回来。”

我也站起来：“我要上厕所。”

“那你最好跟我一起去。”他说，“节目规定，参赛者不管到哪里，都必须有人陪同。”

演播室洗手间亮着荧光灯，里面一尘不染。白色瓷砖闪烁出光亮，墙壁上镶嵌着一面面大镜子，没有任何涂鸦的痕迹。

洗手间里只有我和普利姆·库马尔两个人。他一面小解，一面吹着口哨。接着，他注意到我在看他。“你怎么光是站在那里？别告诉我最后一道题太难了，你都忘了怎么撒尿了。”他仰头大笑起来，“以这种方式结束太遗憾了。不过话又说回来，没有我的帮助——我说的是第2道题目——你可能早就出局了。你当时至少还能带上1000卢比回家。你看，我们做个交易怎么样？明天，我到你们那家餐厅去一趟，我保证会给你1000卢比小费。你要相信我，我肯定说话算数。”他对我微笑着，俨然以恩人自居。

“你把第2道题的答案告诉我，那不是在帮我，而是帮了你自己。”我说。

普利姆·库马尔盯着我：“你这么说是什么意思？”

“我的意思是，普利姆·库马尔先生，我可不是冲着钱才来上你们的节目的。不是，绝不是。”我夸张地摇头，“不，我参加你们的竞猜节目是为了复仇。”

普利姆·库马尔的小解才进行了一半就戛然而止。他匆忙拉上裤链，斜眼看着我：“复仇？你这是什么意思？向谁复仇？”

“向你。”我挑衅地说。我退后一步，从裤腰处掏出一把枪。这是一把小巧的短管左轮手枪，构造紧凑，像我的拳头那么大。我紧紧地握在手里并对准他。

普利姆·库马尔脸色煞白。“你……你搞错了，托马斯先生，我们以前从未见过面。”他说，声音几乎像是在与人耳语。

“不，是你搞错了。我们的确见过面，就在倪丽玛·顾茉莉的公寓外面。一大清早，你大摇大摆地从里面走出来，穿着牛仔裤和白衬衫，眼睛里布满血丝，头发也没梳理。你手里还攥着一沓纸币，那是你逼着倪丽玛给你的钱，而且你手里还转动着一串车钥匙。是你毁了她，可这还不够，你对我心爱的尼塔也做了同样的事。“

“尼塔？”普利姆·库马尔扬起了眉毛，“这个名字我就没听说过。”

“那个女孩住在阿格拉，她差点儿就死在你的手上，现在，”我把手枪握得更紧了，“该轮到你了。”

普利姆·库马尔惊恐地盯住我的手。他想拖延时间：“你是说阿格拉吗？可是我都好几个月没去过阿格拉了。”

“那就让我来帮你回忆一下。4个月前，你住在皇宫酒店。你叫了一个女孩去你的房间。你把她绑起来，然后毒打她，还用烟头烧她，就像你对倪丽玛所做的一样。”

我看到他的嘴唇先是颤抖，继而变得扭曲。

“老天，她就是一个妓女。我给了那个皮条客5000卢比，我连她的名字都不知道。”

“她叫尼塔。”我举起了枪。

普利姆向我举起双手。“别……别……”他一边叫一边后退，右脚一下子踏进身后的下水道里。“别开枪——先把那个东西放下，求求你了。”他停了下来，把脚拔出来。

的心脏。我可以看到他在发抖。“我当初就

那个伤害过尼塔的人，可我不知道怎么

之 可格拉的报纸上看到一则广告。上面有

你 孩子，你邀请人们来孟买参加一个竞猜

节目 来到这里的原因。我本来可以在答错第一个问

题时就 枪崩了你，但是叫人不可思议的是，我竟然答对了每一道题。所以，你说你在第2道题目上帮了我，其实你并不是在帮我，而是让你自己多活了一点儿时间。但是现在，你的好运到头了。”

“听我说，”普利姆·库马尔恳求道，他的嗓音变沙哑了，“我确实虐待过倪丽玛，我也的确对阿格拉的那个妓女很粗暴。可是你杀了我，对你有什么好处呢？那你就拿不到你的钱了。先把枪放下，我保证让你赢得头等奖。想想吧，你拥有的财富将超过你的想象，这是任何服务生想都不敢想的。”

我苦笑了一下：“我要这些财富有什么用？一个人到头来，只需要6英尺的裹尸布。”

他的脸色更加苍白，他防守般地举着双手：“求求你，请别扣扳机。听我说，只要你打死我，你就会被逮捕的。然后你会被处以绞刑。你也一样会死的。”

“那又怎么样？我活着唯一想做的事就是复仇。”

“请你再考虑考虑，托马斯。我向你发誓，只要你饶了我，我就把最后一道题的答案告诉你。你将是最大的赢家。”

"我不会再回到那个竞猜节目了，你也一样。"我说，并打开手枪保险。

普利姆·库马尔的虚张声势没了踪影。他果然是个懦夫。他抓住身侧的墙皮，死死地闭着眼睛。我苦苦等待了4个月的这一刻终于到来了。普利姆·库马尔就在我的眼前，我手里握着一把子弹上膛的手枪。这的确是一把好枪。我做过子弹射击测试，发现它后坐力极小。不管怎样，在近距离范围内，我几乎不可能失手。

我增加了对扳机的压力，可是，我越是试图挤压它，就越是感觉它的阻力那样大。我的手指僵硬得像一块石头。

在电影中，杀掉一个人就像弄破一只气球那么容易。砰，砰，砰……电影中的人开枪射击，子弹好像都是连发。他们杀人就像我们碾死蚂蚁那么简单。即便主人公是一个新手，以前从未见过枪，也能够从500英尺以外准确射杀匪窝里的10个恶棍。但是，现实生活有很大的不同。拿起一把子弹上膛的枪并对准一个人的身体，的确不是什么难事。但是，当你知道一颗真正的子弹会打穿一颗真正的心脏，而且那些红色液体将是鲜血而不是番茄酱，你就会被迫三思而行。杀一个人并不容易。你首先需要让大脑发生短路。要进入这种状态，你可以多喝点儿烈性酒，或者是让自己变得愤怒起来。

所以，我尝试让自己积聚起尽可能多的愤怒。我迫使自己想起让我作出今天这种选择的所有往事。有关倪丽玛·顾茉莉和尼塔的画面，在我的脑海里一帧一帧地闪过。我看到了倪丽玛的身体被香烟灼烧出的黑色印迹，我看到了尼塔后背上的红色鞭痕，脸上遍布的瘀伤，她那青紫的眼眶和脱臼的下巴。然而，在我的愤怒不断积聚的同时，我也感觉到一种悲伤的蔓延，因此，我没有让一颗子弹从枪口射出，而是感觉到泪水正从眼眶里汩汩而出。我于是尝试从其他地方汲取力量。我想起我遭受的所有折磨，我经受的所有伤害和屈辱。我看到了蒂莫西神父——我所知道的人世间最善良的人——血淋淋的尸体，还有祥哥儿——我所见过的人世间最温柔的男孩——软塌塌的尸体。我回忆起我所接触过的各种人生灾难的制造者。斯瓦普娜·提毗、桑特拉姆和麻氓的形象在我的脑海里浮现，我试图将这所有的情感压缩在将子弹射出的那一瞬间。可是，不管我如何努力，都发现很难将我的一切不幸归咎于眼前这个男人。我所感受到的愤怒，还不足以使我获得杀死他的理由。我也随即意识到，不管我如何尝试，都不能让自己冷酷到开枪杀人，哪怕是杀掉像普利姆·库马尔这样的害人虫。

我的枪口垂了下来。

所有这一切都是在半分钟内发生的。普利姆·库马尔一直在绝望地紧闭眼睛。

当他没有听到枪响时，他睁开了一只眼睛。他像狗一样大汗淋漓。他呆呆地看着我，看着我手里的枪，还有我脸上显而易见的犹豫之情。

他终于睁开了双眼。“谢谢你饶过我一命，托马斯。”他的胸脯起伏着，“为了回报你的怜悯，我会把最后一个问题的答案告诉你。你本来就已经正大光明地赢了全部奖金。关于泰姬陵的那个问题，的确是最后一道题，而且你也知道答案。所以现在，我要告诉你这道新题的答案。”

“我怎么知道，你不会在最后一分钟再改题呢？”

“你可以把你的枪带好。但是请相信我，你再也用不着它了，因为我现在真心实意地要让你赢得最高奖。10亿卢比就是10亿卢比。而且你最后拿到手的全部是现金。”

我第一次被得到这么多钱的前景所吸引。有了10亿卢比，我可以做很多事情。我可以赎回尼塔的自由。我可以实现萨利姆成为明星的梦想。我可以让成千上万个像我这么大的孤儿和流浪儿过上更体面的生活。我可以让双手握住一辆漂亮的红色法拉利的方向盘。我作出了选择：对10亿卢比说“是”，对谋杀说“不”。

“好吧，那么答案是什么？”我问。

“我会告诉你的。”普利姆·库马尔说。他低头看着自己的脚，没有说话。

“有什么问题吗？”我问。

“我刚刚想到，如果我告诉你答案，我就违反了我和这个节目的合同条款，也违反了节目规则。你的奖金就可能无效。”他慢慢地摇头，“不，我不会把答案告诉你。”

我愣住了。

一丝微笑浮现在普利姆的脸上。"我说过我不能告诉你答案，但我的合同并没规定，我不可以作出暗示。现在你仔细听好。等这个节目完了，我会立刻动身去火车站。我应邀去阿拉哈巴德（Allahabad）、巴罗达（Baroda）、科钦（Cochin）和德里（Delhi）的朋友家做客，但我只能去看一个朋友。所以我决定去阿拉哈巴德，我要在桑伽姆河[1]那里洗刷掉我所有的罪孽。懂了吗？"

"懂了。"我点点头。

我们离开洗手间，返回到座位上。普利姆·库马尔面带忧虑地看了我一眼。我不知道他会不会信守承诺。当我坐下时，每个人都报以掌声。我的枪不舒服地插在一侧口袋里。我把手放在上面。

演播室提示牌变成了"肃静"。

普利姆·库马尔转向我："拉姆·穆罕默德·托马斯先生，在我们最后一次中间休息之前，我向你提出了最后一道题，第12个问题，奖金10亿卢比。我现在把问题再重复一遍。贝多芬的第二十九钢琴奏鸣曲106号，也称为'槌子键盘奏鸣曲'，使用的是什么调？它是：A. B大调；B. G小调；C. 降E大调；D. C小调。你现在想好答案了吗？"

1　在印度教的传统中，位于印度北部城市的桑伽姆河，被认为是恒河、亚穆纳河和传说中的萨拉斯瓦特河的"交汇点"，也是印度教徒的一个圣地。据说在那里洗浴，可以洗掉一个人的全部罪孽并远离地狱。

"没有。"

"没有？"

"我的意思是，我不知道这道题的答案。"

摄像机对准了我的脸。从观众席上传来轻轻的叹息声。

"哦，托马斯先生，就像我对你说的那样，你正站在一个历史性的十字路口。有一条道路将通向让你难以想象的财富和好运，但其余的三条道路，只会把你带回到你的起点。所以，即使你只能胡乱猜测答案，也要谨慎一点儿。你要么赢得一切，要么失去一切。这是你一生当中最重要的决定。"

"我想使用救生筏。"

"好的，你还剩一条救生筏，是'一半一半'。我将为你去掉两个错误答案，留下一个正确答案和一个错误答案。这样，你就有50%的机会选中正确答案。"

屏幕上打出"救生筏"的字样。我们看到动画中有一只小船在海上行进，一个游泳者在大声呼救，船上的人扔给了他一只红色救生圈。然后画面一转，屏幕再次完整地显示出那个问题。接着，两个答案消失了，屏幕上只有A和C这两个选项在不停地闪烁。

"这就是你的选择了，"普利姆·库马尔说，"要么是A，要么是C。你选择对了，就会成为历史上第一个赢得10亿卢比的人。你要是选错了，就会成为历史上第一个在不到1分钟时间就输掉1亿卢比的人。你决定选哪一个？"

我拿出我的1卢比幸运币："如果是正面，我就选A，如果是背面，我就选C。可以吗？"

观众们对我的大胆发出一阵喘息声。普利姆·库马尔点了点头，他的眼里再次闪出一丝希望的光芒。

我抛出了硬币。

当它上升时，所有的目光都盯住了它，就像是盯住了一个慢镜头的画面。这一定是历史上唯一的一枚决定了10亿卢比归属的硬币。它落在了靠我这一侧的桌子上，先是旋转了一会儿，然后慢慢归于静止。普利姆·库马尔俯身查看并且宣布："是正面！"

"那么我的答案就是A。"

"你确定吗，托马斯先生？如果你愿意，你仍然可以选择C。"

"我抛出的硬币已经决定了我的答案。我选A。"

"你确定吗，百分之百确定吗？"

"是的。我确定，百分之百确定。"

鼓点渐强。正确答案最后一次在大屏幕上闪烁。

"答案是A！回答正确，百分之百正确！拉姆·穆罕默德·托马斯先生，你已经创造了历史：你赢得了全世界最大一笔奖项。10亿卢比，是的，10亿卢比是你的了，而且我们很快就会支付给你。女士们、先生们，请把你们最热烈的掌声送给这位有史以来最大的获奖者！"

五彩纸屑开始从天花板上向下飘落。整个舞台沐浴在红色、绿色、蓝色和黄色聚光灯的灯光下。每个人都起立鼓掌，持续了将近两分钟之久。口哨声和喝彩声不断。

普利姆·库马尔像一个魔术师一样鞠躬致意，然后，他狡黠地朝我眨眨眼睛，我没有理会。

那个制片人突然来到台前，带着普利姆·库马尔走出去。他们激烈地争论着什么。

休斯顿，我想我们有麻烦了。

司蜜妲看看手表，从床上站起来。“哇！多么不可思议的节目，多么不可思议的故事，多么不可思议的夜晚！现在我知道，你是怎么赢得的10亿卢比了。你最后抛硬币只是做个样子对吗？你当时已经知道答案是A了。”

“是的。但是，你可以决定我是否有资格获得这个大奖。我对你没有任何隐瞒。我把我所有的秘密都告诉你了。”

“我认为为公平起见，你也应该知道我的秘密。你一定很想知道，我到底是谁，还有，我为什么会出现在警察局。”

“是的，没错，但我一直认为，我不能去怀疑一个奇迹。”

“我是顾蒂娅。我就是你帮助过的那个分租公寓的女孩。而且，你也不必因为将我父亲推到楼下摔死感到自责。他只是摔断了一条腿，而且这件事也让他恢复了理智。从那以后，他就再也没给我添过麻烦。我欠你很多很多。这些年我一直想要找到你，可是你一点儿消息都没有。后来，也就是昨天，我在报纸上看到了你的名字，说是一个叫拉姆·穆罕默德·托马斯的男孩被警方逮捕了。我知道只有一个人叫拉姆·穆罕默德·托马斯，就立刻赶到警察局。既然我欠你那么多，你就把这当成是我对你的一种小小的回报吧。”

我激动万分。我抓住司蜜妲的手，再次感觉到了它的肌肉和骨节，我的泪水夺眶而出。我紧紧地拥抱她。“我又见到你了，我是多么高兴啊。我一下子同时有了一个律师、一个朋友和一个姐姐。”

“从现在起，你所有的麻烦都是我的麻烦，拉姆·穆罕默德·托马斯。”司蜜妲说，她的眼睛里闪烁出坚定的光芒，“我会为你而战，就像你曾为我而战一样。”

尾声

自从我一生中那个最漫长的夜晚之后，6个月过去了。

司蜜姐信守她的承诺。她为我而战，就像一个母亲为她的孩子而战一样。她首先与警察交涉。她向他们证明，他们没有理由逮捕我。她还发现，没人听说过火车上那个死去的劫匪的事情，也没有任何待定的调查。因此，那个无名的劫匪依然寂寂无闻，他活着的时候是这样，死的时候仍旧如此。

然后，她开始与那家负责竞猜节目的公司交涉。他们曾经威胁我，说要指控我作弊，但司蜜姐用那个DVD样片证明，我是这个节目完全合法的获胜者。这家公司磨蹭了4个月才被迫承认，他们没有理由不向我支付那笔最高奖金。

我并没有得到足额的10亿卢比。我得到的要比应得的少一点儿。政府拿走了一些，他们美其名曰“竞猜节目税”。自从这一大宗支出之后，那家制作W3B的公司就关门大吉了。因此，我成了这个节目第一个也是最后一个冠军。

普利姆·库马尔两个月前死了。根据警方的说法，他是在汽车里用吸入煤气的方式自杀的。但有媒体报道说，他是死于谋杀。直觉告诉我，这很可能是资助那个节目的恶棍们为了报复他才下的手。

我在很久以前就意识到，梦想只能控制你自己的大脑；但是有了钱，你就能够控制别人的大脑。我在拿到那笔奖金以后发现，金钱甚至能够让我控制警察的大脑。所以在上个月，我在一支庞大的警察队伍的陪同下，突击造访了葛尔甘。我们来到破旧的大型建筑群那里，它们四周是高高的院墙，里面有一个小花园和两棵棕榈树。警察拘捕了5个人，解救了35个残疾儿童。他们现在都在一家知名的国际儿童福利机构得到很好的照顾。

拉迦梵娣上个月也从监狱被释放出来，现在和我一样住在孟买。实际上，她上周刚刚去了德里，参加她妹妹拉克希米和印度行政部门一个高级官员的婚礼。男方没有对嫁妆提出任何要求，但拉迦梵娣还是给了她妹妹一辆丰田汽车，一台32英寸的索尼电视机，20件“雷蒙德”牌西装和1公斤重的黄金首饰。

萨利姆获得了在奇姆普·达万导演的一部喜剧片里扮演男主角——一个17岁的大学生——的机会，而且这些天正忙于在情人制片厂拍片。他以为制片人是一个名叫穆罕默德·巴特的人，殊不知那人其实就是我。

如今，我此生最爱的那个女人和我一起生活在孟买。她现在是我合法的妻子，并且有了一个完整的名字：尼塔·穆罕默德·托马斯。

我和司蜜妲漫步在滨海大道。微风吹拂，偶尔从海面上吹送来一阵水雾；巨浪撞击着岩石，翻卷起高高的浪花。穿制服的司机开着奔驰车，在我们后面缓慢而行，礼貌地保持着适当的距离。奔驰车的后保险杠上有一张贴纸，上面写着“我还有一辆车叫法拉利”。

“我一直想问你一件事。”我对司蜜妲说。

“问吧。”

“那天晚上，你从警察局把我救出来以后，为什么没有马上告诉我，你就是顾蒂娅？”

“因为我想听听你的故事，找出事实的真相。只有在你讲述有关我自己的故事，且没有意识到我就在你眼前的时候，我才能确保你对我说的是真相，全部的真相，而且只能是真相。这就是我为什么会在一开始就告诉你，我不需要你拿任何经书宣誓的原因。我是你的见证人，就像你也是我的见证人一样。”

我理解地点点头。

“我也想问你一个问题，可以吗？”司蜜妲问我。

“当然。”

“也是那天晚上，我第一次把你带回家，你在给我讲述你的故事之前先抛了一下硬币。为什么呢？”

“我当时不知道自己能否信任你。抛硬币是我作决定的一种方法。如果是正面，我就会把一切都告诉你。如果是背面，那我就只能跟你说再见了。结果是正面。”

“也就是说，假如硬币显示的是背面而不是正面，你就不会把你的故事告诉我了，是这样吗？”

“绝对不可能是背面。”

“你就这么相信运气？”

“这关运气什么事呢？给，你自己看看吧。”我从夹克衫里掏出那枚1卢比硬币递给她。

她看了一眼，朝上抛了一次，接着又抛了一次。“它……它两边都是正面！”

“没错儿。它是我的幸运币。但是就像我说的，我的好运和它一点儿关系也没有。”

我从她手里接过硬币，高高地掷向空中。它开始上升、上升、上升，它的光芒在青绿色的天空下倏忽闪烁，然后迅速下降直坠入大海中，消失在那深不可测的幽暗之处。

“干吗要扔掉你的幸运币呢？”

“我不再需要它了。因为运气来自内心。”

鸣谢

没有彼得·巴克曼的支持，这本书就不可能问世。我感谢他作为朋友、顾问和代理人给予我的帮助。还要感谢罗斯玛丽和杰西卡·巴克曼，正是他们的艰苦努力，才让我的这部首次面世的小说成为一本真正的国际读物。

我必须表达对于环球出版公司的感激之情，他们不但带着极大的热情接受了这本小说，还为我提供了一个作者所能期待的最好的编辑。与简·劳森一道工作是一种享受，在数次国际长途电话的交流当中，她让编辑过程成为一种真正具有合作性而且使人愉悦的任务。

S. C. 沙玛准将为本书“一个士兵的传奇故事”这一章节提供了宝贵的信息。我还要感谢纳弗蒂普·舒里、汉弗莱·霍克斯利、帕特里克·弗兰奇、特金达尔·夏尔马、莫琳·特拉维斯，以及英国公共图书馆系统和谷歌给予我的不同形式的帮助。

最后，这本书的问世，也要归功于我的妻子阿帕纳，还有我的儿子阿迪蒂亚和瓦伦，是他们给了我着手这个项目的空间以及完成它的力量。

《贫民窟的百万富翁》背后的故事

第1节：关于作者

维卡斯·史瓦卢普的个人资料

出生在印度阿拉哈巴德一个律师家庭的维卡斯·史瓦卢普，是在饭桌边听着有关法官和法院审理案件的对话成长起来的。“在这样的环境中成长的一个优势就是，我可能是阿拉哈巴德唯一在7岁时就能拼写出‘jurisprudence’（法理学）和‘habeas corpus’（人身保护权）的孩子！”这位曾在土耳其、美国、埃塞俄比亚和英国供职的印度外交官如是说。在成长过程中，孩提时代的史瓦卢普梦想过成为飞行员或者宇航员，因为他的母亲以简洁扼要的最后通牒的形式，彻底排除了他从事律师这个家族职业的可能：“如果我的（三个）儿子有谁成了律师，我就会把他赶出家门。”从事科学研究的可能性同样被抛弃了，这是因为他有过在生物实验室解剖青蛙，以及阅读“理论物理原理”这类上千页大部头的令人气馁的切身体验。成为公务员的想法逐渐占据上风，因此，主修现代历史、心理学和哲学的维卡斯大学毕业后，最终进入了印度外交部门。

根据维卡斯·史瓦卢普本人的自述，尽管《贫民窟的百万富翁》是其出版的首部小说，不过他一向就是个富有创意的思想者。他那异常活跃的想象力，在一篇有关坏运气的文章中显露端倪。那是他的六年级老师布置的一个家庭作业。当别的孩子采取的都是一只黑猫从眼前穿过那种司空见惯的套路时，维卡斯选择的写作题材，则是三个日本小偷遭受的严峻考验：他们在完成了一次天衣无缝的银行抢劫之后，却陷于一场突发的地震而难以脱身。

维卡斯在中学时尝试创作过一部题为《一头驴的自传》的小说，而他的第二部小说，就是这本在全球大获成功的《贫民窟的百万富翁》。

维卡斯·史瓦卢普访谈录

维卡斯，您就算回答得不好，也不会面临坐电椅的惩罚，回答得好，也不会得到一笔大奖，但经过综合考虑，我们还是想让您品尝一下这15个问题的大馅饼：

1.《贫民窟的百万富翁》是您的首部小说作品吗?

自童年起我就一直在讲故事，但是很遗憾，我在中学以后没写过任何东西。我只是在伦敦从事外交事业时，才有了写作的冲动。我尝试写了一部有关一个雇佣杀手的长篇小说，不过我并没有真正把它推荐给出版商。我把它作为创作《贫民窟的百万富翁》的一个学习经验，而后者是我在两个月时间内一气呵成写就的。而且这是实话，“是真相，全部的真相，而且只能是真相！”

2. 是否有过一个恍然大悟的“啊哈”的时刻，使您突然找到了创作本书的灵感?

这当中有一系列“啊哈”的时刻。我想写一种不同寻常的东西。我不想写一部涉及几代人的家庭故事，或者是有关会说话的猴子的魔幻现实主义寓言。后来我突然间产生了一个灵感：我何不切入到处都在热播的电视竞猜节目这一全球性现象呢？毕竟在包括印度在内的全世界多个国家，《谁想成为百万富翁》都是收视率最高的节目。需要考虑的问题就是：谁是我的参赛选手呢？就在这一时期，在英国爆发出一个丑闻并让某个陆军少校卷入其中。这个人显然在节目中赢得了100万英镑，但被指控诈骗。于是我就想，既然像英国陆军军官这样受过教育的人都能被指控诈骗，我为什么就不能设计出一个必定会遭到作弊指控的参赛者呢？我也偶然看到过一个新闻报道，说的是印度贫民窟的流浪儿如何自行掌握了免费使用移动互联网的技术。于是我决定把这两个主题——一个电视竞猜节目的主题，以及一个没有受过正规教育、只具有“街头”知识而不是“书本”知识的参赛选手的主题——结合起来，由此便诞生了《贫民窟的百万富翁》这本书。

3. 这本小说的结构似乎是其优势之一，它是怎样发展起来的？这些章节是原本各自独立，最后才形成一个连贯的整体的吗？

小说在本质上是在两个平面上发展的。一个是竞猜节目参赛选手拉姆·穆罕默德·托马斯的人生故事，另一个就是竞猜节目本身的进程。在我看来，小说的节奏正来源于它两条脉络之间的这种双重性、矛盾性和紧张性。将这两条线索连接起来的是“记忆”。我本身就是一个喜欢参与竞猜的人，所以，我对于一个参赛者的大脑构思和心理发展过程非常感兴趣。正如我的一个角色在书中所言，“与其说竞猜是一种知识测验，不如说是一种记忆测验”。而且记忆的产生是缘于不同的事物：我们的经历以及我们的梦想和欲望，而不仅仅是我们在学校里学到的东西。《贫民窟的百万富翁》是围绕主人公告诉他的律师的一系列故事展开的，而这些故事最终与竞猜节目的问题连接起来。有些是他亲身经历的故事，有些是他听到的故事。我的目标是即便在没有小说大背景的前提下，也能够让每个故事自身都具有完整性，能够独立成篇。这样做的难点就在于，你不得不遵从一个竞猜节目的传统惯例，即题目是按某种流程提出的：难度最小的问题放在最前面，难度较大的紧随其后，而且主题必须不断变化。由于拉姆·穆罕默德·托马斯的个人生活不可能遵循这些问题严格的时间顺序，因此真正的困难就是要确保一点：读者不会因为主人公在叙述时间上的跳跃性而失去头绪。

归根到底，我需要确保故事和问题之间的有机联系——它们应当显得自然而然，而不是投机取巧和牵强附会。

4. 您曾经访问过达拉维，或者与那里的居民有过长期接触，才得以那样生动地刻画出那个著名的（或者臭名昭著的）贫民窟、它的居民以及人们的生活方式吗?

我从未在孟买持续住过一段时间，而且我也从未去过达拉维。

但是话又说回来，在印度这个国家，没有哪个人过的是一种孤岛的生活。富人和穷人的生活，上层人和下层人的生活，每天都在发生交叉。任何人通过观察并且学习，都能够用文字反映出真实面貌。人们可能没有见过达拉维，但他们却见过贫民窟。要想生动地展现达拉维的景象，你就必须把你见过的贫民窟景象放大10倍甚至是100倍。

5. 您认为，您与孟买电影业的接触经历，在多大程度上直接或间接地塑造了这部小说的主题和节奏？

我承认这部小说贯穿着宝莱坞的一股暗流。这是因为印度电影是印度流行文化不可分割的一部分。如果不纳入宝莱坞的元素，你就不可能将一个印度文化的矩阵概念化。那些粗制滥造的印度电影，在传统上被认为是逃避现实的娱乐产品，它们可能在很大程度上只是为了取悦大众，以至于几乎成了穷人的另一个现实。所以，在整部小说当中，你会发现我的主人公将"胶片"人生与"现实"人生形成了对比。不过对我本人来说，真正的回报就是《贫民窟的百万富翁》本身就可能成为一部宝莱坞电影的题材！（英国第四频道电视集团旗下的）"第四影业"已经购买下它的电影版权，几个顶尖的印度导演也与我有过接触，商谈将其翻拍为印度影片的事宜。

6. 在《谁想成为百万富翁》的观众，乃至于一般印度观众看来，这部小说里的大多数人物，似乎都有其在现实中的人物原型。在写作《贫民窟的百万富翁》的过程中，您笔下的名人是否与哪个现实人物具有内在的联系？

有几个评论家评论说，他们发现我的一些角色——那个动作片主角，那个著名的板球运动员，乃至"悲情女王"倪丽玛·顾茉莉——都是对现实人物揶揄和嘲弄的讽刺漫画。我只能说，我描绘的那些角色完全是虚构的。当然，如果某些人能够从他们身上找到熟悉的影子，我也不会感到奇怪。

7. 您在写这本书的时候，使用过哪些研究方法？

这本书需要进行大量的研究。“一个士兵的传奇故事”这一章节无疑需要最多的调查，我必须为此研究1971年印巴战争的情况。我阅读了多部有关那场战争中一些著名战役的书，挖掘了作为亲历者的老兵对于察慕勃战争进程的描述，并且从我的同行——驻伦敦特派使节团的武官——那里得到了某些宝贵的反馈。我对少年感化院、板球比赛赌博、强迫部落女孩卖淫的现实，以及雇佣杀手的内幕、巫毒教、泰姬陵甚至澳大利亚英语语汇都做了类似的潜心研究，并将基本情况了然于胸。我在伦敦巴尼特镇戈尔德斯－格林街区居住地的本地图书馆查阅了一些有用的资料，而且互联网也是一个信息宝库。

8. 在整部小说当中，一个反复出现的主题，就是在印度无所不在的冷漠——例如贫民窟居民，主管竞猜节目的机构以及印度电影业。您认为这种感觉可以反映当代印度本身的特征吗？

我可以为此引用这本书里的一段话。当拉姆·穆罕默德·托马斯找到他所在分租公寓的管理员，请求他出面阻止桑特拉姆对于妻子和女儿实施的可怕行为时，对方这样告诉他：“我们印度人就是有这种超强的能力，对周围的苦难和不幸冷眼旁观，自己丝毫不会受到影响。所以，你最好做一个严格意义上的孟买人，把你的眼睛闭上，把耳朵捂上，什么话也不要说，你就会和我一样活得高高兴兴的。”所以，冷漠在这个10亿多人口的国家的确存在，然而与此同时，我们也看到了广泛的同情和团结的证据，比如就像我们在最近的海啸灾难中看到的那样。

9. 您已经触及了一些棘手的话题——乱伦、强奸、酷刑——这类话题几乎充斥于小说的每一个章节。当您写到这些问题时，您有什么样的现实体验?

小说是从一种忧郁的格调开始的，而且最初几个章节都延续着同样的格调。当我完成整本小说以后，这种情况的确给我带来了些许困扰，但小说的结构是这样的：如果我改变哪怕一个故事或者更改时间顺序，整个大厦都会倒塌。最后我只能相信，读者有能力看到隧道尽头的那束光芒。同样，我在撰写某些“黑暗”的章节时，也必须寻找我自己的光源。写“弟弟的承诺”这一章节，以及在阿格拉与祥哥儿的死亡有关的部分，对我而言是最艰难的。就连找到用来描述那种情感的适当词句的过程，都堪称惊心动魄。但是，当我重新阅读祥哥儿的那些段落时，我不禁潸然泪下，这一事实使我相信，它是我用心灵和灵魂写就的。

10. 您在写作和研究《贫民窟的百万富翁》的过程中，是否有什么有趣的逸事愿意与读者分享?

我是在完全秘密的状态下写《贫民窟的百万富翁》的。没有一个人——甚至包括我最亲密的朋友在内——知道我正在写一部小说！在酝酿、构思和筹备这部作品的两年时间里，我作为外交官的身份和作为作者的身份完全是分开的。不过现在每个人都知道了。

11. 我们都知道您出生在印度阿拉哈巴德，在中学时就是校园辩论赛冠军，也是一个智力测验爱好者。跟我们说说您的成长经历以及家庭对于您的文学道路的影响吧。

我来自一个律师家庭。我的祖父有一个规模宏大的书房，里面摆满了大量有着皮革封皮和烫金书名的法律书籍。不过他是一个兼收并蓄、兴趣广泛的人，他对历史、哲学和艺术都同样饶有兴趣。所以毫不奇怪的是，希特勒的《我的奋斗》的第一个版本，就紧挨着托尔斯泰的《战争与和平》。我从他身上学到了很多东西，最重要的是对书籍的热爱。我成长的时代既没有有线电视，也没有互联网，因此我最大的消遣就是读书，并且涉猎广泛，从《伊索寓言》到阿尔贝·加缪，从伊妮德·布莱顿到欧文·华莱士。而且我相信，一个好的作家首先必须是一个好的读者。

12. 您最喜欢哪些书籍（小说类和非小说类）？

在我进入印度外交部门之前，我就始终喜欢读书。多年来，我阅读过许多作家的大量作品。我酷爱惊悚小说，但我也喜欢阅读当代文学作品，比如马克斯韦尔·库切的《耻》，阿兰·霍灵赫斯特的《美丽的线条》，大卫·米切尔的《云图》和村上春树的小说。我最喜欢的一些作品还有：

约翰·斯坦贝克：《人鼠之间》

欧内斯特·海明威：《老人与海》

弗兰兹·卡夫卡：《审判》

乔治·奥威尔：《动物庄园》

布拉姆·史托克：《德拉库拉》

威尔·达兰特：《哲学的故事》

13. 您属于哪一派有创意的思想者？您认为好的写作应该取悦读者，还是不受读者压力影响的一种个人化过程？

正如有人说的那样："傻瓜都可以写一本书，如何把它卖掉却需要天才。"所以读者对于写作过程而言始终是至关重要的。事实上，写作是一个个人化过程，但我认为，归根到底，一个作者写的东西必须能够为读者所接受。如果作者开了一个玩笑，而读者却不解其意，那还有什么意义呢？一本好的小说的关键，是要确保在作者的主观愿望和读者的客观反应之间，达到一定程度的一致性。

14. 您和全球出版业之间的互动关系怎样?

当我开始写这本书时，我并不知道它会吸引巴西和巴塞罗那的读者，还是西雅图和悉尼的读者。这本书现在被翻译成25种语言，因此，它使我能够与五大洲的出版商和读者之间密切互动。这种体验是良性的。我想，这本小说能在全球产生影响力的原因是：尽管故事背景是在印度，但它的主题和引发的情绪是普遍性的，而且，它的基本信息适用于每一个社群和文化，那就是你可以创造属于你自己的运气，即便是处于弱势的一方，你也能够一朝翻盘并成为最终赢家!

15. 继《贫民窟的百万富翁》之后，是否还有其他后续小说正在酝酿中? 即便没有，您将来是否还会写新的小说?

我有一些构思，所以，是的，还会有另一本书问世的。也许是在一两年后。

第2节：关于本书

小说背后的事实

2000年9月，当哈什瓦丹·维尼亚克·纳瓦特答对了印度版的《谁将成为百万富翁》15道题目以后，他完全没有意识到，他已经改变了历史——不仅是电视的历史，也是他自己的历史。他从出身于孟买普通中产阶层家庭的寂寂无名的年轻人，突然变成了媒体疯狂追踪的对象。一夜之间，一个出门需要坐公交车而且也没有人认识的人，因为害怕狗仔队的追踪而不得不临时改变住所。在数以百万计的孟买人当中的这张新面孔——“神奇小子纳瓦特”到来了！

2000年9月24日，《谁将成为百万富翁》第64期。超过5000万双眼睛一眨不眨地盯着电视屏幕。处于困境的参赛选手，站在了奖金100万卢比的问题的悬崖边上。随机问题在大屏幕上闪烁，他不知道答案。他给一个朋友打手机，对方也不知道答案。在没有退路的情况下，纳瓦特只能苦心费力地胡乱猜测。结果他成功了。

当观众席上的300多人冲向这个不知所措的获胜选手时，他居住的小区住户点燃了烟花爆竹，照亮了夜空，因为他们的隔壁男孩瞬间变成了名人，变成了印度最受欢迎的单身汉之一。在参赛前就在准备参加公务员考试的纳瓦特，目前正在英国伦敦学习商业管理。他的家人仍住在他们在孟买的普通公寓楼里。

让哈什瓦丹·维尼亚克·纳瓦特获得大奖殊荣的15个问题：

1. 计算机键盘上哪个按键最大?

A. 回车键；B. 返回键；C. 数字锁定键；D. 空格键

正确答案是D。

2. 蒂鲁伯蒂寺庙在印度哪个邦?

A. 卡纳塔克邦；B. 安得拉邦；C. 泰米尔纳德邦；D. 喀拉拉邦

正确答案是B。

3. 谁是颂圣歌“与米拉女神共舞”的创作者?

A. 图卡拉姆；B. 苏尔达斯；C. 麦拉拜；D. 柴塔尼亚

正确答案是C。

4. 当钟表显示的时间恰好是3点整时，时针和分针构成的角度是多少度?

A. 45°；B. 90°；C. 360°；D. 180°

正确答案是B。

5. 狮子代表下面黄道带的哪个星座?

A. Cancer；B. Taurus；C. Leo；D. Pisces

正确答案是C（Leo狮子座）。

6. 在电视连续剧《摩诃婆罗多》中，印度影星比艾玛扮演了哪一个亚运会金牌得主?

A. 比姆 · 辛格；B. 普拉文 · 库马尔；C. 达拉 · 辛格；D. 潘加尔 · 辛格

正确答案是B。

7. 印度最后一任总督的妻子叫什么名字?

A. 黛安娜；B. 萨拉；C. 伊丽莎白；D. 埃德温娜

正确答案是D。

8. 下面哪一种动物不是卵生的?

A. 鲸；B. 鸡；C. 鳄鱼；D. 蛇

正确答案是A。

9. 布拉马普特拉河和萨特雷吉河的发源地，是在喜马拉雅山北段哪个地区附近?

A. 甘果特里；B. 斯亚茨恩；C. 玛纳萨萨洛瓦；D. 亚穆纳纳特里

正确答案是C。

10. 巴基斯坦总统是谁?

A. 穆沙拉夫；B. 古拉姆 · 伊沙克 · 汗；C. 拉菲克 · 塔拉尔；

D. 法鲁克·艾哈迈德·莱加里

正确答案是A。

下面这道题目（第11题），他使用了他的第一个救生索“观众投票”。不过，他没有接受观众投票的结果。

11. 在为期一天的板球比赛的前15轮，多少个守场员可以在15码近内场之外停留？

A. 3个；B. 4个；C. 5个；D. 2个

正确答案是D。

12. 谁是世界历史上第一位女总理？

A. 英迪拉·甘地；B. 果尔达·梅厄；C. 西丽玛沃·班达拉奈克；D. 玛格丽特·撒切尔

正确答案是C。

13. 在印度史诗《摩诃婆罗多》中，德劳巴底的孪生兄弟是谁？

A. 帕里柯西特；B. 德鲁帕达；C. 德里斯塔帝姆纳；D. 伊克斯瓦库

正确答案是C。

14. 下面哪个邦的印度教徒人口比例最大?

A. 北方邦；B. 中央邦；C. 喜马偕尔邦；D. 奥里萨邦

正确答案是C。

下面这道题目（第15题），他使用了他的第二个救生索“一半一半”。他还使用了第三个救生索“打电话给一个朋友”，但他的朋友也不知道答案。

15. 印度宪法允许下面哪个人参加议会程序?

A. 副检察长；B. 总检察长；C. 内阁秘书；D. 首席法官

正确答案是B。

版贸核渝字（2019）第215号

图书在版编目（CIP）数据

贫民窟的百万富翁 /（印）维卡斯·史瓦卢普著；
于海生译. -- 重庆：重庆出版社，2020.8
书名原文：Slumdog Millionaire
ISBN 978-7-229-14637-5

Ⅰ. ①贫… Ⅱ. ①维… ②于… Ⅲ. ①长篇小说—印度—现代 Ⅳ. ①I351.45

中国版本图书馆CIP数据核字（2019）第273993号

贫民窟的百万富翁
［印］维卡斯·史瓦卢普　著
于海生　译

策　　划： 华章同人
出版监制： 徐宪江
责任编辑： 秦　琥　唐晨雨
营销编辑： 王　良　史青苗
责任印制： 杨　宁
装帧设计： 人马艺术设计·储平

重庆出版集团
重庆出版社　出版
（重庆南滨路162号1幢）
三河市嘉科万达彩色印刷有限公司　印刷
重庆出版集团图书发行有限公司　发行
邮购电话：010-85869375
全国新华书店经销

开本：850mm × 1168mm　1/32　印张：12.5　字数：236千
2020年8月第1版　2023年11月第3次印刷
定价：59.80元

如有印装质量问题，请致电023-61520678